JULIA K. STEIN

Let it snow

EINE WINTER-LOVESTORY IN NEW YORK

© Jannette Kneisel

Julia K. Stein wurde im Ruhrgebiet geboren und hat in Kalifornien und an der amerikanischen Ostküste studiert. Sie hat viele Monate in New York verbracht, währenddessen ein Praktikum bei den Vereinten Nationen gemacht, aber vor allem den Großstadttrubel genossen. Mit seinen altmodischen Cafés in der West Village, den riesigen Buchläden und Menschen unterschiedlichster Herkunft ist New York für sie die romantischste Stadt der Welt. Deshalb konnte sie auch nicht widerstehen, Romane zu schreiben, die genau hier und zur Weihnachtszeit spielen – dann, wenn New York festlich geschmückt, verschneit und gleich doppelt magisch ist.

JULIA K. STEIN

Let it Snow

EINE WINTER-
LOVESTORY
IN NEW YORK

Ravensburger

Als Ravensburger Taschenbuch
Band 54473-8
erschienen 2019

FSC
www.fsc.org
MIX
Papier aus verantwortungsvollen Quellen
FSC® C111262

1 2 3 4 5 E D C B A

Erstmals erschienen 2016 bei Im.press unter dem Titel
»Winterzauber in New York«
Dieses Werk wurde vermittelt durch Agentur Brauer.

Umschlaggestaltung: Maria Seidel, atelier-seidel.de
unter Verwendung von Fotos von © Vasyl Dolmatov / istockphoto;
© Hordieiev Roman / istockphoto; © Bakal / istockphoto;
© Jan Engel / AdobeStock
Schneeflocken im Innenteil: Fotolia / 31moonlight31

Lektorat: Tamara Reisinger

Printed in Germany

ISBN 978-3-473-54473-8

www.ravensburger.de

HANNAH

Hinter den riesigen Glasscheiben der Abflughalle am John-F.-Kennedy-Flughafen in New York fielen die Flocken inzwischen so heftig, dass die Welt hinter einer weißen Wand aus Schnee verschwand.

»Aber morgen ist Weihnachten! Meine Familie wartet auf mich. Und meine Schwester freut sich schon auf ihr Geschenk! Sie wird schrecklich enttäuscht sein.« Hannahs Stimme klang vorwurfsvoll. Tränen brannten ihr in den Augen.

»Ich verstehe Ihre Enttäuschung«, sagte die dunkelhäutige Flugbegleiterin betont mitfühlend, während sie das Ticket mit einer energischen Bewegung zurück über den Schaltertisch schob. Sie fixierte Hannah mit weit aufgerissenen dunklen Augen, als wollte sie sie hypnotisieren. Das hatte sie wahrscheinlich in einem Seminar für den Umgang mit komplizierten Fluggästen gelernt. »Wir können bei diesem Schneesturm kein Flugzeug raufschicken.« Sie deutete mit ausgestrecktem Zeigefinger vage Richtung Decke. »Die Sicherheit der Passagiere liegt unserer Fluglinie sehr am Herzen. Alles andere wäre ein nicht zu kalkulierendes Risiko. Ich muss Sie jetzt bitten zu akzeptieren, dass heute kein Flugzeug diesen Flughafen verlassen wird. Das gilt übrigens auch für jeden anderen Flughafen in New York oder Umgebung. Falls Sie vorhaben, in die Stadt zu fahren, sollten Sie das baldmöglichst tun, da ein Fahrverbot angekündigt wurde. Zudem wird die Subway eingestellt, falls sich der Sturm weiter verstärkt.« Die Dame tippte mit abgespreiztem kleinen Finger auffordernd auf das Flugticket, das immer noch auf dem Schaltertisch lag.

»Aber wann geht der nächste Flug? So ein kleiner Sturm kann doch eine Stadt wie New York nicht lahmlegen. Morgen ist Weihnachten!«, wiederholte Hannah verzweifelt.

Die Dame mit den langen, pfirsichfarbenen Nägeln und den sorgfältig eingedrehten Locken, die ihr bis zu den Schultern fielen, sah sie professionell mitleidig an. Sie überlegte wahrscheinlich gerade, was sie während ihrer Ausbildung über den Umgang mit hysterischen Kunden gelernt hatte.

»Frau Dietz. Wenn wir Glück haben, ist der Schneesturm schon morgen vorbei. Aber vor morgen Abend wird es keinen Flug geben, das kann ich Ihnen versichern. Bitte informieren Sie sich auf unserer Webseite. Sie haben also noch eine kleine Chance, es bis Weihnachten zu schaffen.« Die Stewardess schenkte ihr ein tröstendes Lächeln. »Schließlich ist Weihnachten erst übermorgen.«

»Nein, heute ist der 23. Dezember. Weihnachten ist schon morgen!«

Die Stewardess lehnte sich ein wenig zurück und musterte

Hannah mit schräg gelegtem Kopf. Offensichtlich zweifelte sie Hannahs geistige Zurechnungsfähigkeit an.

»Weihnachten, Frau Dietz, ist am 25. Dezember. Sie werden es vielleicht nicht bis morgen schaffen, aber es besteht eine realistische Chance, dass Sie am 25. bei Ihrer Familie sind. Ich bin mir sicher, Ihre Schwester kann sich solange gedulden und wird sich dann umso mehr freuen.«

»In Deutschland feiern wir Weihnachten aber schon am 24. Dezember! An Heiligabend!«

Die Stewardess kräuselte die Stirn. Offenbar wollte sie nicht noch mehr Energie in diesen störrischen Fluggast investieren.

»Ach, ist ja auch egal«, fauchte Hannah, nahm ihr Ticket und drehte sich schwungvoll um, als wäre die Flugbegleiterin an der ganzen Misere schuld. Sie wollte auf keinen Fall vor ihr in Tränen ausbrechen.

Hannah hievte die viel zu schwere Tasche wieder auf die Schulter und hob den Rucksack mit dem Laptop und den Studienunterlagen, die sie im Flugzeug hatte lesen wollen, mit Schwung auf die andere. Dann griff sie nach dem schweren Koffer, über dem ihr Wintermantel hing, schleppte sich zu einem Stuhl mit abgerissener Armlehne und ließ sich darauf fallen. Ihr war fürchterlich heiß in dem dicken Wollpullover, den sie angezogen hatte, damit er nicht noch mehr Platz im Koffer einnahm. Sie riss sich den roten Schal vom Hals und stopfte ihn in den Rucksack. Dann rieb sie ihre schmerzende Schulter, in die sich der Riemen der Tasche gebohrt hatte.

Es durfte einfach nicht wahr sein. Warum war sie nach dem Ende der Vorlesungen noch zu Abby nach Philadelphia gefahren? Wäre sie direkt nach Hause geflogen, wäre der Rückflug überhaupt kein Problem gewesen. Als sie die dichten Flocken vor dem Fenster tanzen sah, musste sie allerdings zugeben: Nur wer Todessehnsucht hatte, würde sich jetzt in ein Flugzeug setzen. Aber damit hatte sie ja nicht rechnen können. Hannah hatte schon immer nach New York City gewollt. Bei ihrer Ankunft im Herbst war sie direkt weiter nach Connecticut zum College gefahren. New York hatte sie sich erst am Ende ihres Austauschjahrs am Forest Lake College ansehen wollen. Und nicht mitten im Schneesturm am Tag vor Weihnachten! Wo sollte sie denn jetzt schlafen? Konnte man hier im Flughafen übernachten? Bei dem Wetter konnten sie einen doch nicht vor die Tür setzen. Und bei ihrem Glück würde sie bestimmt schlafend überfallen und ausgeraubt werden. Vielleicht konnte sie zum Schlafen ihren Laptop unter den Pullover stopfen und als Kissen benutzen?

Ihr Blick fiel auf die anderen Passagiere in der Abflughalle, deren Gesichter die ganze Skala von enttäuscht bis wütend widerspiegelten: Geschäftsleute in feinen Anzügen, die noch nicht akzeptieren wollten, dass das Wetter ihnen einen Strich durch das neue Geschäft machte oder verhinderte, dass sie nach Hause kamen. Japanische Kinder mit rosafarbenen Haarschleifen, die mit kleinen Plastikfiguren spielten und keinen Ton von sich gaben, feine Großfamilien in indischen Gewändern, ein kreischendes Baby, ein von Tattoos übersäter Mann, der so verwahrlost aussah, dass Hannah ihm kaum zugetraut hätte, sich ein Ticket leisten zu können – bis er den neuesten Laptop und ein iPhone aus der Tasche zog …

Sie überlegte, ob jemand dabei war, der ihr den Koffer unter dem Kopf wegklauen würde, falls sie einschliefe. Sie traute es zwar niemandem zu, aber das hieß natürlich nichts. Wenn ihre Mutter wüsste, dass sie überlegte, am Flughafen zu schlafen, würde sie einen Herzinfarkt bekommen. Hannah hatte vorhin kurz mit ihr telefoniert und ihr versprechen müssen, die Notfall-Kreditkarte einzusetzen, wenn es nicht anders ging, und auf jeden Fall in einer »sicheren« Gegend zu bleiben. Ihre Mutter stellte sich New York als düstere Stadt vor, in der gefährliche Banden ihr Unwesen trieben und man, wenn man irgendwo falsch abbog, schnell erschossen werden konnte. Ein Wunder, dass ihre Mutter überhaupt zugestimmt hatte, dass sie mit dem Zug nach Baltimore fuhr, bevor sie nach Hause kam.

Hannahs Blick blieb an einem Typen hängen, der ein paar Meter von ihr entfernt in sein Handy sprach. Dabei reckte er den freien Arm weit nach oben, als hätte er die ganze Halle für sich und wäre gerade dabei, sich für einen Sportwettkampf zu dehnen, was ziemlich fehl am Platz wirkte. Sein Poloshirt wurde beim Ausstrecken so weit nach oben gezogen, dass sein nackter Bauch zwischen Hose und Saum zum Vorschein kam. Aber noch mehr fehl am Platz waren seine nackten Füße, die in Flip-Flops steckten. Flip-Flops! Draußen waren es gerade mal null Grad! Vielleicht sollte sie allerdings ihre Winterstiefel ausziehen. Denn beim Anblick der nackten Füße fühlten sich ihre eigenen an, als würde das Polyesterfell gleich endgültig zu kochen beginnen.

»Hey, Beautiful. Bist du das nicht, äähhm, Peaches?« Die nackten Füße kamen auf sie zu. »Ich kenne dich aus Forest Lake.«

Die Stimme gehörte dem Typen mit den Flip-Flops. Sie kam ihr bekannt vor. Und irgendwie sträubten sich bei dem Tonfall ihre Nackenhaare, schon bevor sie hochgeschaut hatte.

»Oh. Hey.«

Blaue Augen. Hohe Wangenknochen. Hellbraune Haare mit langen Strähnen an den Schläfen, die ihm ins Gesicht fielen. Ein Oberkörper, der von einem weißen Ralph-Lauren-Poloshirt nur mühsam in Zaum gehalten wurde. Jeans. Und ja, Flip-Flops.

»Hey, Peaches. Du weißt, wer ich bin, oder?«, fragte er mit einem Lächeln und legte den Kopf schief. Er klang allerdings so, als wäre er ziemlich sicher, dass sie wusste, wer er war.

Und natürlich wusste sie das. Es gab wahrscheinlich niemanden auf ihrem College, der nicht wusste, wer dieser Junge war.

»Kyle«, erwiderte Hannah gehorsam.

Er nickte. »So wie du das sagst, klingt es allerdings eher so, als würdest du den Namen einer ekelhaften Krankheit aussprechen. Was machst du hier?« Er strich sich die langen Haarsträhnen aus dem Gesicht.

»Wahrscheinlich das Gleiche wie du? Halt, ich bezweifle,

dass du nach Düsseldorf fliegen wolltest. Außerdem fliege ich ja gar nicht.« Sie schluckte, weil ihre Stimme beim letzten Satz wieder einen weinerlichen Ton angenommen hatte.

»Barbados.«

»Barbados? Du wolltest in die Karibik?«, fragte sie und merkte im gleichen Moment, dass es eine dämliche Frage war. »Klar«, fügte sie hinzu und biss sich auf die Lippe.

»Und wenn du ›Klar‹ sagst, hört sich das an, als würdest du ›Magenverstimmung‹ sagen. Wie machst du das?« Er grinste und schob sich erneut die Haare aus den Augen.

»Ich bin nicht in der Stimmung für Scherze. Ich will nur nach Hause. Morgen ist Weihnachten und ich sitze hier am Flughafen fest. Meine Schwester Leni wird super enttäuscht sein, meine Eltern traurig. Ich kenne mich hier nicht aus. Mir fehlt das Geld für ein Hotelzimmer und hier ist sowieso alles schweineteuer.« Die Worte flossen ungebremst aus ihr heraus. Sie klang wie ein schimpfender Papagei.

Kyle zog eine seiner Augenbrauen nach oben, die aussahen, als hätte er sie in Form gebürstet. Vielleicht hatte er das sogar gemacht, sie würde ihm so was durchaus zutrauen.

»Hmm, ich würde fast sagen, ein Problem, das du nicht kennst«, fügte sie bissig hinzu, als sie bemerkte, dass er nach ihrer Tirade immer noch amüsiert lächelte. »Danke für die Unterstützung.«

Hannah sprang auf, schulterte erneut ihren Rucksack, griff nach der schweren Tasche und dem Mantel und riss am Griff ihres riesigen, schweren Koffers, in dem sie die Weihnachtsgeschenke für die ganze Familie hatte. Sie bemühte sich um einen möglichst würdevollen Abgang. Sie wollte einfach nur weg von diesem Typen, der ihre Niedergeschlagenheit noch nicht einmal ernst nahm. Die Tränen schossen ihr in die Augen und ein paar leider darüber hinaus. Schnell wischte sie sich einmal mit dem Ärmel darüber, was kaum ging, so beladen wie sie war. Dabei hatte sie sich so auf Weihnachten gefreut.

KYLE

»Hey, jetzt warte doch mal«, rief Kyle ihr hinterher.

Er hatte nicht damit gerechnet, dass dieses Mädchen aus dem College so schnell abhauen würde. Inzwischen hing er schon so lange am Flughafen herum, dass langsam klar war, dass heute nichts mehr passieren würde. Ihm war langweilig und die Aussicht, dass es noch eine Weile dauern würde, bis er ins lauwarme Meer springen konnte, war alles andere als verlockend. Das Mädchen war drollig, wenn es sich aufregte, und seine abweisende Art weckte so etwas wie einen Jagdinstinkt in ihm. Ein wenig Ablenkung von der Schneemisere konnte er auf jeden Fall gebrauchen. Obwohl sie leider ziemlich humorlos zu sein schien. Schade drum. Sie war eigentlich ganz süß. Jedenfalls wäre sie es, wenn sie nicht diese scheußliche, riesige Brille auf der Nase hätte. Außerdem hatte sie einen wirklich sexy Akzent. Auf ihrem Sweatshirt stand zudem *I like to party*, das klang doch vielversprechend! Vielleicht besaß sie ja noch ungeahnte Seiten jenseits der Nerd-Brille? Manchmal waren ja gerade die Mädchen, die nicht ständig angemacht wurden, besonders aufgeschlossen für ein kleines Abenteuer. War sie nicht eine dieser Austauschstudentinnen aus Schweden oder so? Von Schwedinnen erzählte man sich ja viel Gutes, von wegen experimentierfreudig und so was.

Das Mädchen hatte angehalten und drehte sich langsam um. Sie wirkte richtig süß, während sie ihn mit ihren braunen Augen kritisch anschaute. Erschienen ihre Augen nur wegen den Brillengläsern so riesig oder waren sie in Wirklichkeit so groß?

»Jetzt renn doch nicht weg. Ich weiß genau, wie es dir geht«, sagte er beschwichtigend und schenkte ihr sein strahlendstes Lächeln, mit dem er normalerweise ziemlich gute Erfolge erzielte.

Der Koffer, den sie neben sich stehen hatte, war gigantisch. Was Mädchen immer so alles mit sich rumschleppten … Aber eigentlich sah sie mit den dunklen Locken, die sie mit einem Bleistift zu einem Turm hochgesteckt hatte, gar nicht aus wie eines dieser Mädchen, die mit einem Koffer voller Lockenstäbe und Haarpflegemittel umherreisten. Kim, eine seiner Ex-Dates, war mal mit einem ähnlich großen Koffer für einen Wochenendausflug angetreten. Aber gut, bei Frauen wusste man nie so genau. Inzwischen konnte er auch den gesamten Schriftzug mit Kleingedrucktem auf dem Sweatshirt lesen. Dort stand *I like to party and by party I mean read books*. Autsch, mega Nerd-Alarm. Vielleicht sollte er doch lieber wieder verschwinden.

Sie verschränkte ihre Arme. »Ach ja, und woher weißt *du* so genau, wie *ich* mich fühle?«

»Glaubst du, dein Flug ist der einzige, der storniert wurde? Mein Flug geht auch nicht.«

»Kein Luxusurlaub auf Barbados für dich?« Sie zog eine Augenbraue nach oben und legte den Kopf schief.

»Hey, Peaches. Jetzt werde mal nicht ungerecht. Ich weiß nicht, was du gegen Barbados hast, aber dort wartet meine Familie oder jedenfalls die Leute, die ich so nennen würde.« Ihr Blick war so intensiv, dass er für einen kurzen Moment den Faden verlor. Sie musterte ihn mit einer solchen Feindseligkeit, dass er sich mühsam ein Lächeln verkneifen musste. Schnell hatte er sich wieder gefangen. »Und da komme ich jetzt genauso wenig hin. Ich bin wie du in New York gestrandet. Zählt das bei mir etwa weniger?«

»Du hast auch kein Hotelzimmer?«, fragte sie überrascht.

»Ich habe auch kein, äh, Hotelzimmer.« Er schüttelte langsam den Kopf. Das stimmte. Er besaß ein Appartement am Central Park, aber das sollte er im Moment besser nicht erwähnen, sonst würde sie noch erwarten, dass er sie zu sich einlud.

»Meine Tante wohnt in New York«, sagte er stattdessen, was ebenfalls der Wahrheit entsprach, aber weniger nahelegte, dass er ihr anbieten musste, mitzukommen. Aber sie sah ohnehin nicht so aus, als würde sie ihn um einen Gefallen bitten. Sie schien eher kurz davor, ihm eine Ohrfeige zu verpassen. Er konnte sich nicht helfen. Das widerspenstige Mädchen mit den großen braunen Augen faszinierte ihn. Er musste den Impuls unterdrücken, die steile Falte auf ihrer Stirn glatt zu streichen.

»Ich weiß nicht, was mit dir los ist. Aber du kannst gern weiter deinen Frust an mir auslassen. Schließlich besuchen wir das gleiche College, da sollte man zusammenhalten«, sagte er versöhnlich.

HANNAH

Hannah blickte Kyle einen Moment lang abwägend an. Sie trug immer noch die viel zu warmen Winterstiefel, die sie sich am liebsten von den Füßen gerissen hätte, während Kyle in seinen Flip-Flops lässig mit den Zehen wippte.

Hannah wusste nicht so recht, was sie von der Situation halten sollte. Kyle grinste für ihren Geschmack viel zu selbstbewusst. Seine Oberlippe war geschwungen, das dazugehörige Kinn kantig. Hannah konnte sich nicht helfen: Kyle wirkte in seinem etwas zu engen Poloshirt die ganze Zeit so, als würde er für eine Abercrombie-&-Fitch-Kampagne posieren und gleich sein Shirt ausziehen. Vom ganzen Training hatte er auch einen perfekten Körper für so eine Kampagne, bei denen die Männer grundsätzlich mit nacktem Oberkörper auftraten.

Halt, waren diese Kampagnen nicht abgesetzt worden, weil sie die Männer zu Sexualobjekten degradierten? Das war wahrscheinlich auch ein Teil der Emanzipation. Aber was war dann eigentlich mit den Victoria's-Secret-Models, die immer nur dann riesigen Spaß hatten, wenn sie Unterwäsche trugen?

America's Next Top Model? Also logisch war das nicht. Aber für Logik waren die Amerikaner ja ohnehin nicht bekannt. Es gab schließlich auch mal diese Klage gegen McDonald's. Da behaupteten die Leute, McDonald's sei schuld daran, dass sie zu dick geworden waren.

Ihre Freundin Abby hatte wohl doch recht mit der Behauptung, dass Hannah oft zu verurteilend war. Trotzdem – oder gerade deshalb – konnte Hannah Kyle nicht ganz ernst nehmen. Sie gingen zwar auf das gleiche College, aber ihre College-Erfahrung war wahrscheinlich so unterschiedlich, wie sie nur sein konnte. Kyle war ein Jock. Das war der Ausdruck für Jungs, die gut im Sport waren und sich mit hübschen Cheerleadern umgaben. Sie hatten nicht so viel in der Birne, waren dafür aber mächtig arrogant. Mit solchen Typen hatte sie schon genug Erfahrungen gemacht, die sie lieber vergessen würde. Jocks mussten natürlich nicht zwingend doof sein, aber in diesem Fall und nach allem, was sie von Kyle gehört hatte, war der Rest bestimmt zutreffend. Kyle war das Alphatier im Ruderteam und zu den Wettbewerben kam fast das ganze College. Die Sportler trainierten morgens und nachmittags und scheinbar ständig und räumten regelmäßig die wichtigsten Preise in Neu-England ab. Aber zum Rudern brauchte man nicht viel Intelligenz. Das ging mit Muskelkraft. Kyle spielte zudem auch noch Golf – sehr gut sogar. Wenn sie sich richtig erinnerte, besaßen seine Eltern sogar einen Golfclub. Aber sie hatte auch noch ganz andere Dinge über ihn gehört und was seinen Umgang mit Mädchen anging, nichts Schmeichelhaftes. Hatte er nicht dieses Mädchen aus ihrem Dorm, wie das Wohnheim an ihrem College genannt wurde, aufs Übelste sitzen gelassen? Da gab es doch irgend so eine Geschichte.

»Ich weiß nicht, worüber du gerade nachdenkst, und deinem Gesichtsausdruck nach weiß ich auch nicht, ob ich es wissen will. Zu viel denken tut nicht gut.« Er hob die Hand und tippte leicht an ihre Stirn. »Sonst musst du da später Botox reinspritzen.«

Hannah wich einen Schritt zurück. »Sag mal, du spinnst ja wohl total …«

Kyle nahm in gespielter Hilflosigkeit die Arme hoch und machte einen Schritt zurück. »Hey, das war ein Witz.«

»Was war das denn bitte schön für ein Witz?«

»Peaches, jetzt sei doch nicht so sauer. Ich habe keine Schneelawine vom Himmel geschüttet. Ich versuche nur, dich aufzuheitern.«

»Kannst du mal aufhören, mich Peaches zu nennen?« Sie stemmte die Hände in die Hüften, aber sie konnte ihm dabei nicht direkt in die Augen sehen. Stattdessen blickte sie an ihm vorbei in die Halle mit den vielen ungeduldigen Menschen. Es hatte keinen Sinn, sich mit diesem Jock rumzuärgern. Sie sollte sich lieber einen Plan überlegen, was sie jetzt machen sollte.

Seufzend wandte sie sich ihm wieder zu. Irgendetwas war merkwürdig an seinem Gesichtsausdruck. Er lächelte ein wenig, fast schüchtern oder entschuldigend. Leicht verwirrt schüttelte sie den Kopf. Und plötzlich fiel es ihr wie Schuppen von den Augen. Am liebsten hätte sie sich vor die eigene Stirn geschlagen. »Du kennst meinen Namen nicht«, stellte sie fest. Leider klang ihre Stimme dabei etwas piepsig. »Deshalb nennst du mich Peaches.«

Kyle sah aus wie ein kleiner Junge, der von seiner Mutter bei etwas Verbotenem ertappt worden war.

Hannah seufzte erneut und wandte sich ab: »Frohe Weihnachten, Kyle.« Sie raffte wieder ihr Gepäck zusammen, schulterte ihren Rucksack und hielt Ausschau nach einem Informationsschalter. Irgendetwas musste sich der Flughafen doch für die gestrandeten Passagiere ausdenken.

»Amy?«, erklang Kyles Stimme unsicher hinter ihr.

»Hannah. Ich heiße Hannah. Aber egal.« Entschlossen marschierte sie los. Sie mochte nicht zugeben, wie sehr es sie ärgerte, dass er noch nicht einmal ihren Namen kannte, während sie wesentlich mehr über ihn wusste, als sie je hatte wissen wollen.

Forest Lake war ein ziemlich kleines College in Connecticut und die meisten Studenten aus dem eigenen Jahrgang kannte man zumindest vom Sehen. Kyle war auf jeder College-Party, auf der er auftauchte, sofort das Zentrum der Aufmerksamkeit. Und das nicht zuletzt, weil er häufig einen in der Tat sehr süßen Golden Retriever dabeihatte, so wie weibliche Celebrities gern einen Chihuahua in der Handtasche trugen. Klar, dass sich dann natürlich schnell eine Art Fanclub um ihn versammelte. Ganz vorn dabei die ganzen Mädels, die bedauerten, dass das Ruderteam keine Cheerleader besaß. Warum nur hatte sie sich die Geschichten, die sie über ihn gehört hatte, überhaupt gemerkt? Es gab mit Sicherheit Wichtigeres.

»Hannah, jetzt sei doch nicht gleich eingeschnappt. Ich kann dich gern mit in die Stadt nehmen. Hier kannst du schließlich nicht übernachten.« Kyles Stimme klang selbstgefällig, als würde er sein Angebot, sie mitzunehmen, selbst ziemlich großzügig finden. Ohne ihn zu beachten, ging sie weiter.

»Hannah? Jetzt bleib doch mal stehen. Es tut mir leid, dass ich deinen Namen nicht wusste. Wir haben schließlich noch nie miteinander gesprochen!«

Das stimmte natürlich. Hannah kam sich plötzlich total albern vor. Tatsache war, dass sie bei diesem Schneesturm besser in der Stadt aufgehoben war als hier am Flughafen. Vor den Infoständen hatten sich inzwischen unendlich lange Schlangen gebildet. Und wenn jeder Einzelne so lange rumdiskutierte, wie sie es selbst gerade am Abflugschalter getan hatte, konnte es Stunden dauern, bis sie an der Reihe war.

»Wenn wir Glück haben, kommen wir noch in die Stadt. Der Schneesturm wird alles lahmlegen. Komm, ich fahre ohnehin.«

Kyle hatte natürlich recht. Ziemlich dämlich, dass sie sich wie eine Diva aufführte und eingeschnappt war, weil der beliebteste Junge des Colleges die Bibliotheksmaus der Schule nicht erkannt hatte.

Er hatte sie mit ein paar Schritten eingeholt und stellte sich ihr in den Weg. »Bitte, nimm die Einladung an. Sonst habe ich ein schlechtes Gewissen, weil ich eine Forest-Lake-Studentin einfach hier sitzen lasse. Schließlich ist fast Weihnachten. Gibt sonst bestimmt auch schlechtes Karma und ich bekomme weniger Geschenke vom Weihnachtsmann.«

»Du meinst, du machst das nur wegen der Geschenke? An jedem anderen Tag würdest du mich am Flughafen versauern lassen? So leicht wird sich der Weihnachtsmann nicht täuschen lassen.« Hannah strengte sich an, ein Lächeln zu unterdrücken.

»Komm, stell dir einfach vor, ich bin Scrooge und will mich endlich als Wohltäter fühlen. Hilfst du mir?«

Jetzt konnte sie sich ein Grinsen nicht mehr verkneifen. »Okay, Kyle. Rette mich«, murmelte sie ironisch.

»So ist es besser, Peaches!«

»Haaaalt. Ich komme nur mit, wenn du mich nicht mehr Peaches nennst.«

»Okay, Peaches. Aber nur unter einer Bedingung.«

Sie blickte ihn verwirrt an.

»Dass ich dich, solange wir in New York sind, weiterhin Peaches nennen kann. Der Name passt zu dir. Und jetzt weißt du ja, dass ich deinen Namen kenne, also können wir uns entspannen und zu Kosenamen übergehen.«

»Meine Güte, du bist ja noch schlimmer, als ich gedacht habe.« Fassungslos schüttelte sie den Kopf.

»Du wirkst etwas verwirrt«, sagte er selbstgefällig.

»Kann es sein, dass du nur ein winziges bisschen zu überzeugt von dir selbst bist? Sind dir deine Instagram-Follower etwa zu Kopf gestiegen?«

Ah. Im nächsten Moment hätte sie sich am liebsten selbst geohrfeigt. Sie hatte soeben zugegeben, dass sie tatsächlich schon mal auf Kyles Instagram-Profil gewesen war. Wie peinlich war das denn? Er hatte Tausende von Followern und es gab am College genug Mädels, die jubelten, wenn Kyle ihnen »zurückfolgte«. Ein absolutes Armutszeugnis. Instagram war ohnehin vollgestopft mit eitlen Menschen und wer am hemmungslosesten postete, wie etwa diese Lacrosse-Spielerin, die jedes Mal in der Umkleidekabine noch ein paar Bilder von sich im Sport-BH schoss, bekam die meisten Likes und am Schluss noch irgendwelche Werbeverträge. Eitelkeit und Exhibitionismus wurden belohnt. Rasch verdrängte sie die Gedanken wieder, schließlich war sie hier nicht im Seminar *Gender Studies*, wo sie manchmal das Gefühl hatte, dass bei einigen, die sich so heftig aufregten, auch Neid im Spiel war.

»Also. Ich bin bereit«, wechselte sie das Thema. »Bitte lass den Wohltäter raushängen. Mir egal, wenn es offensichtlich nicht von Herzen kommt und es dir ganz klar nur darum geht, ein paar Geschenke vom Weihnachtsmann abzugreifen. Aber ich ignoriere deine niederen Motive für den Augenblick und folge dir in die Stadt.«

Kyle grinste zufrieden. Immerhin ging er nicht auf die Instagram-Sache ein. Wortlos nahm er ihr den schweren Koffer aus der Hand und warf sich die vollgestopfte Tasche mit ihrem viel zu schweren Handgepäck über die Schulter. Er wirkte dabei nicht so, als würde ihn das irgendwelche Kraft kosten. Über die andere Schulter hatte er bereits seine eigene, ziemlich kleine Dufflebag geworfen. Scheinbar ohne jede Anstrengung lief er zum Ausgang. Hannah, deren Schulter immer noch von dem Riemen schmerzte, der sich dort hineingebohrt hatte, zuckte mit den Schultern und folgte ihm.

»Warum hast du eigentlich nur so eine kleine Tasche, obwohl du so weit weg fliegst?«, fragte sie.

»Badehose. Der Rest ist in Barbados.«

»Ooookay. Fliegst du da häufiger hin?«

Kyle blickte sie an, als wollte er abschätzen, wie viel Wahrheit sie vertragen konnte. Dann wandte er sich wieder nach vorn. »Eigentlich schon. Mein Vater hat ein Haus dort. Wir fahren jedes Weihnachten hin. Nur letztes Jahr war es mit dem CV so krass, dass wir auf den Bahamas waren«, nuschelte er.

»Mit dem CV?«, bohrte Hannah nach. »Äh, ist das nicht die Abkürzung für Curriculum Vitae? Was hat das denn mit deinem Lebenslauf zu tun?«

Kyle grunzte kurz. »Neeee, der Chikungunya-Virus. Ist der gleiche, den es auch in St. Barthes und der sonstigen Karibik gibt«, erwiderte er.

»Ach so, klar.« Ihre Stimme klang dabei so bissig, dass Kyle sich überrascht zu ihr umdrehte und sie verständnislos anstarrte.

»Du wirst es nicht glauben, aber es gibt Teile der Bevölkerung, die nicht Urlaub in der Karibik machen und diesen Chicken-Tuka-Virus daher nicht kennen. Ich fürchte, ich gehöre dazu«, erklärte Hannah. Schon einen Augenblick später bereute sie ihre spöttische Bemerkung. Sie klang, als wäre sie eingeschnappt, weil sie nicht zu der privilegierten Schicht gehörte, die Urlaub in der Karibik machte. Dabei wollte sie gar keinen Urlaub dort machen, vor allem nicht, wenn man dann mit so Hohlbirnen wie Jenny Seinfeld abhängen musste, die jedem im College erzählt hatte, dass ihre Eltern über die ganze Welt verteilt sechs Ferienhäuser besaßen. Ihre Worte kamen wieder mal völlig falsch rüber.

»Ach so, sorry«, sagte Kyle und schlug sich mit der Hand vor den Kopf, sodass Hannah nicht sagen konnte, ob es ihm wirklich leidtat oder ob er sich über sie lustig machte. Wohl eher Letzteres. »Achtung, bitte«, sagte er und machte einen weiteren Schritt nach vorn, sodass sich die Schiebetüren nach draußen öffneten.

Kalte Luft und dicke Schneeflocken bliesen ihnen ins Gesicht. Sofort war sie wieder hellwach, die Kälte hatte jede Spur von Müdigkeit vertrieben, als wäre der Sauerstoffgehalt im Blut, reduziert durch die stickige Flughafenluft, mit dem ersten Atemzug sprunghaft angestiegen. Kyle blinzelte ein paarmal, weil sich die dicken Schneeflocken, die ununterbrochen vom Himmel fielen, in seinen Wimpern verfingen. Hannah versuchte, die Flocken von den Brillengläsern zu wischen, wo sie scheinbar zielgerichtet hinflogen und festpappten wie Fliegen auf einer Windschutzscheibe.

»Wird von Mücken übertragen«, erklärte Kyle über die Lautstärke des Windes und der fahrenden Autos und Busse hinweg. »Ist ziemlich brutal, man kann sich nicht bewegen und einige sterben sogar dran. Aber dieses Jahr können wir wieder nach Barbados. Meine Familie hat sich schon das ganze Jahr lang darauf gefreut. Aber gut, sie werden auch ohne meine Gesellschaft ein paar Tage überleben. Es wird zwar schwierig, aber es wird gehen.« Er zuckte mit den Schultern. Dann hob er einen Arm und winkte energisch ein Taxi heran.

Eine ganze Reihe Menschen in dicken Wintermänteln mit vermummten Gesichtern hatte sich in einer ordentlichen Schlange auf längeres Warten eingestellt. Kyle stand immer noch in seinem Poloshirt im Schnee, als wäre das völlig selbstverständlich und als würde das Wetter nicht für ihn gelten. Dann griff er wieder nach Hannahs Gepäck, gab ihr ein Zeichen, ihm zu folgen, und ging zu dem Taxi, das vor ihnen gehalten hatte. Der Kofferraum sprang auf.

»Wie hast du das denn gemacht?«, fragte Hannah.

Kyle hielt ihr seine Hand vor die Nase. Jetzt erkannte sie, dass mehrere Geldscheine zwischen seinen Fingern steckten. Doch bevor sie etwas erwidern konnte, hatte Kyle sich durch das geöffnete Autofenster mit dem Fahrer geeinigt und das Gepäck in den Kofferraum geladen. Er öffnete die Autotür und bedeutete Hannah mit einer ungeduldigen Geste, einzusteigen. Dann lief er um das Taxi herum und stieg selbst ein. Zum Glück war das Schneetreiben sogar direkt vor dem Flughafen so dicht, dass die anderen Menschen nicht so genau mitbekommen hatten, was hier vor sich ging. Aber die ersten schauten bereits zu ihnen rüber und es würde nicht mehr lange dauern, bis sie Hannah dafür verantwortlich machten, dass sie nun noch länger auf ein Taxi warten mussten.

»Kommst du?«, rief Kyle nach draußen. »Sonst wirst du gleich noch von der wütenden Meute angefallen.«

Hannah schüttelte den Kopf, dann stieg sie ein.

»Du kannst einfach nicht in der Taxi-Schlange warten wie andere Menschen auch, oder?«, sagte sie, als sich die Tür mit einem dumpfen Laut geschlossen hatte und der Taxifahrer so schnell wie möglich losfuhr, um keinen Ärger mit seinen Kollegen zu bekommen.

Kyle blickte sie verständnislos an. »Ich dachte, du bist mir dankbar. Immerhin musst du nicht länger im Schneesturm stehen.«

Hannah versäumte es, eine passende Antwort zu geben, denn kaum hatte sich die Autotür geschlossen, war ihre Brille beschlagen und sie musste zuerst ihre Brillengläser entnebeln. Zeitgleich war ein im Rücksitz eingebauter Fernseher in großer Lautstärke angesprungen.

Kyle lehnte sich nach vorn. »907 Fifth Avenue, Ecke 72nd and Fifth«, sagte er und ließ sich gegen die Rückenlehne fallen.

Hannah versuchte, den Fernseher auszustellen oder zumindest die Lautstärke herunterzudrehen, was ihr aber nicht gelang. Kyle sah einen Moment lang zu, dann lehnte er sich vor, drückte irgendeinen Knopf und der Bildschirm ging aus.

»Wie hast du das vorhin eigentlich gemeint?«, fragte er. »Die anderen hätten schließlich das Gleiche machen können wie wir. Ich habe nur für ein Taxi bezahlt. Das nennt sich freie Marktwirtschaft.«

»Ach, ist ja egal«, sagte Hannah. Sie konnte sich schlecht

darüber aufregen, dass er sich vorgedrängelt hatte, und gleichzeitig seine Einladung annehmen.

»Wohin möchtest du? Ich kann dich unterwegs rauslassen, wo du willst. Höher als die Upper East Side willst du ja mit Sicherheit ohnehin nicht. Die Fahrt wird bei dem Wetter eine Weile dauern. Also machen wir es uns besser gemütlich.« Er lächelte und zwinkerte ihr verschwörerisch zu.

»Ich kann mir nicht helfen. Irgendwie hört es sich anzüglich an, wenn du ›machen wir es uns gemütlich‹ sagst«, platzte sie heraus.

»Es *ist* anzüglich gemeint. Aber ich habe leider den Eindruck, du wirst nicht drauf eingehen.«

Unwillkürlich musste sie über diese Bemerkung schmunzeln. »Sag mal, ich will natürlich nicht deine Coolness anzweifeln, aber jetzt, wo klar ist, dass es mit Barbados nichts wird – wäre es nicht langsam mal an der Zeit, die Flip-Flops gegen Winterstiefel auszutauschen und sich einen Pullover überzuziehen?«

Kyle blickte auf seine nackten Füße. »Ich fürchte, in diesem Fall hast du recht. Muss ich zu Hause machen. Aber ich finde es rührend, dass du dir Sorgen um mich machst.«

»Warte mal, du hast gar keine anderen Schuhe dabei?«, fragte Hannah und ignorierte seine Bemerkung. Ihre Brille war schon wieder beschlagen und sie wünschte, sie würde ihre Kontaktlinsen tragen.

»War ja nur die kurze Fahrt mit Joe und dann der Flug.« Er zuckte mit den Schultern. »Dafür reichen Flip-Flops.«

»Joe?«

»Unser Fahrer«, murmelte Kyle und blickte aus dem Fenster. »Krass da draußen. Wirklich krass.«

Öffentliche Verkehrsmittel benutzte Kyle offenbar normalerweise gar nicht, da kam man auch im Winter mit Flip-Flops durch. Aber ein Leben mit einem Haus auf Barbados und einem Fahrer, der einen durch die Gegend fuhr, sodass man sogar im Schneesturm Flip-Flops tragen konnte, war einfach sehr, sehr weit weg von ihrem eigenen Leben.

Es dauerte nicht lange, bis ihre Füße im warmen Taxi wieder anfingen zu glühen. Sie lehnte sich nach unten, um ihre Winterstiefel abzustreifen.

»Hey, hey, hey, was hast du vor?«

Hannah zuckte zurück. Kyle hatte sich zu ihr gedreht und stützte sich mit einer Schulter und dem Hinterkopf gegen das Fenster.

»Was?« fragte sie.

»Was genau hast du vor?« Er nickte mit dem Kopf in Richtung ihrer Füße, wobei ihm seine Haare mal wieder in die Augen fielen. Er legte es bestimmt darauf an. Denn schon kurz darauf strich er die Strähnen langsam zurück. Wahrscheinlich dachte er, dass sie auf solche Gesten abfuhr. Aber da hatte er sich getäuscht.

»Ich will meine Stiefel ausziehen?«

»Und ... das geht in Ordnung?«, fragte er zweifelnd.

»Was soll damit nicht in Ordnung sein?«

»Ich meine, du wartest doch schon seit Stunden am Flughafen. Das Taxi hier ist klein. Nicht, dass es dir gleich unangenehm wird …«

Hannah verdrehte die Augen. »*Ich* habe keine stinkigen Schweißfüße, die ich auch im Winter in Flip-Flops stecken muss, damit sie nicht zur Geruchsbelästigung werden.«

»Ich meine ja nur. Die Fahrt wird lang. Und ich habe eine sehr empfindliche Nase.«

Hannah tippte sich an die Stirn und fuhr fort, sich die Stiefel auszuziehen. Kyle grinste zufrieden über seinen eigenen Witz. Aber sie konnte nicht leugnen, dass sie, als sie ihre Stiefel abstreifte, vorsichtig schnupperte, ob sie unangenehm rochen.

»Unsicher?«, spottete Kyle und rümpfte die Nase.

»Du bist echt unmöglich«, sagte Hannah und streckte ihre Beine extra in Kyles Richtung. »Selbst schuld, du hast mich eingeladen.« Aber sie war ganz erleichtert, dass sie eine Sache wirklich nicht besaß, nämlich muffige Füße. Kyle genoss es offensichtlich, andere zu verunsichern.

»Also, wohin darf ich dich bringen?«

»Das muss ich noch kurz klären«, sagte Hannah und konzentrierte sich auf ihr Handy. »Vielleicht gibt es ja etwas in der Nähe. Wie nennt sich die Gegend?«

»Upper East Side.«

»Kennst du zufällig eine gute Seite für Hotelzimmer – also, billige Hotelzimmer?« Auch wenn sie sich kaum in New York auskannte – Upper East Side klang nicht nach einer Gegend, wo sie sich ein Zimmer leisten konnte, so viel hatte sie schon durch amerikanische Filme gelernt. Sie könnte heulen, wenn sie daran dachte, dass wahrscheinlich all das Geld, das sie mühsam in der Cafeteria verdient hatte, nach dieser einen Übernachtung wieder weg sein würde.

Kyle zuckte die Schultern. »Ich fürchte nein.«

»Okay, sorry, dumm von mir. Natürlich kennst du keine billigen Hotels.« Hannah begann zu googeln, aber auf ihrem Display passierte nicht viel.

»Ich fürchte, billig ist im Moment überall schwierig, es sind ja noch andere Leute in der Stadt gestrandet.«

Leider hatte sie auch nicht so viele enge Freunde, die sie anrufen könnte, um bei ihnen zu übernachten. Sie besuchte das Forest Lake College schließlich erst seit dem Herbstsemester. Und die Freundinnen, die sie bisher im College gefunden hatte, waren nicht aus New York, und auch Ethan, ihr bester, rein platonischer Freund, war ursprünglich aus Michigan. Aber vielleicht konnte Abby ihr ein paar Tipps geben. Doch da meldete sich auch nur die Mobilbox. Verständlich, denn die meisten waren jetzt bei ihren Familien, und Handy und Computer waren ausnahmsweise in den Hintergrund gerückt.

Draußen wütete weiterhin der Schneesturm und der Taxifahrer hatte das Tempo inzwischen so weit gedrosselt, dass sie nur noch im Schritttempo vorankamen. Die großen Flocken trafen gegen die Scheibe und fielen breit auseinander. Obwohl der Scheibenwischer auf Hochtouren lief, war die Sicht so schlecht, dass außer dem Weiß des Schnees nur die roten Rücklichter der anderen Autos zu sehen waren. Sogar die starken Laternen am Straßenrand drangen nur gedämpft durch den Schnee, um die einsetzende Dämmerung zu erhellen.

Kyle ließ das Fenster herunterfahren und streckte seine Hand nach draußen. Sofort fegte ein Schwall kalter Luft durch das Auto.

»Mister, könnten Sie das Fenster bitte schließen?«, brummte der Fahrer von vorn.

»Ich fange Schnee«, sagte Kyle.

»Mister, könnten Sie bitte das Fenster schließen«, wiederholte der Fahrer monoton.

Kyle zuckte mit den Schultern und zog seine Hand zurück. Er ließ die Scheibe wieder hochfahren und der frische Luftzug stoppte genauso plötzlich, wie er gekommen war. Kyle drehte sich zu Hannah und hielt ihr seine Handfläche hin, auf der die Schneeflocken rasch dahinschmolzen. Seine Hände waren groß, aber nicht grob, auch wenn er einige Schwielen auf den Handflächen hatte – vom Rudern wahrscheinlich. Die wunderschön geformten Schneeflocken lagen nur wenige Sekunden lang zart in seiner Hand, bevor sie zu Wasser zerflossen. Kyle schaute nachdenklich auf die verbliebenen Tropfen auf seiner Handfläche und sah dabei irgendwie enttäuscht aus.

»Hat dir noch niemand erklärt, dass man Schneeflocken nicht fangen kann?«, fragte Hannah, während sie mit versiegender Hoffnung auf ihr Handy starrte und darauf wartete, dass die nächste Webseite lud.

»Hat dir noch niemand erzählt, dass es um den Spaß des Augenblicks geht? Ich will die Schneeflocken nicht mit nach

Barbados nehmen. Aber ich habe sie gefangen und einen Augenblick lang gehörten sie mir. Vielleicht reicht mir das ja.« Er sah Hannah über seine feuchte Handfläche hinweg an, während das Taxi leicht hin und her schaukelte.

Inzwischen kam das Auto immer noch nicht schneller voran, die Fahrt konnte also noch lange dauern. Auf dem weich gefederten Rücksitz fühlte sie sich wie auf einer kleinen, warmen Insel, um sie herum nur das weiße Nichts. Mit einem Seufzen lehnte Hannah sich nach hinten und zog ihre Füße nach oben auf den weichen Sitz, bis sie im Schneidersitz saß. Es schien, als hätte der Rest der Welt aufgehört zu existieren – alles war unendlich weit weg. Doch der Moment wirkte auf merkwürdige Weise vertraut, obwohl sie und Kyle alles andere als vertraut waren. Hannah saß auf ihrer Seite, während Kyle seine langen Beine ausstreckte und scheinbar keine Angst davor hatte, sich auf ihrer Seite auszubreiten oder gegen ihr Knie zu stoßen. Jungs wie Kyle waren es gewöhnt, viel Platz einzunehmen und sich nicht kleinzumachen oder zurückzuhalten. Er erinnerte sie an Tom, ihre erste und auch letzte große Liebe, und seine selbstverliebte Art, die sie anfangs anziehend gefunden hatte. Nachdenklich scrollte Hannah durch ihre Kontakte und überlegte, wen sie anrufen konnte.

»Hast du niemanden, den du anrufen könntest?« Kyle warf einen neugierigen Blick auf ihr Handy-Display. »Scheinen ja nicht ganz so viele Freunde in deinem Handy abgespeichert zu sein.« Er grinste. »Mich kannst du immer anrufen. Dann nehme ich dich auch mal auf eine Party mit.«

»Hey! Ich habe genug Freunde, mach dir da mal keine Sorgen. Und die würden mich alle aufnehmen. Sie wohnen nur leider nicht in der Nähe. Und du glaubst doch nicht im Ernst, dass deine Facebook-Freunde echte Freunde sind, oder? Wie viele hast du eigentlich? Lass mich raten, 500? Halt, nein, 700?«

Kyle wirkte verdutzt. »Äh, 798. Aber keine Sorge. Ich kenne den Unterschied zwischen Facebook und Real Life. Aber manchmal wäre es ganz angenehm, wenn man im echten Leben Freundschaften genauso einfach löschen könnte wie auf Facebook.« Er klopfte mit den Fingern gegen die Scheibe, während er das sagte.

Natürlich. So könnte er problemlos seine ganzen Ex-Dates abstreifen, wenn er nichts mehr von ihnen wollte. Sie wusste, dass einige Mädchen im College Kyle anschmachteten wie ein Cocker Spaniel einen saftigen Knochen.

»Ich würde deine Freundschaftsanfrage selbstverständlich annehmen und dich sehr gern in den exklusiven Kreis meiner Freunde aufnehmen.« Kyle grinste. Mit einem Zwinkern fügte er hinzu: »Es gibt auch noch eine geheime Gruppe für spontane Partys …«

»Bild dir bloß nicht ein, dass außer dir und deinen Sportfreunden niemand ein schönes Unileben hat, nur weil er sich nicht auf jeder Party besinnungslos betrinkt. Du kannst es dir vielleicht nicht vorstellen, aber viele Studenten wollen nicht Teil deiner Clique sein. Und danke für das Angebot, aber ich bin überhaupt nicht auf Facebook.«

»Erstens: Dafür, dass du dich selbst als intellektuell betrachtest und bestimmt viele kluge Bücher mit allen sprachlichen Stilmitteln gelesen hast, verstehst du erstaunlich wenig Ironie. Meinst du nicht, der letzte Satz von mir könnte ironisch gemeint sein? Wäre ich nicht ein bombastischer Arsch, wenn ich das ernst gemeint hätte?«

Hannah schluckte. Natürlich hatte er recht, aber sie war auch davon ausgegangen, dass er ein bombastischer Arsch war. Bisher hatte Kyle sich wie ein Macho aufgeführt, keineswegs besser als in all den Geschichten, die sie über ihn gehört hatte. Sie hatte ihn auch schon ein paarmal auf Partys erlebt, wo er ein Bier nach dem anderen getrunken hatte. Aber anders als erwartet, war Kyle keine Dumpfbacke und wusste teilweise doch viel genauer, was er tat und sagte. Sie wusste nur noch nicht, ob das besser oder schlechter war.

»Und zweitens: Alle wollen Teil von unserer Clique sein«, stellte Kyle nüchtern fest und schaute aus dem Fenster. »Das ist Fakt. Ironie hin oder her.«

Der Typ verursachte einem ja Kopfschmerzen! Immer wenn sie kurz davor war, ihre Haltung Kyle gegenüber noch mal zu überdenken, kam so ein Satz.

Hannah schüttelte den Kopf. »Nein. Es gibt Leute, die wollen Gespräche führen. Die wollen Bücher lesen und sich tatsächlich auch darüber unterhalten. Die gehen nicht nur an die Uni, um einen Abschluss zu machen. Die lieben ihr Studium.«

»Warum denkst du eigentlich, dass ich mein Studium nicht

liebe? Vielleicht liebe ich es aber auch, Party zu machen? Hey, später, wenn ich alt bin, will ich schließlich gelebt haben. Ich will doch alles gemacht haben.«

»Also, wenn sich ›alles gemacht‹ nur auf einen Haufen Mädchen und viel Alkohol bezieht, kann ich darauf verzichten.« Nach einer kleinen Pause fügte sie hinzu: »Es ist ja nicht so, als wäre ich noch nie im Leben auf einer Party gewesen.« Sie wollte nicht als prüde, spaßbefreite Bibliotheksmaus dastehen. So fühlte sie sich schließlich nicht. Aber de facto hatte sie keine große Lust auf Partys, auf denen sich alle betranken und besonders kamerataugIich Spaß hatten, um dann Videos zu drehen und überall zu posten, damit auch ja alle mitbekamen, wie viel Spaß sie hatten. Das war einfach sinnlos. Das hatte sie mit siebzehn gemacht – und das war schlimm genug.

»Hey, man kann sehr viel Spaß mit Mädchen haben. Es sind ja nicht alle so wie du. Nur weil du selbst ein Mädchen bist, heißt das nicht, dass du weißt, wie Mädchen funktionieren. Ich glaube, du hast keine Ahnung von Mädchen.« Kyle verschränkte die Arme vor der Brust und blickte sie erwartungsvoll an. Seine Augen funkelten im Licht der Straßenbeleuchtung, die von draußen durchs Fenster fiel.

»Ach so. Und du weißt, wie sie ›funktionieren‹? Was soll das überhaupt heißen? Nein warte, das war keine Frage. Ich will gar nicht wissen, was du unter ›funktionieren‹ verstehst.«

»Oh, du kannst mich alles fragen. Ich kann es dir auch gern zeigen.« Kyle lehnte seinen zerzausten Haarschopf gegen den Sitz des Taxis und sah auf sie herunter. Wahrscheinlich dachte er, dass er so unglaublich verführerisch aussah. Oder fand vielleicht nur Hannah, dass er in dieser Haltung ziemlich attraktiv war? Ah, schrecklich, sie war schon völlig durcheinander.

»Das muss ich mir jetzt nicht anhören.« Hannah ließ ihre Füße wieder zu Boden gleiten und rückte so weit wie möglich von ihm weg und sah nach draußen. Das heißt, sie versuchte es, viel war ja nicht zu erkennen.

»Du bist echt süß. Auch wenn ich das mit Sicherheit nicht sagen darf und von deinen Freundinnen in *Gender Studies* für so einen Satz wahrscheinlich verprügelt werde. Aber ich sage es trotzdem.«

Ihr Kopf schnellte zu ihm herüber. »Woher weißt du, dass ich *Gender Studies* ...« Hannah schlug sich gegen die Stirn, als sich ein Lächeln über Kyles Gesicht ausbreitete. Er schaffte es tatsächlich, dass sie im Auto saß und trotzdem zu ihm hochschauen musste. Das war bestimmt nur eine von seinen Psychonummern.

»Das mit *Gender Studies* war nur geraten.« Kyle zuckte mit den Schultern. »Du bist irgendwie der Typ für so was«, fügte er hinzu und sah aus seinem eigenen Fenster. »Aber das hast du gar nicht nötig.«

»Pfft.« Ihr fehlten echt die Worte.

»Sorry, Peaches. Aber bevor du gleich explodierst: Es macht einfach wahnsinnig Spaß, dich auf die Palme zu bringen. Nimm mich doch nicht so ernst. Ich tu's auch nicht«, sagte Kyle mit nüchterner Stimme. Ausnahmsweise klang er dabei gar nicht ironisch.

Nachdenklich starrte er aus dem Fenster, wie sie mit einem kurzen Blick in seine Richtung feststellte. Es ärgerte sie, wie er mit ihren Launen spielte, schließlich war sie kein Spielzeug. Sie konnte allerdings nicht leugnen, dass ihr die platten Komplimente schmeichelten. Von diesem Typen!

Hannah konzentrierte sich auf ihre Umgebung. Vor dem Fenster tanzten immer noch die Schneeflocken, aber sie fielen nicht mehr so dicht wie vorher. Sie fuhren an sanften Hügeln vorbei, die sich, man konnte es nur ahnen, weit in die Ferne erstreckten. Es fehlte nicht mehr viel Schnee und sie wären perfekt zum Rodeln. Schon merkwürdig, dass so nah bei New York so viele Felder nicht bebaut waren. Dann erkannte sie, dass zwischen den Schneemassen Kreuze aus dem Weiß hervorragten. Das war kein Feld, das war ein Friedhof!

Sie tippte eine Nachricht an ihre Eltern, in der sie ihnen versicherte, dass alles in Ordnung war und sie jetzt einen Tag in New York bleiben müsste, aber eine sichere Unterkunft hätte. Das stimmte zwar nicht so ganz, aber sie würde schon noch etwas finden. Natürlich hätte sie ihre Eltern auch anrufen können, aber sie wollte jetzt ohnehin nicht mit ihnen sprechen, sonst würde sie nur zu heulen anfangen. Sie wollte nicht, dass sie sich Sorgen machten. Hannah hatte noch nie Weihnachten ohne ihre Familie gefeiert. Ihre Mutter stellte bestimmt gerade die Holzkrippe auf, die Hannah gemeinsam mit ihrem Vater aus Sperrholz ausgesägt hatte. Damals, als er noch nicht so sehr gezittert hatte. Und danach hatten sie Leni und ihre Mutter damit überrascht. Obwohl Hannah nur die einfachsten Arbeiten beigesteuert hatte, war sie unheimlich stolz gewesen. Sie hatte beim Bauern nach Stroh gefragt und aus unterschiedlich großen Holzkugeln die Figuren gebastelt, die sie mit Filzstücken eingekleidet hatte. Inzwischen roch bestimmt das ganze Haus nach Vanillekipferl und das Weihnachtszimmer war vermutlich schon abgeschlossen. Natürlich wussten ihre Schwester Leni und sie, dass es nicht das Christkind war, das die Geschenke brachte. Trotzdem liebten sie diese magische Zeit und versuchten, so zu tun, als würden sie an alles glauben. Die Nachricht war immer noch nicht rausgegangen. Als Hannah versuchte, eine Internetseite aufzurufen, tat sich auch da nichts.

Wenn sie nach draußen schaute, wurde immer deutlicher, dass dies wirklich das erste Weihnachten ohne ihre Eltern werden würde. Ohne ihre Schwester. Ohne einen Baum. Halt. Sie musste jetzt klären, wo sie heute Nacht schlief.

»Ich glaube, das Netz ist zusammengebrochen, ich komme nirgends rein«, murmelte sie.

»Es braucht dir nicht peinlich zu sein, dass du keine Freunde hast, Hannah. Das Netz ist nicht zusammengebrochen.« Nachdenklich kratzte er sich am Kopf, er wirkte irgendwie verlegen. Zögerlich fügte er hinzu: »Notfalls kann ich auch meine Tante fragen, ob du bei ihr bleiben kannst. Und ansonsten kenne ich noch ein paar Leute, die mir einen Gefallen schulden.«

»Ich will aber keinen Gefallen von irgendwelchen von deinen Leuten, Kyle«, erwiderte Hannah genervt. Aber auf diese

Wohltäter-Nummer hatte sie wirklich überhaupt keine Lust. »Wärst du mal so nett, dein Telefon auszuprobieren? Das verdammte Netz funktioniert nicht! Aber vielleicht liegt es auch an meinem beknackten Vertrag. Mein Handy ist echt Mist.«

»Uuuuh. Ich wusste gar nicht, dass du so ordinäre Wörter kennst.«

»Ich kann noch nicht mal nach Hotelzimmern suchen. Und wenn ich nicht bald anfange zu suchen, bekomme ich wahrscheinlich keins mehr.«

»Es gibt *immer* Hotelzimmer«, sagte Kyle. »Glaub mir, ich weiß das.« Er grinste wieder auf diese Art, die sie auf die Palme brachte.

»Wie schaffst du es eigentlich, dass alles, was du sagst, irgendwie anstößig klingt? Das war ein harmloser Satz. Aber wenn du ihn sagst, klingt er irgendwie ... schmutzig.«

»Peaches. Ich glaube, das ist nur deine Fantasie, die schmutzig ist. Du stellst dir da zu viel vor. Das war ein vollkommen harmloser Satz. Hotelzimmer sind leicht zu finden.«

»Für dich vielleicht. Dir ist Geld ja egal.«

Für einen Moment glitt ein Schatten über Kyles Gesicht, als würde ihn ihre Bemerkung tatsächlich stören.

Doch es hatte keinen Sinn, sich mit Kyle zu streiten. »Kannst du bitte einfach mal ausprobieren, ob dein Handy funktioniert?«

Kyle nickte und griff nach seinem Telefon. Er tippte ein paar Tasten und wartete.

»Hey, David, yeah. Alles klar.« Er streckte den Daumen

hoch, um ihr zu zeigen, dass er eine Verbindung hatte. »Nein, kein Flug nach Barbados. Keine Bikini-Christmas-Party. It sucks, man. Ich sitze hier mit Peaches im Auto«, sagte er und zwinkerte ihr kurz zu.

Genervt verdrehte Hannah die Augen.

Während Kyle sie weiterhin durch seine schwarzen, dichten Wimpern hindurch anstarrte, fiel ihr auf, dass seine Augen im Dämmerlicht des Schneesturms dunkelblau waren und nicht hellblau wie sonst. Er hatte wirklich schöne Augen, aber sie würde am liebsten ihre Stirn gegen die Scheibe dafür schlagen, dass sie so einen Gedanken überhaupt zuließ.

»Yeah, Hannah, die Austauschstudentin. She's super hot. Großartiger schwedischer Export. Ich hab riesiges Glück gehabt«, sagte er und grinste Hannah breit an.

Hannah holte aus und tat so, als würde sie ihn schlagen wollen, tippte ihm dann aber stattdessen an die Stirn.

»Autsch«, quietschte Kyle. »Sorry, ich werde hier dringend gebraucht, diese Schwedinnen sind echt wild … Bis später, Buddy«, sagte Kyle und legte auf.

»Du bist unfassbar«, sagte Hannah und schüttelte den Kopf. Sie versuchte zu ignorieren, dass er gerade seinem Freund erzählt hatte, sie wäre *super hot*. Aber irgendwie hatte es ihr … gefallen. Nein, das durfte nicht sein! Das war einfach so sexistisch und machohaft, dass man nicht geschmeichelt sein durfte.

»Was meinst du überhaupt mit ›schwedischer Export‹?«

»Na, du kommst doch aus Schweden?«

»Düsseldorf liegt in Deutschland, du Pappnase!«

»Ach so, Düsseldorf!«, sagte Kyle und sprach Düsseldorf völlig verunstaltet aus, aber scheinbar wollte er zeigen, dass Hannah ihn nur mit ihrer Aussprache verwirrt hatte. An der Uni hatte sie auch mal zehn Minuten lang mit einer Literaturstudentin über Gothhy geredet, bis sie verstanden hatte, dass sie Goethe meinte – nur hatte sie es eben mit dem amerikanischen ›th‹ ausgesprochen. Die Studentin war schon ganz unruhig geworden, weil sie Gothhy, den angeblich größten Dichter Deutschlands, nicht kannte.

»Du bist also aus Deutschland?«, fragte Kyle erstaunt. »Du kommst gar nicht aus Schweden? Mann, das erklärt natürlich so einiges.«

»Was erklärt so einiges?«

»Ach nichts«, sagte Kyle und blickte aus dem Fenster. Wahrscheinlich war ihm peinlich, dass er nicht gewusst hatte, dass Düsseldorf eine deutsche Stadt war und keine schwedische. Dabei wohnte sie ja noch nicht einmal dort, sondern in einem Vorort von Bonn. Nur war der Flug nach Düsseldorf günstiger gewesen. Aber Kyle hatte gar nicht weiter nachgefragt. Konnte einem ja auch peinlich sein, so ahnungslos zu sein. Wobei sie zugeben musste, dass sie auch nicht jedes Kaff in Montana kannte.

»Du hast offensichtlich wirklich ein besseres Netz«, stellte sie widerwillig fest. »Meins ist so ein Prepaid-Ding, weil ich ja nur für begrenzte Zeit hier bin. Vielleicht könnte ich mir deins für einen Augenblick leihen?«

»Nein, du hattest recht,« sagte Kyle, fuhr sich durch die Haare und blickte weiter aus dem Fenster.

Hannah sah verwirrt zu ihm herüber. »Aber du hast doch …?«

Noch während sie sprach, breitete sich wie in Zeitlupe ein Lächeln auf Kyles Gesicht aus.

»Na ja, nicht so ganz«, entgegnete er glucksend und wandte sich ihr zu.

Hannah starrte ihn überrascht an. »Das heißt, das gerade eben war nur eine Show für mich? Du hast gar niemanden angerufen?«

»War gut, oder? Für den minderbemittelten Jock, für den du mich hältst, eine beachtliche Leistung, oder? Und dabei bin *ich* nicht in der Theatergruppe.«

»Wie …? Woher weißt du, dass ich in der Theatergruppe …?«

»Erstaunt? Dass ich deinen Namen nicht weiß, heißt nicht, dass du mir noch nie aufgefallen bist.« Kyle sah ihr dabei direkt in die Augen und sofort hatte Hannah das Gefühl, bis in die Haarspitzen zu erröten. Jedenfalls kribbelten ihre Wangen. Plötzlich war sie froh darüber, dass es inzwischen dunkel geworden war. Der Typ raubte ihr wirklich den letzten Nerv.

»Du bist unmöglich! Aber ich habe wirklich ein Problem.« Genervt blickte sie aus dem Fenster. Am meisten ärgerte sie sich, dass es ihr schmeichelte, dass er sie kannte. Sie war ihm aufgefallen. Und es ärgerte sie, dass ihr der Gedanke daran gefiel.

Der Taxifahrer ließ die Scheibe, die ihn von den Passagieren trennte, noch weiter herunterfahren. »Guys, tut mir leid, dass ich so langsam fahre, aber die Straße wird wirklich schlimm jetzt.«

»Ist in Ordnung«, rief Kyle zurück. »Wir vergnügen uns hier auf dem Rücksitz.« Dann drehte er sich zu Hannah und blickte sie erwartungsvoll an.

Hannah lehnte sich langsam in seine Richtung und stieß ihm ihren Ellenbogen leicht in die Rippen. »Das wolltest du doch erreichen, oder?«

»Hat dir schon mal jemand gesagt, dass es wahnsinnig Spaß macht, dich zu provozieren? Sei mir nicht böse, aber es ist einfach so verlockend.«

Hannah seufzte. Eigentlich war ihr nicht nach Witzen zumute. Sie näherten sich einer Stadt, die sie nur aus Filmen kannte, und sie hatte immer noch keine Ahnung, was sie jetzt tun sollte. Sie blickte wieder auf ihr Handy und drückte verzweifelt ein paar Tasten.

»Ich glaube, das bringt nichts, Peaches«, sagte Kyle und legte seine Hand auf ihre. »Ich rufe dann zu Hause vom Festnetz aus meine Tante an. Sie liebt es, Menschen in Not zu helfen. Es gibt keine Charity in New York, zu der sie nicht hingeht, und sie spielt sich gern als Wohltäterin auf. Sie gibt dir mit Sicherheit eine Unterkunft.«

Irgendetwas an dieser Erklärung gefiel Hannah nicht. Es klang fast so, als würde er die Charity seiner Tante nicht wirklich ernst nehmen und sie nur benutzen, um der Tante eins auszuwischen. »Hast du nicht gesagt, dass du auch kein Hotelzimmer in New York hast und selbst bei deiner Tante wohnst?«

»Höre ich da etwa Angst in deiner Stimme? Peaches, ich bin kein Tier, du brauchst keine Angst vor mir zu haben. Außerdem habe ich nur gesagt, dass ich kein Hotelzimmer brauche und eine Tante in New York habe. Meine Familie hat eine Wohnung in der Stadt.« Er blickte konzentriert auf das Handy, während er sprach.

Natürlich, das war ja klar. Sie hatte mal gehört, dass seine Familie ein riesiges Anwesen in Southampton hatte, und selbstverständlich besaßen sie auch ein Appartement in New York.

Das Taxi fuhr langsam auf eine lange Brücke, eine stählerne Fachwerkkonstruktion mit Retro-Charme, die so alt wirkte, dass Hannah das Gefühl hatte, in einer anderen Zeit gelandet zu sein.

»Das Appartement meiner Tante ist groß. Da kannst du echt problemlos schlafen.«

Obwohl Hannah es nur ungern zugab, war sie erleichtert, dass sie nicht auf der Straße oder in einem teuren Hotel übernachten musste, für das ihre gesamten Ersparnisse draufgehen würden.

»Ist das dein erstes Mal in New York?« Kyle spielte an seinem Handy rum, ohne auf das Display zu schauen.

Sie nickte.

»Das ist natürlich schade. Wenn es nicht so sehr schneien

würde, könntest du jetzt das wundervolle Brückenprofil sehen. Ich liebe New York, und die Queensborough Bridge macht mich total sentimental.« Kyles Stimme klang plötzlich ganz weich. Als würde er es ausnahmsweise sogar ernst meinen. So viele Gefühle hatte sie ihm gar nicht zugetraut. Erst recht nicht, wenn es um eine Stadt ging und nicht um einen Menschen.

Draußen war alles ruhig. Nur gedämpft drangen Geräusche in den Wagen. Sie hätten auch in einer Kleinstadt sein können oder allein durch einen Wald fahren. Durch den Schnee wirkte alles so friedlich.

»Ihr habt Glück. Sie haben gerade durchgesagt, dass in einer Stunde ein Fahrverbot erteilt wird«, sagte der Taxifahrer. »Der Schneesturm legt jetzt erst richtig los.«

Bald konnte man etwas mehr erkennen. Im Schneckentempo kroch das Taxi gerade eine breite Avenue hoch, die links und rechts von Hochhäusern gesäumt war und von Lichtreklamen beleuchtet wurde. Obwohl die Scheibenwischer hektisch hin und her fegten, schafften sie es nicht wirklich, die Scheibe frei zu halten. Die weiße Schneelandschaft draußen hatte nur wenig mit den Fotos zu tun, die sie bisher von New York gesehen hatte.

»Ich glaube, das Papier ist jetzt kaputt«, hörte sie eine amüsierte Stimme neben sich.

»Wie bitte?«

»Das Papier in deiner Hand. Du kannst damit aufhören.«

Hannah sah verwirrt auf ihre Hand herunter. Sie hatte,

ohne es zu merken, ihren Reiseplan, den sie sorgfältig ausgedruckt hatte, zu Papierschnipseln verarbeitet.

»Könntest du mich vielleicht an irgendeinem Café mit WLAN rauslassen? Am besten sofort. Dann kann ich noch nach Hotels suchen, bevor alle ausgebucht sind. Und wenn ich keins finde, kann ich mich ja melden. Ich muss mich übrigens auch bei dir bedanken. Du hast mir sehr geholfen.«

Sie lächelte ihn kurz an. Sie hatte schon wieder einen fürchterlichen Kloß im Hals.

Kyle sah sie mit hochgezogenen Augenbrauen an. Es schien, als konnte er nicht ganz glauben, was sie gerade gesagt hatte. Aber in seinem Blick lag auch fast so etwas wie Mitleid – oder Spott. »Peaches, das meinst du jetzt nicht ernst. Auch wenn man es mir nicht ansieht und du es mir ohnehin nicht glaubst: Aber ich bin ein Gentleman. Ich lasse dich doch nicht alleine im Schneesturm in New York auf der Straße stehen. Ich werde zumindest sicherstellen, dass du versorgt bist.«

»Ich finde schon was.«

»Klar, ohne Internet und ohne Telefon in einer Stadt, in der nichts funktioniert. Du kommst erst mal mit, wir rufen gleich meine Tante an und fertig. Ich lasse dich doch nicht zwei Tage vor Weihnachten im Schnee stehen!«

»In Deutschland feiern wir schon morgen Weihnachten, da ist Heiligabend. Das ist wirklich ein wunderschönes Fest.« Hannahs Stimme klang belegt.

»Ihr feiert morgen schon Weihnachten? Willst du sagen,

ihr packt am Tag vor Weihnachten die Geschenke aus und nicht erst am 25. Dezember? Das ist nicht dein Ernst! Ich dachte, die Deutschen wären so überkorrekt.«

»Na ja, also, wir feiern eben den Heiligen Abend. Zuerst gehen wir alle gemeinsam in die Kirche, danach setzen wir uns zusammen, zünden den Weihnachtsbaum an, essen ein wunderbares Abendessen und dann packen wir unsere Geschenke aus.«

»Warte mal. Ihr zündet den Baum an? Du meinst, ihr habt echte Kerzen am Weihnachtsbaum? Also jeder oder jetzt nur deine crazy Familie?«

»Jaaaa?! Du tust ja gerade so, als würden wir eine Atombombe unter dem Weihnachtsbaum zünden. Es sind nur ein paar Kerzen.« Nach einem Moment fügte sie hinzu: »Ist ja auch egal. Ich werde es ohnehin verpassen.«

»Und die Feuergefahr?«

Jetzt musste Hannah amüsiert lächeln. Kyles Stimme klang so ungläubig und misstrauisch, als wäre das etwas wahnsinnig Gefährliches. »Man muss eben ein bisschen aufpassen. Hätte gar nicht erwartet, dass dir ein paar Kerzen solche Angst einjagen.«

»Die Deutschen überraschen einen immer wieder. Aber ich werde dich weder zwei Tage vor dem echten Weihnachten, noch einen Tag vor diesem German Weihnachten für Ungeduldige im Schnee stehen lassen«, sagte er bestimmt.

Hannah unterdrückte ein Seufzen.

»Ich frage mich echt, was für Geschichten du über mich

gehört hast«, sagte Kyle plötzlich ernst. Seine Augen waren groß und von einem unglaublich intensiven Blau, dass er geradezu unschuldig aussah. Das war wohl auch das Gefährliche an ihm.

Hannah zuckte mit den Schultern. »Keine so tollen, wenn ich ehrlich sein soll.«

»Aha«, murmelte Kyle. »Jetzt wird's interessant.« Er rückte näher an sie heran. Sofort stieg ihr eine Wolke seines Aftershave in die Nase. Es roch fruchtig, gar nicht nach Winter, sondern eher nach Sommer.

Sie warf ihm einen herablassenden Blick zu. »Erwartest du jetzt, dass ich dein Ego streichle? Mit Geschichten, in denen du reihenweise Mädchenherzen brichst?«

»Ich hoffe es.«

»Ich glaube, dein Ego muss nicht mehr gestreichelt werden.«

»Und ich glaube, es ist viel zu lange nicht gestreichelt worden. Jedenfalls nicht, seit ich dich getroffen habe. Es ist also auf Entzug.«

Hannah schüttelte übertrieben genervt den Kopf und ließ ihn gegen das Rückenpolster sinken. Aber ihre Mundwinkel zuckten. Kyle hatte Humor.

»Okay, hier sind wir«, sagte Kyle. Er lehnte sich vor und bedeutete dem Taxifahrer, dass er stehen bleiben sollte.

Er hatte so schnell ein Bündel Geldscheine aus der Tasche gezogen und dem Taxifahrer in die Hand gedrückt, dass Hannah gar nicht reagieren konnte. Davon abgesehen besaß sie auch gar keine Bündel Geldscheine, die sie dem Taxifahrer hätte in die Hand drücken können.

»Nein, lass stecken. Ich lad dich ein«, sagte Kyle und schob ihre Hand zurück, mit der sie schon nach ihrem kleinen Portemonnaie gegriffen hatte.

Noch bevor Hannah ganz ausgestiegen war, hatte Kyle schon ihren schweren Koffer aus dem Kofferraum gehoben. Es würde unmöglich sein, ihn hier zu ziehen. Auf dem Bürgersteig türmte sich der Schnee und man sank bei jedem Schritt ein. Schon nach wenigen Schritten war Schnee in den Schaft ihrer Winterstiefel gedrungen. Vergeblich versuchte sie, ihn mit dem Finger wieder herauszupulen.

»Siehst du, Flip-Flops haben fast nur Vorteile«, sagte Kyle, während er ihr belustigt zusah. Die Kälte schien ihm nichts auszumachen, obwohl er nur ein T-Shirt anhatte und mit den Flip-Flops im Schnee versank. Seinen Hoodie hatte er über den Arm gelegt. Der Schnee fiel wieder etwas heftiger und es wirkte fast so, als hätte der Himmel monatelang Flocken gesammelt, um sie gerade jetzt auf New York herabfallen zu lassen.

Hannah ließ ihren Blick an dem Gebäude hochwandern, vor dem sie standen. Es war wunderschön weihnachtlich geschmückt. Auf Höhe der ersten Etage schlängelten sich golden schimmernde Tannengirlanden in großzügigen Bögen. An den

Fenstersimsen im zweiten Stock rankten sich prächtige Lichterketten, die ein warmes Licht auf die beige Fassade warfen. Die einzelnen Etagen waren großzügig bemessen, ein prächtiges Haus. Aber viel mehr konnte sie im Moment leider nicht erkennen, da immer mehr Schneeflocken auf ihre Brille fielen und dort festklebten.

Ohne zu zögern, griff Kyle nach Hannahs gesamtem Gepäck. Und noch bevor sie etwas sagen konnte, war er bereits unter dem beigen Zeltdach mit goldener Schrift, das den Eingang des Gebäudes schützte, verschwunden. Hannah holte noch einmal tief Luft, wobei sie ein paar Schneeflocken schluckte, und folgte Kyle ins Gebäude.

Der Boden und die Wände der Eingangshalle waren mit Marmorplatten ausgelegt, dazwischen standen Ziersäulen. Hinter dem golden abgesetzten Empfangstresen stand ein dunkelhäutiger, sehr eleganter Hüne in einem schwarzen Anzug. Kyle begrüßte ihn mit einem fröhlichen »Hi, Jeffrey!« und einer komplizierten Folge von Handabschlägen. Hannah stand verlegen daneben. Sie fühlte sich in dieser prachtvollen Empfangshalle irgendwie fehl am Platz. Als wäre sie in einer fremden Welt, deren Regeln sie nicht verstand. Und obwohl sie jetzt schon seit vier Monaten in den USA war, fühlte sie sich wieder wie am ersten Tag.

»Yeah, Besuch zu Weihnachten von meinem Lieblings-Buddy!«, rief Jeffrey begeistert. »Ich dachte schon, ich muss allein feiern. Du hattest bestimmt Sehnsucht nach mir, nicht wahr? Aber Mr van Claas, ich muss dir etwas Trauriges mitteilen: Ich hatte überhaupt keine Zeit, ein Geschenk für dich zu besorgen.« Jeffrey schüttelte in gespieltem Bedauern den Kopf. »Ihr seid nicht die Einzigen, die ausgeflogen sind. Aber auch nicht die Einzigen, die heute schon wieder zurückgekommen sind.« Jeffrey nickte nachdrücklich, als wäre das absolut erstaunlich. »Aber mir gefällt's. Dann ist wenigstens was los.« Er zuckte mit den Schultern und zeigte ein breites Lächeln. »Guten Tag, Miss«, wandte er sich immer noch lächelnd an Hannah. »Glauben Sie diesem Jungen hier kein Wort. Ich kenne ihn schon, seit er acht Jahre alt ist. Wenn es Probleme gibt, können Sie sich gern an mich wenden.«

»Hey, Mann, erzähl keinen Mist! Sie hat ohnehin schon einen schlechten Eindruck von mir. Ich habe genug damit zu tun, meinen Ruf aufzubessern. Mach es nicht noch schlimmer.«

»Hier wohnst du?« fragte Hannah.

»Yap. Oben«, erwiderte Kyle und nickte zur Bestätigung.

KYLE

Jeffrey schaute von Hannah zu Kyle und fragte sich bestimmt, wie das Verhältnis zwischen ihnen beiden war. Er war über alles im Haus informiert und Kyle wusste, dass man ihn alles fragen konnte. Nur Antworten bekam man nicht immer, denn Jeffrey konnte enorm verschwiegen sein.

Hannah starrte Kyle mit großen braunen Augen an. Ihr Blick wirkte dabei irgendwie anklagend. Dabei hatte er gar nichts gemacht. Erstaunlich, wie sie es schaffte, ihn zu verunsichern. Wenn sie ihn so ansah, hatte er immer das Gefühl, er müsste sich rechtfertigen. Er checkte kurz sein Handy, um ihrem Blick zu entgehen, und als auf seinem Display endlich wieder das kleine Netzsignal leuchtete, wählte er schnell die Nummer seiner Tante. Sie würde sich wundern, aber sie würde es nicht wagen, seine Bitte abzulehnen. Sie hatte immer noch ein schlechtes Gewissen wegen seiner Mutter. Und das zu Recht.

»Also, ich mache das kurz klar«, nuschelte er und drehte sich von Hannah weg. Während er wartete, überlegte er bereits, wer noch in der Stadt sein könnte, um später auszugehen. Schließlich hatte er sturmfrei und mit Hannah würde man das wohl kaum ausnutzen können. Obwohl er zugeben musste, dass sie wesentlich unterhaltsamer war, als er zuerst befürchtet hatte. Ungeduldig wartete er, dass seine Tante endlich ranging, doch dann sprang der Anruf auf die Mailbox. Das durfte nicht wahr sein! Er rief noch mal an. Wieder nur die Mailbox. Für den Moment war er also tatsächlich stuck mit Hannah.

»Und?«, fragte Hannah.

»Sie geht gerade nicht dran. Aber sie ist garantiert da. Wir können unsere Koffer hierlassen und … Also, ich weiß ja nicht, wie es dir geht, aber ich habe unglaublichen Hunger.« Wie zur Bestätigung knurrte sein Magen. »Wir könnten erst etwas essen gehen und danach bringe ich dich zu meiner Tante.« Schnell tippte er eine Nachricht an seine Tante. Dann schickte er schon mal ein paar Nachrichten an seine New Yorker Truppe. Irgendjemand würde schon hier sein und es gab bestimmt ein paar Partys.

»Ja, danke«, sagte Hannah.

Kyle wusste nicht, ob das jetzt heißen sollte, dass sie ihre Koffer abstellen wollte oder auch Hunger hatte. Es war klar, dass sie sich nur ungern von ihm helfen lassen wollte. Keine Ahnung, was sie von ihm gehört hatte, aber er würde es noch herausbekommen. Vielleicht war sie aber auch nur krass schüchtern.

»Also, essen könnte ich auch etwas, wenn ich ehrlich bin«, fügte Hannah hinzu und lächelte vorsichtig. »Aber nur eine Kleinigkeit.«

»Sicher. Wir gehen nur um die Ecke. Ist sozusagen das Stammrestaurant meiner Familie.« An Jeffrey gewandt fügte er hinzu: »Könntest du kurz im Sheenagan's Bescheid sagen, dass wir gleich rüberkommen?«

»Sicher, Kyle. Würde ich nicht alles für dich machen?«

Kyle schaute wieder zu Hannah, die immer noch etwas verloren dastand und sich an ihrem Rucksack festklammerte. Inzwischen war auch der Schnee in ihren Haaren geschmolzen und ließ sie etwas zerzaust aussehen.

»Du kannst alles hierlassen. Den Rucksack brauchst du doch jetzt nicht.«

Hannah umklammerte ihren Rucksack noch fester: ein ziemlich abgewetztes Modell in Dunkelblau, das bis zum Rand vollgestopft war. »Da drin ist mein Leben: mein Computer, mein Handy, mein Portemonnaie, der Pass.« Sie schüttelte den Kopf und drückte den Rucksack fest an ihre Brust. »Aber den Rest kann ich hier lassen.«

»Du traust mir irgendwie gar nicht, oder? Glaubst du, ich lese dein geheimes Tagebuch?« Kyle musste ein Grinsen unterdrücken.

»Wenn du so direkt fragst: Nein.«

Jetzt musste Kyle doch lachen. »Okay. Ich nehme deine Sachen mit hoch. Gib mir nur fünf Minuten, um mir andere Schuhe zu holen. Ich versuche zwar die ganze Zeit so zu tun, als wäre ich bei den Navy SEALs, aber ich habe eiskalte Zehen. Flip-Flops sind nicht schneesturmgeeignet, falls du mit dem Gedanken gespielt hast, deine anzuziehen. Ich weiß, ich bin ein Trendsetter auf Instagram, aber Flip-Flops im Winter sind keine gute Idee. Brauchst du noch etwas? Willst du mit hoch?«

Sie schüttelte den Kopf. »Ich warte hier, kein Problem«, erwiderte sie. Sie sah verlegen aus, gar nicht mehr so dickköpfig wie vorher.

»Jeffrey, pass auf, dass sie nicht wegläuft. Sonst bin ich Weihnachten noch allein. Und erzähl ihr bitte, dass ich nicht so schlimm bin, wie sie denkt!«

»Du weißt doch, Mr van Claas, ich kann einfach nicht lügen«, sagte Jeffrey gut gelaunt und zeigte wieder seine perfekten weißen Zähne.

❄

Als Kyle in Schneestiefeln und grauer Daunenjacke, blauer Kaschmirmütze und Handschuhen aus dem Aufzug stieg, war Hannah verschwunden. Jeffrey nickte mit dem Kopf in Richtung Tür. »Deine Freundin ist schon draußen.« Jeffrey zwinkerte. »Nettes Mädchen, Mr van Claas. Und nicht auf den Kopf gefallen.«

»Yeah, Jeffrey. Was willst du mir damit sagen?«, fragte Kyle mit gespielter Entrüstung. »Dass ich sonst nur Dumpfbacken mit nach Hause bringe?«

Jeffrey lachte glucksend. Er beherrschte das Doorman-Spiel perfekt. Er gab allen Bewohnern des exklusiven Gebäudes das Gefühl, etwas Besonderes zu sein, war immer freundlich und diskret. Aber bei keinem anderen Bewohner des Gebäudes würde er solche Bemerkungen machen. Mit Kyle hatte er jedoch eine besondere Beziehung, schließlich kannten sie sich schon sehr lange. Jeffrey hatte ihn früher immer abgelenkt, wenn seine Mutter zum x-ten Mal von der Klinik abgeholt wurde, oder ihn getröstet, wenn er sich das Knie aufgeschlagen hatte. Kyle wusste auch, dass Jeffrey immer einen kritischen Blick auf seine Freundinnen warf und rührenderweise die meisten nicht für gut genug befand. Er war auf jeden Fall kritischer als sein Vater, der jede nett fand. Aber das lag vermutlich nur daran, dass er sie nie für voll nahm und es ihn auch nicht wirklich interessierte. Sein Vater nahm ohnehin keine Frau wirklich ernst. Letztlich nahm er niemanden ernst außer sich selbst. Wichtig war für ihn vor allem, dass alles funktionierte.

»Sie ist nicht meine Freundin«, sagte Kyle. »Sie schläft bei Bernadette«, fügte er hinzu, als müsste er das erklären. Jeffrey nickte nur.

Durch die Glastür und das dichte Weiß leuchtete Hannahs rote Mütze, auf der Rentiere eingestickt waren, wie ein Signal. Dazu passend hatte sie einen roten Schal um den Hals geschlungen. Ihr Rucksack bauschte den Wintermantel merkwürdig zusammen, was nicht sonderlich bequem aussah. Ihre Hände waren tief in ihren Taschen verschwunden. Mit geschlossenen Augen hatte sie sich dem Himmel zugewandt, sodass die Schneeflocken auf ihr Gesicht fielen. Ihre Brille musste sie abgenommen haben. Die Locken, die unter der

Mütze hervorlugten, hatten weiße Spitzen und auch in ihren Wimpern und Augenbrauen hatten sich Schneeflocken verfangen. Kyle zögerte einen Moment, dann stieß er die Tür auf.

»Fertig?«

Hannah zuckte zusammen und blickte zu Kyle. Sie schien mit den Gedanken ganz woanders gewesen zu sein. Dann setzte sie ihre Brille wieder auf, lächelte ihn an und nickte.

New York war ungewohnt still. Die Geräusche der Stadt, das Surren der Heizungen und Klimaanlagen, die Sirenen, die immer irgendwo in der Ferne dröhnten, die Autos – alles war gedämpft, als wäre ganz New York in einer Schneekugel gefangen und jemand hätte fest geschüttelt. Nur wenige Leute liefen die Straße entlang, die Gesichter tief unter den Kapuzen und Mützen versteckt, die Schultern hochgezogen. Das Sheenagan's war nicht weit entfernt, aber sogar Kyle, der hier aufgewachsen war und den Weg normalerweise kaum noch wahrnahm, fühlte sich wie in einer neuen Welt. Die wenigen Autos, die überhaupt noch fuhren, hatten es noch nicht geschafft, die weißen Berge in grauen Matsch zu verwandeln. Aber solange ständig Nachschub vom Himmel fiel, würde das auch nicht so schnell passieren. Die Leuchtreklamen und das Licht der Ampeln wurden vom Schnee gedämpft, über allem lag ein warmes weißes Licht, als läge ein nostalgischer Fotofilter über der Stadt. Schneeräumfahrzeuge waren noch nirgends unterwegs. Aber wenn nicht nur die ganze Stadt, sondern auch der Staat New York Schneeräumfahrzeuge brauchte, würde das bestimmt noch etwas dauern.

Sie gingen ein Stück entlang des Central Park, der sich in einen Winterwald verwandelt hatte: Auf den Ästen türmte sich der Schnee in vielfacher Höhe, die Bäume waren weich umhüllt. Da inzwischen der Wind nachgelassen hatte, war es nicht wirklich kalt. Aber so still und weiß war New York kaum wiederzuerkennen.

Kyle warf einen Blick auf Hannah, die neben ihm entlang stapfte. Ihre Brille war voller Flocken, trotzdem kämpfte sie sich unbeirrt durch den Schnee und sah starr nach vorn. Es schien, als würde sie über etwas Kompliziertes nachdenken. So ganz schlau wurde er nicht aus ihr. Aber er war nicht mehr so unglücklich darüber, mit ihr in der Stadt gelandet zu sein. Es gab zwar definitiv genug Mädels, mit denen das Ende des Abends voraussehbarer und sicherlich auch angenehm gewesen wäre, aber gleichzeitig, das musste er sich eingestehen, wäre der Abend dann viel weniger amüsant gewesen. Und er musste zugeben: Dazu zählten auch die meisten seiner Ex-Freundinnen. Wobei es gar nicht so viele echte Ex-Freundinnen gab, wie Hannah vermutete. Die Mädchen, mit denen er bei College-Party-Abstürzen in irgendwelchen Betten mit rosa Decken gelandet war, konnte man schließlich nicht als Freundinnen bezeichnen. Aber Hannah gehörte auch nicht zu den Mädchen, mit denen er normalerweise abhängen würde. Er machte sich nicht viele Gedanken darüber, mit wem er ausging. Meistens suchte er sich eine von denen aus, die auf einer Party zufällig oder weniger zufällig in seiner Nähe standen. Er war keineswegs naiv und wusste, dass das Bankkonto seines Vaters eine Anziehung auf bestimmte Mädchen ausübte. Und es war ja nicht so, dass die alle nur hübsch, aber sonst strohdoof waren. Er machte auch nie einen Hehl daraus, dass er nur Spaß haben wollte, er war ja kein Lügner. Er wollte diese Mädchen schließlich nicht heiraten, sondern seine Zeit im College genießen. Und Spaß hatten sie gehabt. Eine Zukunft, wo von ihm ganz andere Dinge erwartet wurden, lag noch in nebeliger Ferne. Aber sie war da. Irgendwo hinter diesem Nebel.

Zehn Minuten später – auch wenn es sich viel länger angefühlt hatte – erreichten sie das Sheenagan's. Durch die großen Scheiben fiel gelbes Licht auf die Straße. Der Eingang wurde von prächtig dekorierten Weihnachtsbäumen flankiert, die von Schnee bedeckt waren. Irgendjemand klopfte wohl regelmäßig die Schneemassen ab, damit die Zweige nicht abbrachen und die Lichterketten sichtbar blieben. Ein Portier stand mit hochgezogenen Schultern vor der Eingangstür im Schnee. In seinem Mantel sah er aus wie mit Puderzucker bestreut. Schwungvoll öffnete er ihnen die Eingangstür zur Hotelhalle, die von einem riesigen, über und über mit goldenen Kugeln bedeckten Weihnachtsbaum eingenommen war.

»Oh«, sagte Hannah und blieb stehen, nachdem sie ein paar Schritte in die Halle gemacht hatte. Der Baum in der Mitte des Raums war in der Tat überdimensional groß. Aber natürlich war alles in New York groß – die New Yorker liebten es, sich mit aufwendiger Weihnachtsdekoration zu übertrumpfen. Hannahs Augen waren vor Staunen weit aufgerissen und Kyle war fast ein bisschen stolz auf sich. Als hätte er diesen Weihnachtsbaum selbst in die Eingangshalle gestellt. Zusätzlich zu den goldenen Kugeln wanden sich glitzernde Lichterketten um die dichten Zweige und dazwischen schwebten gläserne Engel mit Trompeten, die von innen heraus leuchteten.

New York wirkte durch den Schnee völlig verändert und mit Hannah nahm Kyle sogar die Dinge, die er schon häufig gesehen hatte, anders wahr. Als würde er die Stadt durch ihre Augen sehen. Sonst war er meist mit Freunden hier, für die es ganz normal war, dass New York aufwendig weihnachtlich dekoriert war und jeder versuchte, seinen Nachbarn zu übertreffen.

»Ich frage mich, wie man diesen Baum durch die Tür bekommt?«, fragte Hannah ehrlich verwundert.

»Es ist ein ziemlicher Aufwand. Ich habe es einmal gesehen. Die Tür muss komplett ausgebaut werden, dann kommt ein Kran – und natürlich jede Menge Helfer. Und zum Dekorieren benutzen sie eine Hebebühne.«

»Er ist wahnsinnig golden und kitschig, aber wunderschön«, sagte Hannah beeindruckt.

»Ja, die Leute hier in der Gegend lieben Gold.« Er lachte. »Sind die Weihnachtsbäume in Deutschland auch so schön?«

Hannah blickte ihn empört an. »Sagen wir mal so: Ihr habt Weihnachtsbäume, weil wir in Deutschland Weihnachtsbäume haben. Das ist nämlich ein deutscher Brauch, den die Amerikaner uns geklaut haben. Wenn ich mich richtig erinnere, hat Martin Luther die Bäume eingeführt. Haben wir in der Schule in Religion gelernt.«

»Die Deutschen haben den Brauch bestimmt auch jemandem geklaut.«

»Du kannst es einfach nicht aushalten, dass ihr Amerikaner nicht die Erfinder von allem seid.«

»Und die Bäume sehen genauso aus wie bei uns?«, fragte Kyle misstrauisch.

»Bei uns hat eigentlich jede Familie einen. Sie sind definitiv weniger golden.« Sie verzog das Gesicht, als hätte sie Zahnschmerzen. »Zumindest bei meiner Familie. Wir haben eher Holzäpfel an unserem Baum, Strohsterne und kleine Anhänger, die wir schon haben, seit ich klein bin. Und dann kommt manchmal etwas Neues dazu. Aber irgendwie ist es jedes Jahr ähnlich. Das macht ihn auch so besonders.« Ihre Stimme klang verträumt.

»Hey, wir haben auch immer einen Baum bei uns zu Hause! Ich kann ihn dir nachher zeigen. Ich glaube, irgendeine Großmutter von mir ist sogar Deutsche. Peaches, vielleicht bist du meine Cousine fünften Grades oder so! Das heißt, wir können später ganz unverfänglich kuscheln! Aber nein, du willst ja lieber zu meiner Tante.«

Hannah blickte ihn strafend an. Aber ihre Mundwinkel zuckten verdächtig. Er wusste, dass Mädchen wie sie ihn für einen Macho hielten, für verwöhnt und arrogant. Mit diesem Image hatte er eigentlich kein Problem, denn es gab genug

Mädchen, die genau darauf abfuhren. Und er konnte sich noch nicht entscheiden, ob es mehr Spaß machte, Hannah darin zu bestätigen, oder ob es reizvoller war, ihre Vorurteile durcheinanderzubringen. Allerdings bereitete ihm Sorge, dass seine Tante sich immer noch nicht gemeldet hatte. Er wusste nicht wirklich, wo er Hannah sonst unterbringen konnte. Aber zwei Kumpels hatten sich gemeldet, sobald er Hannah abstreifen konnte, würde es losgehen.

Inzwischen hatten sie das Restaurant, das zum Hotel gehörte, durch eine Seitentür betreten und der elegante Herr am Empfang, auf dessen Namensschild »Maitre d'hotel« stand, begrüßte Kyle überschwänglich und mit demonstrativer, freundlicher Vertrautheit. Einerseits um sich selbst zu schmeicheln, weil er so vertraut mit seiner vornehmen Kundschaft war, andererseits um Kyle das Gefühl zu geben, wichtig zu sein. Dann führte er Hannah und Kyle zu einem kleinen runden Tisch, nahe am Fenster.

»Natürlich nur den schönsten Tisch für meine besten Gäste«, sagte er zu Kyle und übergab dann mit einer ausladenden Geste dem zuständigen Kellner das Kommando. Mit einer galanten Bewegung zündete der Kellner die Kerze auf dem Tisch an und überreichte die Speisekarte. Ihr Tisch war direkt neben einer altmodischen Heizung, von der eine wohlige Wärme ausging. Durch das Fenster hatten sie auch einen guten Blick nach draußen, was es ihnen ermöglichte, das Schneetreiben zu beobachten.

Es hatte etwas enorm Gemütliches, hier im Warmen zu sitzen, während es draußen weiterschneite. Die meisten Tische waren besetzt, das Lokal war belebt, aber nicht gerammelt voll. Die kleinen Tische waren mit weißen Tischdecken elegant eingedeckt, Kerzen brannten in hohen silbernen Kerzenleuchtern und verliehen dem Restaurant eine schummrige Atmosphäre, auf den Tellern standen hübsch gefaltete Servietten und daneben lag so viel Besteck, als wäre man darauf eingestellt, ein mehrgängiges Menü zu servieren. Für Kyle fühlte es sich an wie ein Wohnzimmer, in dem er seine Schuhe unter dem Tisch ausziehen wollte, auch wenn es definitiv kein Restaurant war, in dem man seine Schuhe ausziehen konnte. Er erkannte einige vertraute Gesichter, Upper-East-Side-Moms, meist faltenfrei mit perfekt geföhnten Haaren und von Pilates gestrafften Körpern. Solche Frauen gab es in Forest Lake überhaupt nicht, weder unter den Professorinnen noch unter den sonstigen Angestellten. Das war eine eigene New Yorker Spezies. Aber er musste zugeben, nirgendwo gab es so viele Mütter, die problemlos in die Milf-Kategorie der sexy Moms fielen.

Hannah nahm ihre Rentier-Mütze ab und schüttelte den Kopf. Ihre Locken waren dunkel, aber im Licht schimmerten sie in allen möglichen Schattierungen von Rot bis Kastanienbraun. Schon nach wenigen Sekunden hatte sie sie mit einer flüssigen Handbewegung umeinandergedreht, festgesteckt und mit einem Bleistift durchstochen. Die Routine, mit der Mädchen ohne hinzuschauen ihre Haare hinter dem Kopf flechten, eindrehen und frisieren konnten, faszinierte ihn immer wieder. Er war schon damit überfordert, sich mit einem Nagelclip die Fingernägel der rechten Hand zu stutzen. Wie man sich blind hinter dem Kopf Frisuren machen konnte, war ihm ein völliges Rätsel. Aber vielleicht übten sie das auch zu Hause. Seine Stiefmutter Serena verbrachte täglich mehrere Stunden im Badezimmer oder in irgendwelchen Schönheitssalons.

Plötzlich kam eine der perfekten Moms auf ihn zugeschossen. Eileen, eine Freundin von Serena, die sich mit einem breiten Lächeln einen Weg zwischen den anderen Tischen bahnte.

»Kyle! Ihr seid noch hier!«, rief sie in hoher Tonlage und beugte sich strahlend und aufgeregt zu ihm herunter. Kyle wollte aufspringen, aber sie drückte ihn an den Schultern zurück. »Bleib sitzen, bleib doch sitzen.« Sie sprach schnell und blinzelte hektisch. Seine Stiefmutter behauptete immer, dass Eileen nur wegen ihrer Medikamente aufgedreht war – eigentlich sei sie depressiv. Davon war in der Tat nichts mehr übrig geblieben. Ein wenig mehr Depression würde dieser Frau ganz guttun. Sie sollte auf jeden Fall ihre Dosierung herunterschrauben. Oder einfach alle Tabletten in den Müll werfen. Kyle könnte ihr da ein paar Tipps geben.

»Ich dachte, ihr seid schon in Barbados!«, kreischte Eileen. Die Haare ihrer Fellweste kitzelten Kyles Hals, weil sie so dicht neben ihm stand. »Wir wollten dieses Jahr nach Aspen, aber jetzt sitzen wir hier fest! Ist das nicht einfach ein unglaubliches Wetter, Kyle? Kyle, Kyle, aber ich rede so viel, erzähl doch von euch!« Ihre Stimme klang schrill und ihre Pupillen hüpften immer wieder zu Hannah.

»Ja, der Schnee ist unglaublich. Darf ich vorstellen?« Kyle zeigte auf Hannah, die etwas verlegen ihre Hände in den Schoß gelegt hatte und Eileen anschaute, als wäre sie eine Außerirdische. »Das ist Hannah, eine Studentin aus meinem College. Wir sind gemeinsam am Flughafen gestrandet und haben uns zufällig getroffen«, erklärte Kyle.

Bei diesen Worten zog Hannah eine Augenbraue hoch. Dann lächelte sie, stand auf und hielt Eileen ihre ausgestreckte Hand hin. Natürlich. Deutsche gaben sich immer die Hand. Eileen erwiderte Hannahs Begrüßung, wobei ihr Handgelenk kraftlos auf und niederschlug. Dabei musterte sie Hannah von oben bis unten. Ihre Pupillen tanzten von Hannahs Gesicht zu ihren unordentlich hochgesteckten Locken und verharrten schließlich an ihrem Rucksack neben dem Tisch. Dann sprangen sie wieder zurück zu Kyle. Sie leckte sich einmal über die Lippen. Ihr roter Lippenstift war abgerieben, nur die Konturen waren noch knallrot umrandet. Sie umfasste Kyles Schulter und drückte sie fest.

»Oh, wie toll! Ich würde mich so gern weiter mit euch unterhalten, aber ich muss wieder zurück«, jammerte sie, als würde ihr das das Herz brechen, und deutete mit ihrem schmalen Arm zu einem der anderen Tische. »Aber hoffen wir mal, dass wir morgen hier wegkönnen! Gefangen in New York, es ist verrückt!«, sagte sie aufgeregt. »Es ist einfach wundervoll, Sie kennenzulernen, Hannah«, fügte sie mit einem breiten Lächeln und so viel Begeisterung hinzu, als hätten Hannah und sie gerade ein intensives, lebensveränderndes Gespräch geführt. Als wären sie die besten Freundinnen. Nicht so, als hätten sie sich nur die Hand geschüttelt – und als hätte Eileen Hannah nicht gerade von oben bis unten gemustert, ganz so wie man eine Stute auf Zuchteignung prüft.

Mit schnellen Schritten eilte Eileen zurück an ihren Tisch und glitt schwungvoll auf die Bank. Sie beugte sich vor und begann sofort, auf ihre Freundin einzureden, die sich mit einem wohlwollenden, aber leicht resignierten Lächeln zu ihr vorlehnte. Es war dasselbe Lächeln, das man Kindern schenkte, die einen viel zu detaillierten Bericht erstatteten. Eileen war jedoch der festen Überzeugung, dass sich jeder glücklich schätzen konnte, dem sie ihre volle Aufmerksamkeit schenkte.

»Puuuuh«, sagte Kyle. »Sie muss mehr Yoga machen und vielleicht mal den Psychiater wechseln.« Er hoffte, dass Hannah nicht gemerkt hatte, wie abfällig und prüfend Eileens Blick gewesen war, trotz des breitflächigen, geradezu eisernen Lächelns. Als hätte sie Hannah einmal vollständig durchgescannt, wie bei einem dieser Ganzkörper-Scans, die sein Vater einmal im Jahr machen ließ, um die Zusammensetzung seines Körpers zu untersuchen: Fett, Muskelmasse, Knochendichte, Grundverbrauch. Sein Vater überließ nichts dem Zufall. Wobei Eileen wahrscheinlich ebenfalls Hannahs Körperfettanteil abgeschätzt hatte. New Yorker Frauen machten das ja immer gern. Zudem hatte sie bestimmt darauf geachtet, ob ihr das Mädchen bekannt vorkam und ob sie angemessen für einen der ihren war – um das gleich brühwarm seiner Stiefmutter oder ihren Freundinnen zu erzählen. Wahrscheinlich hatte sie ihnen schon eine Nachricht geschickt. Aber zumindest hatte er klargemacht, dass sie nichts miteinander hatten. Es wäre ein Schock für seinen Vater, wenn er etwas mit einer Ausländerin anfangen würde, anstatt mit einer Tochter aus der New Yorker Gesellschaft, deren Name einem zumindest von den Charity-Veranstaltungen geläufig war. Natürlich gab es auch Ausländer, die eigentlich keine waren, wie zum Beispiel ihre französischen Nachbarn in Barbados. Das waren keine echten Franzosen, sondern globale Bürger, die auf der ganzen Welt Ferienhäuser und Firmen hatten. Kyle machte sich keine Illusionen darüber, dass seine Stiefmutter in wenigen Minuten darüber informiert war, dass Eileen ihn mit Hannah gesehen hatte. Und bestimmt hatte sie ihr auch sofort eine Personenbeschreibung von Hannah gegeben. Eileen war auch mit Sicherheit aufgefallen, dass Hannah keine Markentasche dabeihatte, sondern einen abgewetzten blauen Rucksack. Kyle machte sich aus solchen Dingen überhaupt nichts – brauchte er natürlich auch nicht. Er musste niemandem etwas beweisen und wurde allein schon durch ein Haus in Long Island, ein Haus in Barbados, ein Chalet in Aspen und einen Vater mit einem sehr, sehr prall gefüllten Konto als Alpha-New-Yorker akzeptiert. Und das von Geburt an. Da konnte man sich ein paar Löcher in der Jeans leisten. Die waren dann eben individuell.

»Ich fürchte, ich bin durchgefallen«, bemerkte Hannah trocken, als Eileen außer Hörweite war.

Kyle seufzte. Natürlich, Hannah war alles andere als unsensibel. Aber in ihrem unförmigen Pulli, mit der Brille und dem Rucksack war nicht zu übersehen, dass sie normalerweise nicht hier zu Abend aß.

»Aber zum Glück ist sie es bei mir auch. Wie kann man nur einen lila gefärbten Pelz tragen? Und sogar ich kann erkennen, dass der nicht gefälscht war. Das ist widerlich!« Hannah verzog das Gesicht zu einer missbilligenden Grimasse und blickte auf die Speisekarte zurück, die sie schon eine Weile studiert hatte. Was würde sie wohl zu Serenas Pelzsammlung sagen? Aber immerhin ließ sich Hannah von diesen Upper-East-Side-Moms nicht so leicht einschüchtern. Und die konnten sehr einschüchternd sein, keine Frage. Er hatte schon Mädchen mitgebracht, die nervös wurden, wenn sie das Gefühl hatten, bei Schmuck und Handtaschen nicht mithalten zu können. Frauen hatten ja einen Knall, was das anging. Es gab wahrscheinlich nichts auf der Welt, was ihn weniger interessierte als Handtaschen.

Die Stimmung im Sheenagan's war heute trotz – oder vielleicht wegen – des Schneesturms besonders angenehm. Alle schienen gut gelaunt, obwohl das Wetter den normalen Alltag völlig aus den Fugen gebracht hatte. Aber Weihnachten stand vor der Tür und auch diejenigen, die sonst kein Weihnachten feierten, waren in Weihnachtsstimmung – vermutlich lag es daran, dass New York mit dem vielen Schnee aussah wie ein richtiges Winter-Wonderland.

Seit Jahren feierte Kyles Familie Weihnachten in Barbados oder wie letztes Jahr auf den Bahamas. Dort hatten sie auch einen Weihnachtsbaum, allerdings war der aus Plastik. Trotzdem wirkte er erstaunlich echt, aber wenn man ihn zufällig berührte, hinterließ er ein unangenehmes Gefühl auf der Haut. Bisher hatte er einen echten Baum und Weihnachten in New York auch nicht vermisst. Schließlich waren ein lauwarmes Meer und eine großartige Partyszene genug, um die Zeit zwischen Weihnachten und Neujahr zu überbrücken. Zudem kamen ein paar befreundete Familien ebenfalls nach Barbados und er freute sich schon auf David, mit dem er immer surfen ging. Man knüpfte jedes Jahr wieder dort an, wo man im Jahr zuvor aufgehört hatte.

Das letzte Weihnachten in New York war das mit seiner Mutter gewesen und der Gedanke daran verursachte ein flaues Gefühl in seinem Magen. Es war keine schöne Erinnerung. Aber eigentlich hatte er Weihnachten im Schnee früher immer geliebt. Die Aufregung, wenn sie abends nicht einschlafen konnten, sein älterer Bruder Ross und er. Sie hatten geredet und versucht, wach zu bleiben, um endlich den Weihnachtsmann zu erwischen, während er die Geschenke brachte. Am Tag vorher hatten sie mit Suzia, ihrer damaligen Babysitterin, Chocolate Chip Cookies gebacken und sie mit einem Glas Milch neben den Kamin gestellt. Und dann hatten sie ausgemacht, dass sie abwechselnd aufstehen wollten, um den Weihnachtsmann zu sehen. Sie hatten sich sogar einen Wecker gestellt. Aber irgendwie hatte der nicht funktioniert. Erst Jahre später war ihm der Gedanke gekommen, dass seine Mutter den Wecker vielleicht ausgestellt haben könnte. Immer wenn er an Suzia dachte, wurde er ganz sentimental. Er hatte sie wahnsinnig gerngehabt, aber auch sie war irgendwann gefeuert worden, weil sie ihn zu wenig erzogen hatte … oder zu viel. Weil sie ihn zu wenig gefordert hatte … oder zu viel. Irgendetwas hatte sie falsch gemacht. Genauso wie die meisten seiner Nannys. Er hatte sich angewöhnt, sich nicht zu sehr an sie zu gewöhnen. Sonst war es zu traurig, wenn sie gingen. Nichts war von Dauer, wie sein Vater immer sagte. Und damit hatte er ausnahmsweise recht.

»Ich nehme einen Caesar Salad und einen Kobe Burger, einen Cranberry Juice. Dazu noch extra Knoblauchbrot und die Hummersuppe«, sagte Kyle, als Hannah mit einer Geste klarmachte, dass sie noch länger zum Aussuchen brauchte. Gedankenverloren knabberte sie an einem der Brötchen, die auf dem Tisch standen.

»Die Brötchen sind der Wahnsinn«, sagte sie anerkennend. Der Kellner blickte sie geduldig an. »Äh, ich nehme einen Ingwertee.« Sie klappte die Karte zu, hob den Kopf und lächelte den Kellner entschuldigend an.

»Du willst gar nichts essen? Das Essen ist mega hier! Magst du die Sachen auf der Karte nicht?« Kyle blickte zurück auf die Speisekarte. Aber das Sheenagan's bot wirklich alles, selbst gemachte Pasta mit Salbeibutter, Superfood-Salate mit Açai- und Chiasamen, frische Kokosnuss und so jedes andere Lebensmittel, das irgendwie gerade im Trend lag und schön und fit machen sollte. Sogar Grünkohlsalat gab es. Seine Stiefmutter ernährte sich zurzeit quasi nur noch davon. Dabei schmeckte Grünkohlsalat einfach nur scheußlich. Doch die Restaurants verkauften die grünen Blätter, als wäre es Kaviar.

»Doch, doch, ach, das Brötchen reicht mir. Ich kann gar nicht so viel essen«, sagte sie und wich seinem Blick aus.

»Und dafür hast du zehn Minuten lang die Speisekarte studiert? Bist du dir sicher? Der Burger ist wirklich unglaublich. Es gibt ihn auch vegetarisch. Der schmeckt genauso toll. Es ist alles bio. Du bekommst die Sachen auch glutenfrei und ohne Milchprodukte, du kannst im Grunde alles haben. Sie können dir auch was anderes machen, wenn du nichts auf der Karte magst!« Kyle klappte die Speisekarte noch mal auf und überflog das Angebot.

»Ja, ich bin sicher. Ich habe nicht so viel Hunger«, sagte Hannah und sah dabei irgendwie gequält aus.

Vielleicht hatte er sich doch nur eingebildet, dass sie vorhin sehnsüchtig auf die Teller der anderen Kunden im Restaurant gestarrt hatte. Ah, natürlich. Sie war ein Mädchen – und die meisten Mädchen waren ja auf Dauerdiät oder folgten den merkwürdigsten Essensregeln: kein Gluten, keine Kohlenhydrate nach fünf, kein rotes Fleisch, gar kein Fleisch, nur Gerichte mit Biozutaten, kein Eigelb. Die schauten genauso sehnsüchtig auf die anderen Teller. Mit Mädchen machte essen einfach keinen Spaß. »Wenn du meinst«, sagte er und zuckte mit den Schultern.

Als sie dem Kellner jedoch zögernd und mit großen, traurigen Augen die Speisekarte zurückgab, kam ihm ein Gedanke und er hätte sich fast vor die Stirn geschlagen. Natürlich, manchmal war er auch wirklich dämlich. »Du bist natürlich eingeladen. Ich habe den Laden schließlich ausgesucht.«

Hannah lächelte. »Nein, nein, du hast mich schon genug eingeladen, das ist in Ordnung.«.

Kyle starrte sie zweifelnd an. Waren ihre Augen immer so groß? Er konnte sich nicht helfen, aber Hannah sah in diesem Moment unglaublich hungrig aus. »Dylan«, rief er dem Kellner nach, ohne den Blick von Hannah zu nehmen. »Könntest du bitte aus dem Burger zwei machen? Und alle Portionen extragroß? Und bitte alles gleichzeitig. Ich sterbe vor Hunger. Und wir bräuchten noch etwas mehr Brot.« Und nein, er hatte sich den sehnsüchtigen Ausdruck in Hannahs Augen nicht eingebildet.

Kurz darauf brachte Dylan die Getränke, stellte beides mit einer kleinen Verbeugung auf den Tisch und entfernte sich schnell wieder, als wollte er sie nicht stören.

»Gefällt es dir denn hier? Ich meine, ich weiß, es ist weder eine trendy abgefuckte Bar noch ein Insidertipp …« Er studierte ihr Gesicht. Irgendwie war es ihm wichtig, dass sie es toll fand. Er liebte dieses Restaurant, auch wenn es alles andere als cool war, schließlich kamen Leute wie Eileen täglich hierher. Aber vielleicht war es ihm auch nur von seinen unzähligen Besuchen so vertraut und Hannah fand es gar nicht gemütlich.

»Cool und abgefuckt ist was anderes«, erwiderte Hannah und umfasste den Tee mit beiden Händen. Ihre Fingernägel waren dunkelblau angemalt. Der Lack war schon etwas abgesplittert und die Nägel kurz, was ihren Fingern etwas Kindliches verlieh.

»Oh, die Frage war ernst gemeint? Es ist absolut wundervoll hier. Alles ist so perfekt. Das Tischtuch sieht aus, als könnte es vor lauter Stärke auch in zwei Jahren noch keine einzige Falte werfen. Es ist auf jeden Fall eine schöne Abwechslung zur Mensa oder zur Dorm-Küche.« Sie kicherte.

Aus irgendeinem Grund, den er nicht ganz verstand, machte es ihn total glücklich, dass es ihr gefiel. Er war richtig froh, dass sie hierhergekommen waren. Kyle ging auch in Forest Lake ständig essen. Beziehungsweise ließ er sich das Essen ins Haus liefern. Die Gerichte waren auch schon in der Lieferapp vorinstalliert und wurden automatisch von seinem Konto abgebucht. Dreimal klicken und schon saß er mit seinen Kumpels vor dem Fernseher, sah ein Spiel und aß sein Lieblingsgericht vom Thailänder oder was auch immer. Kyle wohnte gemeinsam mit seinem Hund Cookie und ein paar Freunden in einem viktorianischen Haus direkt neben dem Campus. So konnten sie zwar alle Vorteile des Campuslebens genießen, gleichzeitig hatten sie aber auch mehr Freiheiten, da sie eben nicht direkt auf dem Campus wohnten. Im Dorm waren nämlich keine Hunde erlaubt. Außerdem hätten sie dort einen Resident Assistant gehabt, der sich bemüßigt fühlte einzuschreiten, wenn die Studenten zu betrunken, zu laut, zu bekifft oder was auch immer waren. Nicht, dass er etwas anderes machen würde, als gelegentlich zu viel zu trinken. Er musste schließlich fit sein fürs Rudern. Alkohol konnte er gut wegstecken, wenn es nicht direkt vor einem Wettkampf war. Er brauchte im College keinen Babysitter. Er war sein Leben lang von einer Flotte von Babysittern und Nannys eskortiert worden.

»So, Peaches. Da Eileen meiner Stiefmutter mit Sicherheit schon mehr über dich weitergegeben hat, als ich über dich weiß, sollten wir uns besser kennenlernen. Was studierst du eigentlich im Hauptfach? Lass mich raten: Es ist *Gender Studies,* nicht wahr?«

Hannah warf ihm einen herablassenden Blick zu. »Es ist absurd, dass du mich mit so einer Bemerkung scheinbar provozieren willst. Ich belege nur einen Kurs in *Gender Studies*, aber es wäre wirklich ein interessanter Studiengang. Ich frage mich, was du gegen *Gender Studies* hast, beziehungsweise, was für Vorurteile du hegst. Hast du etwa Angst vor starken Frauen? Die tun nichts. Eigentlich studiere ich in Bonn Biochemie, aber hier habe ich hauptsächlich Kurse in Literaturwissenschaften belegt.« Hannah seufzte und zog ihre Stirn in Falten, als wäre das ein zermürbendes Problem.

»Biochemie und Literaturwissenschaften? Das liegt ziemlich weit auseinander. Ich dachte, du bist so jemand, der farbenkodierte To-do-Listen führt und schon seit dem dritten Lebensjahr weiß, was sie werden will. Du bist ganz anders, als ich gedacht habe.« Kyle grinste.

»Ursprünglich wollte ich auch Literaturwissenschaften studieren. Aber dann …« Sie brach ab. »Und du?«, fragte Hannah, um schnell von sich abzulenken.

»Ingenieurwissenschaften.« Er zuckte mit den Schultern.

»Ach, ist das nicht ziemlich anspruchsvoll? Das hätte ich dir gar nicht zugetraut«, sagte Hannah und hatte vergessen, ihrer Stimme einen ironischen Tonfall zu verleihen.

»Danke«, sagte Kyle, »du klingst vielleicht nicht so anzüglich, wie du *mir* ständig vorwirfst – wogegen ich im Übrigen gar nichts einzuwenden hätte. Aber du schaffst es trotzdem, nette Dinge zu sagen, mich aber eigentlich zu beleidigen.« Seine Lippen verzogen sich zu einem Lächeln. Dass er tatsächlich gerade ziemliche Probleme hatte, die Noten oben zu halten, verschwieg er lieber. Er war zu viel unterwegs, machte zu viel Sport und ging vor allem auch auf viel zu viele Partys. Aber er war schon seit der ersten Krabbelgruppe für hochbegabte Kinder, in die sein Vater ihn optimistischerweise geschickt hatte, auf Leistung gedrillt worden. Seine Schulkarriere war von College-Beratern sorgfältig geplant worden, und auch der Sport und jedes soziale Engagement mussten einen perfekten Eindruck auf seiner College-Bewerbung machen. Jetzt besuchte er zwar nicht Harvard, woran sein Vater immer noch zu knabbern hatte, aber immerhin eins der Top-Colleges in Neu-England. Hey, zumindest College war dazu da, Spaß zu haben! Danach war der Weg ohnehin abgesteckt.

»Wie bist du denn auf Ingenieurwissenschaften gekommen?«

»Das war schon immer klar.«

»Warum?«

»Wegen unserer Firma«, sagte er knapp. Normalerweise musste er nicht mehr sagen, schließlich wusste jeder, was das für eine Firma war. Aber diesmal war er sich nicht ganz sicher.

»Weil du dort arbeiten willst?«, fragte Hannah.

»Na ja, ich werde sie mal übernehmen«, korrigierte Kyle. »Und da ist Ingenieurwissenschaften nicht so schlecht.« Das war zumindest die Ansicht seines Vaters.

»Was ist das denn für eine Firma?«, fragte Hannah. Sie wusste es tatsächlich nicht. Das war ihm schon länger nicht mehr passiert.

»Wir machen Sonnendächer für Autos. Claas' SunnyDays-Dächer.«

»Aha«, sagte Hannah, die offensichtlich noch nie von der Firma gehört hatte. Meistens nervte es Kyle, wenn jede neue Bekanntschaft ihn, sobald er sich vorgestellt hatte, nur noch über die Firma seiner Eltern definierte. Zumindest hatte er das gedacht. Doch jetzt war er sich nicht mehr sicher. Irgendwie war es komisch, dass jemand noch nie von Claas' SunnyDays gehört hatte. Schließlich war die Firma eine der großen Wirtschaftserfolge der letzten Jahrzehnte.

»Werden die Dächer nicht von den Autofirmen gebaut?«, fragte Hannah verwundert.

HANNAH

Kyle erklärte Hannah ziemlich ausführlich den Bau von Schiebedächern, insbesondere den nachträglichen Einbau von Schiebedächern. Er klang dabei, als hätte er das schon ziemlich oft erklärt – oder zumindest sehr oft gehört. Hannah fiel auf, dass ihm das *wir*, wenn er von der Firma sprach, ganz normal über die Lippen kam. Es war dasselbe *wir*, das Hannah verwendete, wenn sie über ihre Familie sprach, wo sie Urlaub machten oder wenn sie ein neues Sofa gekauft hatten. Ein *wir*, das sich auf eine eigene Firma bezog, so selbstverständlich zu benutzen, war beeindruckend, aber auch ein bisschen arrogant. Kyle hatte schon vorher von *unserem* Haus in Barbados gesprochen, als wäre es sein Haus. Aber Kyle hatte das Haus sicherlich nicht bezahlt. Vielleicht redete man so, wenn klar war, dass man alles erben würde.

»Wir bauen also alle Teile dazu und verkaufen an viele große Hersteller. Ist patentiert.«

»Und … und freust du dich darauf, die Firma irgendwann zu übernehmen, oder ist das eine Verpflichtung?«

Kyle zuckte mit den Schultern. »Ich freue mich drauf.

Aber es ist auch eine Verpflichtung. Ich weiß es nicht. Es war schon immer klar.« Kyle tippte dabei mit einem Finger auf die Tischplatte und ließ seinen Blick unruhig durch das Restaurant wandern.

»Stört es dich gar nicht? Hast du dir nie selbst überlegt, was du gern machen willst?«

Kyle wandte sich wieder an Hannah. »Nein«, erwiderte er bestimmt, entweder weil er tatsächlich davon überzeugt war oder weil er sich selbst davon überzeugen wollte. »Meine Eltern leben gut davon. Meine ganze Familie lebt davon. Wir schaffen viele Arbeitsplätze. Wir sind stolz auf das Unternehmen.« Sein Tonfall klang etwas monoton. Als würde er gerade den Text für ein Theaterstück aufsagen, das er schon viele, viele Male aufgeführt hatte.

Hannah betrachtete ihn nachdenklich. Wie musste sich das anfühlen, sein Leben bereits vorherbestimmt zu haben? Würde das nicht die ganze fiebrige Freude nehmen, die sie bei dem Gedanken an die Zukunft empfand? Wenn man schon von vornherein wusste, worauf alles hinauslaufen würde? Wenn nur noch ein paar weiße Flecken gefüllt werden mussten, mit dem richtigen Partner, der perfekten Wohnung und der Wahl eines neuen Urlaubsziels? Andererseits: Es würde auch die Angst nehmen. Denn so aufregend ihr in manchen Momenten die Zukunft auch schien, in anderen war der Gedanke daran beinahe erschreckend. Was, wenn es nicht so funktionieren würde, wie sie es sich erhofft hatte? Sie hatte sich zwar für Biochemie entschieden, weil die Zukunftsperspektive sicherer war als für Literatur. Und nach der Krankheit ihres Vaters war es ihr sinnvoller erschienen. Aber wenn sie sah, wie hart ihre Mutter arbeitete und wie wenig übrig blieb, bekam sie Beklemmungen. Armut war nur in der Theorie nicht so schlimm. Sie waren natürlich nicht wirklich arm. Es gab Menschen, die hatten viel weniger. Sie durfte sich also nicht beschweren. Aber ihre Mutter sah immer müde aus – und sie war es auch. Aber was sollte sie auch machen? Jetzt, wo ihr Vater vollständig von ihr abhängig war? Der Gedanke, wie einem das Schicksal manchmal einen so großen Strich durch die Rechnung machen konnte, ließ ihren Atem flacher werden.

»Du willst wahrscheinlich etwas ganz Revolutionäres machen, oder? Ein Buch schreiben oder eine ganz wichtige Entdeckung machen? Irgendetwas für die Umwelt? Hey, vielleicht erfindest du ja eine Maschine, die den Plastikteppich auf dem Ozean aufsaugt wie ein Staubsauger!«

»Ich finde, den ironischen Tonfall kannst du dir sparen. Das wäre doch toll, wenn ich so eine Maschine erfinden würde. Oder ein Medikament gegen eine schlimme Krankheit. Abgesehen davon: Meine Mutter ist Krankenschwester. Mein Vater arbeitet schon länger nicht mehr. Bei uns gibt es also nichts, was ich übernehmen könnte. Ich muss etwas Neues machen«, sagte Hannah eingeschnappt, nicht zuletzt deswegen, weil er so schnell durchschaut hatte, was sie sich insgeheim tatsächlich erhoffte. Aber wollte das nicht jeder? Etwas tun, was wichtig war? Etwas, das in Erinnerung blieb? Leben verändern, die Welt ein bisschen besser machen, vielleicht auch berühmt werden und dabei Geld verdienen? Sie konnte sich eigentlich nicht vorstellen, dass da irgendetwas falsch dran sein konnte.

In ihren Winterstiefeln war es inzwischen viel zu warm geworden. Vorsichtig blickte sie sich um, dann streifte sie sie unauffällig unter dem Tisch ab. Zu ihrer Zufriedenheit sah sie, dass Kyle tatsächlich nachdenklich wirkte.

»Warum studierst du eigentlich Biochemie und nicht Literaturwissenschaften? Und wie bist du nach Forest Lake gekommen?«, fragte Kyle und griff ihre unbeantwortete Frage auf.

»Stipendium für ein Jahr.« Seine erste Frage ignorierte sie. Von einem verwöhnten Familienunternehmenserben, der sich wahrscheinlich in die Uni eingekauft hatte, mochte sie sich jetzt nicht belehren lassen, dass ihre Pläne albern waren. Sie hatte für das Stipendium super hart gearbeitet. Sie wohnte noch zu Hause und hatte an wirklich allem gespart, damit sie dieses Jahr über die Runden kam.

Sie wurden kurz unterbrochen, als der Kellner, die Teller geschickt auf den Armen balancierend, an den Tisch zurückkam und zwei riesige Burger, die Suppe und den Salat vor Kyle abstellte.

»Und Sie sind sicher, dass Sie nichts möchten?«, sagte er an Hannah gewandt, zwinkerte und stellte einen Ersatzteller vor sie hin. »Falls Sie es sich doch noch überlegen.« Mit einer Verbeugung entfernte er sich wieder.

»Mmm«, sagte Kyle und betrachtete die drei vollgepackten Teller. »Ich fürchte, ich habe viel zu viel bestellt, willst du nicht doch etwas davon abhaben?« Kyle sah Hannah übertrieben hilflos an und deutete auf die Teller.

Hannah zog vorsichtig die Schultern nach oben: »Also nur, wenn es dir echt zu viel ist.«

Kyle grinste, nahm ihren Teller und hievte mit Messer und Gabel einen Burger darauf, dazu Salat und knusprige Süßkartoffel-Pommes. Dann schob er den Teller zu ihr herüber. »Alles grasgefüttertes Rind aus Freilandhaltung. Den können quasi auch Vegetarier essen. Ich dachte, ich erwähne es mal. Nur so eine Eingebung.«

»Du hast offensichtlich keine Ahnung, was ein Vegetarier ist. Und zu deiner Information, ich bin keine Vegetarierin.«

»Wirklich nicht? Kein Mitleid mit den ausgebeuteten Tieren?«

»Du wirst es nicht glauben, aber ich habe Mitleid mit ihnen.« Hannah rutschte auf dem Stuhl herum. Kyle hatte einen wunden Punkt getroffen. Sie hatte schon häufiger darüber nachgedacht, kein Fleisch mehr zu essen, oder sich sogar vegan zu ernähren, es dann aber nicht geschafft, völlig auf Fleisch zu verzichten. War ihr Verhalten nicht irgendwie inkonsequent? Einerseits regte sie sich über die Behandlung der Tiere auf, dann wiederum aß sie Chicken Wings oder Beefburger aus der Mensa gerade dann mit Heißhunger, wenn sie versuchte, sie sich zu verkneifen.

Aber es gab einfach auch so viele andere Dinge, die ihr dieses unangenehme Gefühl im Magen gaben, das sie früher nur gehabt hatte, wenn sie ihre Mutter anschwindelte, weil sie schon wieder viel zu lange unter der Bettdecke gelesen hatte. Aber das gleiche taube Gefühl hatte sie inzwischen auch, wenn sie sah, dass Palmöl Bestandteil ihres Shampoos war. Dafür war doch schon wieder Regenwald planiert worden. Oder wenn sie ihren Plastikbecher oder die Wasserflasche in den Müll warf. Sie fühlte sich dann zwar schlecht und ja, natürlich versuchte sie, weniger davon zu verwenden, aber manchmal bekam sie das einfach nicht hin. Dabei war Plastik irgendwie in jeder Form inakzeptabel, weil es unweigerlich im Ozean wieder auftauchte. Woher kam eigentlich bei Starbucks die Milch in ihrem Latte, den sie so gern trank?

»Ich esse nur noch selten Fleisch und auf der Karte habe ich gesehen, dass es Bio-Fleisch ist. Aber ich habe tatsächlich ein schlechtes Gewissen für ziemlich viele Dinge und mir ist es egal, ob du dich darüber lustig machst«, sagte sie resigniert.

»Ich mache mich nicht lustig. Ich bin halt ein Menschenkenner«, sagte Kyle überheblich.

»Ich will dich nicht desillusionieren, aber ich glaube, neunzig Prozent der Studenten versuchen, weniger Fleisch zu essen und mehr Bio-Produkte zu kaufen. Das war nicht soooo abwegig. Vielleicht solltest du dir lieber selbst mal darüber Gedanken machen.« Hannah schob sich eine der knusprigen Pommes in den Mund. Der scharfe und gleichzeitig süße Geschmack kam ihr durch ihren großen Appetit doppelt intensiv vor. Sie war in der Tat ziemlich hungrig.

»Aber es ist schon verrückt, dass es kaum noch jemanden

gibt, der ohne Regeln isst. Ist ja auch egal. Hauptsache, du hast keinen Foodblog«, stellte Kyle fest und stopfte sich einen halben Burger auf einmal in den Mund.

»Einen Foodblog?«, fragte Hannah und verschluckte sich fast, bevor sie in Lachen ausbrach. »Nein«, gluckste sie, »ich habe keinen Foodblog. Wie kommst du denn darauf?«

»Das ist gut«, sagte Kyle ernst.

»Was hast du gegen Foodblogs?«

»Mädchen, die Foodblogs betreiben, essen nichts. Aber sie kochen ständig, reden von Essen und machen einen verrückt. Da du auch nichts essen wolltest, dachte ich, dass du vielleicht auch einen Foodblog hast.«

»Nein, nein«, sie schüttelte den Kopf. Einen Moment lang überlegte sie, ob sie ihm erzählen sollte, dass sie einen Buchblog hatte. Aber der lag gerade brach und sie hatte schon ewig nichts mehr gepostet. Irgendwann hatte sie auch gemerkt, dass die einzigen, die ihren Blog lasen, andere Blogger waren. In den Kommentaren schrieben sie nur Dinge wie »Schöner Blog, besuche doch auch mal meinen Buchblog«. Es war also eine Art Endlosschleife von Bloggern, die sich gegenseitig lasen und gegenseitig kommentierten. Sie wusste gar nicht, ob ihr Blog von irgendjemandem gelesen wurde, der nicht selbst bloggte oder es zumindest vorhatte. Das erklärte auch die Frage, die sie fast immer als Erstes gestellt bekam: »Kannst du sagen, was man machen muss, um Bücher umsonst zu bekommen?«

Sie blickte sich verstohlen um, sah dann noch mal zu Kyle, um sich zu versichern, dass er den Burger ebenfalls mit den

Fingern aß, nahm ihn hoch und versuchte hineinzubeißen, wie Kyle das getan hatte. Sofort fielen auf der anderen Seite des Burgers Fleisch und Tomaten raus und landeten auf dem Teller.

»Dein erster Burger, deutsches Mädchen?«, fragte Kyle amüsiert.

»Ich bin keine Schlange, die ihren Kiefer einfach aushaken kann. Das ist der höchste Burger, den ich je gegessen habe. Wenn man nicht einen Mund wie ein Breitmaulfrosch hat, ist es unmöglich.«

Kyle musterte sie nachdenklich, plötzlich grinste er, riss den Mund so weit auf, dass sie bis in seinen Rachen blicken konnte, und nahm einen großen Bissen von seinem Burger. »Es geht«, sagte er, als er wieder sprechen konnte.

»Breitmaulfrosch«, sagte Hannah und zuckte mit den Schultern. Sie verkleinerte den Burger um eine Brötchenlage, bevor sie ebenfalls einen Bissen nahm.

Einen Moment lang kauten beide zufrieden ihre Burger. Während sie immer mal wieder zu den Pommes griff, erzählte Hannah, wie sie normalerweise Weihnachten feierten. Morgen würde ihre Mutter noch etwas Glühwein machen, alkoholfrei für die Kinder, zu denen sie zu Hause immer noch zählte, mit Alkohol für die Erwachsenen. Dass ihr Vater wegen der Medikamente inzwischen ebenfalls keinen Alkohol mehr trank, verschwieg sie. Und ihre Mutter würde auch die Festtagsente vorbereiten. Schon am Vormittag würde sie die Ente in den Ofen schieben, dort stundenlang schmoren lassen und immer wieder mit dem Sud übergießen. Bis schließlich das ganze Haus von dem süßlichen Geruch erfüllt war.

Inzwischen war auch Hannahs Stress endlich weg. Sie hatte sich dem Schicksal ergeben, in New York gestrandet zu sein. Und eigentlich war dieses Schicksal gar nicht so hart, wenn es darin bestand, einen köstlichen Burger in einem vornehmen Restaurant zu essen, während vor dem Fenster perfekte Schneeflocken vorbeiflogen.

KYLE

Hannah war eine gute Zuhörerin. Es machte ihm Spaß, sie zum Lachen zu bringen. Sie hatte ein helles Lachen, das kein bisschen grell klang; es war ansteckend. Und wenn sie lachte, erschien ein tiefes Grübchen auf ihrer Wange und ihr ganzes Gesicht begann zu leuchten, als würde die Sonne aufgehen.

»Hier, die Hummersuppe solltest du auch probieren«, sagte er, nachdem er von der Suppe gekostet hatte. »Sie schmeckt wirklich unglaublich.« Er füllte den Löffel wieder und hielt ihn Hannah entgegen. In diesem Moment vibrierte Kyles Telefon. Das Wort *Mom* pulsierte auf dem Display. Kyle drückte eine Taste und drehte das Handy um.

»Du gehst nicht ans Telefon, wenn deine Mutter anruft?«, fragte Hannah überrascht.

Kyle schüttelte ungeduldig den Kopf und hielt ihr den Löffel noch näher vors Gesicht.

»Vielleicht macht sie sich Sorgen?« Hannah ignorierte den Löffel.

»Sie macht sich keine Sorgen. Sie denkt, ich bin in Barbados.«

»Aber willst du ihr nicht sagen, dass du hier bist?«, fragte Hannah erstaunt.

Kyle schüttelte den Kopf. Das wollte er ganz bestimmt nicht. Zum Glück hatte das Handy schon aufgehört zu vibrieren. Der Anruf war auf die Mailbox geleitet worden. »Mache ich später«, brummte er, obwohl er wusste, dass er sie nicht anrufen würde.

Hannah schaute ihn noch einen Moment lang fragend an. Dann blickte sie auf den Löffel, aber sie zögerte immer noch.

»Äh, ach so, sorry.« Kyle nahm einen unbenutzten Löffel, füllte ihn, beugte sich vor und hielt ihn ihr erneut vors Gesicht. Sie öffnete den Mund und probierte von der Suppe. Kyle starrte auf ihre Lippen, die sich um den Löffel schlossen. Sie sahen unglaublich weich aus. Ach du meine Güte, was war das denn für ein Gedanke? Nur weil er mit diesem Mädchen in New York festsaß, durfte er jetzt gar nicht erst damit anfangen, sich in so etwas hineinzudenken. Sie war überhaupt nicht sein Typ! *... by party I mean read books*. Hallo, geht's noch?

Sie schien seinen Blick nicht bemerkt zu haben. »Es schmeckt köstlich«, murmelte sie und verdrehte die Augen. Ihre Wangen leuchteten noch rosiger. Dann blickte sie nach links oben, als würde sie nachdenken. »Was du vorhin mit den Foodbloggern gesagt hast, das ist eigentlich total logisch. Der Gedanke ist mir noch nie gekommen. Mädchen mit Essstörungen denken ständig ans Essen und fantasieren darüber. Aber sie essen nichts. Ich habe noch nie darüber nachgedacht, dass einige Foodbloggerinnen wahrscheinlich schlicht essgestört sind! Eine Schulfreundin von mir war magersüchtig. Das hat sich vor allem darin gezeigt, dass sie ständig gebacken hat, riesige Sahnetorten und Plätzchen, und dann wollte sie mir alle Kekse aufs Auge drücken. Aber der Gedanke mit den Foodblogs – der ist mir neu …«

Sie blickte ihn interessiert an. Zum ersten Mal hatte er den Eindruck, als würde sie ihn wirklich anschauen und nicht bloß vorsichtig mustern, beeinflusst von den Dingen, die sie offensichtlich über ihn gehört hatte.

»Peaches, du willst mir doch nicht sagen, dass dir das noch nie aufgefallen ist?«

Sie presste ihre Lippen zusammen. Plötzlich beugte sie sich nach vorn und zwinkerte ihm übertrieben zu. »Kompliment, Jock. Gar kein schlechter Gedanke«, sagte sie und biss in den Burger.

Eine Weile aßen sie schweigend. Hannah wirkte ziemlich glücklich. Er hatte also doch recht gehabt. Die Preise im Sheenagan's waren ziemlich hoch und deshalb hatte sie nichts zu essen bestellt. Er war ein wenig stolz auf seine Einfühlsamkeit, die sie ihm offensichtlich völlig absprach. Wenn sie glücklich war, war sie superhübsch. Abgesehen von dieser Brille. Die war einfach nur scheußlich.

Kyle nahm wieder einen großen Bissen von seinem Burger. Er schmeckte wirklich absolut fantastisch. Wahrscheinlich hätte er auch den zweiten Burger durchaus selbst essen können. Aber Hannah kaute derartig zufrieden auf ihrem, dass er grinsen musste.

»Was ist so komisch?« fragte sie und blickte ihn misstrauisch an, während sie ihre von den Pommes fettigen Finger ableckte.

»Nichts. Der Verdacht, dass du nichts essen könntest, hat sich ziemlich deutlich als Fehlalarm erwiesen. Du isst den Burger ja schneller als ich.«

Hannah blickte auf ihren fast verschlungenen Burger und schaute dann zu Kyle hinüber, der noch etwas mehr als die Hälfte übrig hatte. Sie wurde tatsächlich etwas verlegen, drosselte das Tempo und aß den Rest betont langsam. Das Gewirr aus Stimmen und jazzigen Weihnachtsliedern, der Schnee vor dem Fenster und die warme Luft der Heizung – es fühlte sich wunderbar an, in New York zu sein. Er konnte sich nicht vorstellen, jemals woanders zu leben. Hannah nahm sich ein weiteres Brötchen und verteilte großzügig Butter darauf.

»Gott, Peaches, noch mehr Butter? Du isst ja wie meine Teamkollegen. Aber das sind alles Ruder-Tiere. Hast du gar keine Angst davor, fett zu werden?«

Hannah starrte ihn mit offenem Mund an. Dann schüttelte sie den Kopf. »Nein, das habe ich nicht«, sagte sie und presste die Lippen fest zusammen. Dann platzierte sie ein besonders großes Stück Butter auf dem Brötchen. »Und es sind genau solche Sprüche wie diese hier, warum Mädchen derartige Komplexe entwickeln. So etwas würde man doch niemals zu einem Mann sagen.« Sie biss noch mal ein großes Stück von ihrem Brötchen ab. »Solche Kommentare sind total daneben. Unsere Gesellschaft ist wirklich krank, wenn es darum geht,

Mädchen mit viel zu dünnen Körperidealen zu schaffen. Kein Wunder, dass alle nur noch vom Essen besessen sind …«

»Schon vergessen? Ich bin im Ruderteam.«

»Und? Die sind, glaube ich, nicht sonderlich dünn im Ruderteam. Das sind doch alles Schränke«, sagte sie in spöttischem Tonfall.

»Ich meine, im Team sind die Typen mindestens genauso besessen vom Essen. Denen geht es zwar nicht darum, dünn zu sein, dafür darum, besonders muskulös zu sein. Es gibt sogar Wettbewerbe, wer weniger Körperfett hat. Die Jungs versuchen, einstellig zu werden.«

»Einstellig?«

»Unter zehn Prozent Körperfett zu kommen. So etwas kann man messen. Kennst du meinen Freund Josh? Der hat sich monatelang nur von Huhn, Brokkoli und Proteinpulver ernährt, um Körperfett zu verlieren, und danach dann beim Muskelaufbau hat er nur noch pure Kohlenhydrate gegessen. Lecker ist das nicht. Einige verbringen auch außerhalb der Saison ihr ganzes Leben im Fitnessstudio beim Pumpen. So gesehen sind die genauso gestört.«

Kyle erwähnte nicht, dass er selbst auch mal einer dieser Jungs gewesen war. In der Highschool hatte er streng auf seine Ernährung und auf seine Figur geachtet. Sein Trainer war superstolz auf ihn gewesen und sein Vater auch. Aber er hatte sich nicht besonders gut gefühlt, kraftlos – und das trotz der vielen Muskeln. Jetzt trainierte er etwas weniger und war nicht mehr so streng mit sich selbst. Es half auch, nicht mehr zu

Hause zu wohnen, wo sein Vater morgens gemeinsam mit ihm zum Training gegangen war. Bei seinem Vater artete immer alles zu einem Wettbewerb aus. Kyle hatte inzwischen auch den Ehrgeiz abgelegt, seinen Bruder Ross übertrumpfen zu wollen, der in allem ein klein wenig besser war und es sogar ins Rudernationalteam von Harvard geschafft hatte. Er versuchte, nicht zu sehr an die Vergangenheit zu denken. Warum auch? Es half nichts, sich über alles den Kopf zu zerbrechen. Das machte einen nur traurig.

»Das hört sich in der Tat gestört an. Ich glaube trotzdem, dass die Gesellschaft Frauen eher zum Opfer macht als Männer. Schlankheitswahn ist ja was anderes als Muskelwahn. Aber allein schon, wie du gerade über Essen sprichst und alles nur in Kohlenhydrate und Proteine zerlegst, finde ich krank. Geht es nicht darum, einfach ein leckeres Gericht zu essen?«

»Wieso krank? Essen ist der Treibstoff für den Körper. Natürlich sollte man darüber nachdenken, dass man nicht nur Müll in sich reinschaufelt. Vor allem wenn man optimale Leistung möchte. Und dann weiß man irgendwann, was Kohlenhydrate, was Proteine, was Fette und was Vitamine sind. Du bist doch sonst so wissenschaftsgläubig. Dann müsstest du das doch erst recht verstehen.«

»Also beim Essen … na, ich weiß nicht. Essen soll doch auch Spaß machen. Es geht doch vielmehr um das Zusammensein. Wenn meine Mutter für uns etwas Tolles kocht und vorher stundenlang der Geruch durch das Haus zieht, dann ist es etwas ganz Besonderes. Dann ist das gemeinsame Essen doch selbst schon ein Fest. Ich möchte zwar nicht, dass bei der Herstellung von Nahrungsmitteln die halbe Welt zerstört oder Tiere gequält werden. Aber eine Analyse erspare ich mir. Schmeckt übrigens herrlich. Auch das Brötchen! Ich werde jetzt sogar noch ein Brötchen essen. Mit extraviel Butter.«

Hannah griff energisch nach dem silbernen Brötchenkorb und fischte ein weiteres Brötchen heraus. Irgendwie fand Kyle es rührend, dass Hannah so inkonsequent war, wenn es ums Essen ging. Für ihn war es jedenfalls inkonsequent, so rational zu sein und dann solche Mengen an Brötchen mit Butter zu verschlingen, ohne ein schlechtes Gewissen zu haben. Er musste zugeben: Er dachte sofort daran, dass das zu viele leere Kohlenhydrate und zu viel Fett war. Im Vergleich zu Hannah war also wahrscheinlich er derjenige, der essgestört war! Aber Hannah erinnerte ihn auch an früher, als seine Mutter noch gekocht hatte. Wie schön das gewesen war. Damals hatte sie noch oft und mit Freude gekocht, aber mit viel Butter und Sahne, wie es ihre Vorfahren aus Polen gemacht hatten. Das Essen hatte immer sehr gut geschmeckt. Aber dann hatte sein Vater ihr vorgeworfen, dicker geworden zu sein und die Jungs zu mästen. Und irgendwann hatte nur noch der Koch das Essen zubereitet. Manchmal dachte er, dass alles damit angefangen hatte, dass sie nichts mehr machen durfte: nicht mehr aufräumen, nicht mehr kochen. … Alles war seinem Vater irgendwann nicht mehr recht gewesen. Und sogar die Kinder sollten besser von den Tutoren und Lehrern gefördert werden, als mit ihr zum Spielplatz zu gehen.

»Du hast Glück, dass ich so magere Mädchen gar nicht mag«, sagte er, obwohl er wusste, dass sie ihm so einen Satz niemals durchgehen lassen würde. Aber er wollte sich von seinen eigenen Gedanken ablenken. Traurige Gedanken waren ihm einfach nicht geheuer.

»Kyle, das ist wieder so ein Spruch, den du dir einfach sparen kannst«, schoss sie erwartungsgemäß zurück.

»Das sollte ein Kompliment sein. Ich wollte, dass du dich besser fühlst, während du hier ein Brötchen-Fressfest veranstaltest«, sagte Kyle unschuldig.

Sie warf ihm einen betont bösen Blick zu. Aber Hannah war lange nicht mehr so abweisend wie am Anfang, sein Charme schien zu wirken. Kurz darauf stahl sich ein Lächeln auf ihre Lippen. Und da war es wieder: das Grübchen auf ihrer Wange, das ihm so gefiel.

»Okay, Peaches. Hat dir schon mal jemand gesagt, dass du ziemlich verurteilend bist? Wenn ich sage, du wirst vom Essen zu fett, ist das beleidigend, weil ich dir dadurch nahelege, dass ich will, dass du dünn bleibst. Wenn ich aber sage, dass ich so magere Mädchen nicht mag, ist das genauso unverschämt. Es gibt nichts, was ich auf dem Gebiet richtig machen kann. Meinst du nicht, dass es eher daran liegt, was du in meine Sätze hineininterpretierst? Sie sind viel harmloser, als du sie erscheinen lässt. Ich glaube, das kommt daher, weil du in Literaturwissenschaften zu viele Gedichte interpretiert hast. Ich weiß noch genau, wie das war. Wenn dort stand ›Die Blumen sind blau‹, hat der Lehrer gesagt, dass die Blumen in Wirklichkeit vielleicht ganz anders aussehen und dem Erzähler nur blau erscheinen, weil der gerade einer Depression verfallen ist. Das war total nervig! Das erinnert mich an die Freundinnen meiner Stiefmutter, die sich gegenseitig ›Wie wundervoll, dich zu sehen‹ zurufen, nur um dann zwei Minuten später, sobald die andere außer Hörweite ist, wie Hyänen übereinander herzufallen.«

»Nein, nein, der Vergleich hinkt. Allein, dass du überhaupt betonen musst, dass du *nicht* auf magere Mädchen stehst, bedeutet doch, dass in unserer Gesellschaft normalerweise jeder auf magere Mädchen steht. Das ist krank. Nur weil es in unserer Gesellschaft, wo es Essen im Überfluss gibt, schwierig geworden ist, dünn zu bleiben, wird das als besonders toll angesehen. Was als *schön* empfunden wird, unterliegt doch einem ständigen Wandel. Und unsere Welt ist davon geprägt, dass andere Leute uns Produkte verkaufen wollen und deshalb Marketing-Botschaften aussenden und uns einreden, dass wir bestimmte Dinge besitzen sollten, um glücklich zu sein. Niemand sagt, dass man nichts besitzen sollte, um glücklich zu sein. Damit kann man nämlich kein Geld verdienen! Mit Diätpillen und Schönheitsprodukten hingegen schon.«

Kyle blickte sie mit zusammengekniffenen Augen an. »Sei ehrlich, das hast du doch in *Gender Studies* gelernt.«

»Du bist echt unmöglich«, sagte Hannah mit Abscheu in der Stimme. Und doch, wenn er sich nicht täuschte, errötete sie leicht und wich seinem Blick aus.

»Peaches …?« Kyle lehnte sich nach vorn, sodass er sich fast vom Stuhl erhob. »Komm mal kurz näher.«

Hannah blickte ihn misstrauisch an, lehnte sich dann aber nach vorn. Hannahs Augen suchten sein Gesicht ab, ihre aufgerissenen braunen Augen erinnerten ihn an das hübsche Pony, das er früher im Sommercamp so gern gestreichelt hatte. Sie machte so selbstbewusste Sprüche und dann war sie wieder so leicht aus dem Konzept zu bringen. Er konnte nicht leugnen, dass ihn das reizte. Und wenn es nur dazu war, um sie noch mehr aus dem Konzept zu bringen. Ihre Haut war weiß und völlig makellos. Und so aus der Nähe war klar, dass sie kein Make-up benutzte, noch nicht mal Nude-Make-up.

Nude-Make-up war noch so ein Rätsel. Mädchen verbrachten oft Stunden damit, sich anzumalen und mehrere Schichten beigefarbene und bräunliche Pasten aufzutragen, damit sie am Schluss aussahen wie ungeschminkt. Sie fanden, dass sie dann besser aussahen, aber das war falsch. Okay, außer manchmal. Er hatte einmal eine ernstere, im Rückblick zu ernste Rummach-Session mit einem Mädchen gehabt, das er dann im Bad überrascht hatte, weil sie vergessen hatte, die Tür abzuschließen. Sie hatte laut aufgeschrien und die Tür zugeworfen. Verwundert hatte er feststellen müssen, dass sie ziemlich viele rote Pickel im Gesicht hatte, die, als sie eine halbe Stunde später aus dem Bad kam, verschwunden waren. Und vor allem beim Küssen war Make-up besonders eklig, weil man es vielleicht nicht sah, es allerdings einen bitteren Geschmack im Mund hinterließ. Aber – das konnte er genau erkennen – in

Hannahs Gesicht klebte kein Fitzelchen Make-up. Ihre Haut würde also keinen bitteren Geschmack auf seinen Lippen hinterlassen.

»Was denn?«, fragte sie und bemühte sich offensichtlich, selbstsicher zu klingen. Aber sie spürte bestimmt auch dieses leichte Surren, das in der Luft lag, wenn sie sich so nahekamen. Er spürte es jedenfalls vom Nacken bis in die Zehenspitzen.

»Kann ich mal deine Beine sehen?«

»Wie jetzt?«

»Nur mal so, wenn du dein Hosenbein hochziehst.« Er zeigte mit dem Finger auf ihre Füße, die in Socken neben den Schneestiefeln standen.

»Äh, Kyle?« Sie tippte sich mit dem Zeigefinger an die Stirn.

»Okay. Egal. Du kannst es mir auch einfach sagen. Rasierst du dir eigentlich die Beine?«

Hannah sah ihn einen Augenblick lang fassungslos an. Dann lehnte sie sich wieder zurück und blickte zur Seite, um sicherzugehen, dass niemand ihre Unterhaltung mit angehört hatte.

»Du bist echt unmöglich«, sagte sie dann mit leiser Stimme und schüttelte den Kopf. »Kannst du mal aufhören, mich reinzulegen?«

»Das war kein Scherz.«

»Warum interessieren dich meine Beine?«

»Mich interessiert einfach, wie du es mit gesellschaftlichen

Konventionen wie ›Beine rasieren‹ hältst. Ist das auch ein Ausdruck sexueller Unterwerfung, wenn man sich die Beine rasiert?«

Hannah errötete.

Ach du meine Güte, sie rasierte sich wahrscheinlich wirklich nicht. Hatte sie auch wuschelige Haare unter den Armen? So etwas hatte er bisher nur in Filmen gesehen. Waren Deutsche nicht dafür bekannt, sich nur selten zu duschen und sich nicht zu rasieren? In Europa waren doch so einige schlimme Dinge üblich. Also haarige Beine, darüber konnte er schwer hinwegsehen. Das ging einfach nicht. Egal wie kussfreundlich das Gesicht war. Aber warte mal, diesen Gedanken musste er wegdrängen. Am besten mit einem riesigen Feuerlöscher einmal abkühlen. Aber man konnte Gedanken ja nicht einfach löschen, wenn sie einmal gefasst waren. Für Gedanken gab es keine Delete-Taste. Man konnte sie verdrängen, das wusste er, aber irgendwie waren sie immer noch da.

Hannah seufzte. Ihre Wangen glühten, was auf ihrer weißen Haut natürlich besonders auffiel. Sie nahm die Brille ab und wischte die Gläser mit einer Serviette ab. Ohne Brille sah sie wirklich eine Million Mal besser aus. Aber das sagte er jetzt besser nicht, das war womöglich direkt sexistisch. Man musste ja bald aufpassen, dass man nicht aufgrund eines Kompliments gleich wegen sexueller Belästigung verklagt wurde. Warte mal, wo kam das jetzt mit der sexuellen Belästigung her, jetzt dachte er schon an Sex. Wo war der Feuerlöscher? Vielleicht war er wirklich so, wie Hannah dachte. Zum Glück setzte sie sich gerade die Brille wieder auf. Vielleicht war die scheußliche Brille zumindest geeignet dafür, ihn nicht auf noch dümmere Gedanken zu bringen.

»Das geht dich jetzt wirklich nichts an, Kyle. Aber ich bin schon zu lange Teil der Gesellschaft, als dass ich mich deren Idealen so einfach entziehen könnte. Ich wurde gehirngewaschen, seit ich geboren bin. Und man übernimmt ja die Normen der Gesellschaft, wenn man klein ist. Ist wahrscheinlich auch nicht so schlecht, sonst wäre man irgendwann völlig verwirrt. In Deutschland gibt es ja auch Sendungen wie *Germany's Next Topmodel* und den ganzen Kram, und ich muss zugeben, dass ich mir das auch manchmal anschaue. Aber irgendwann sollte man die Dinge schon hinterfragen. Und zum Glück haben wir die Wissenschaft, die uns Methoden dafür an die Hand gibt.«

Kyle sah sie prüfend an. »War das jetzt ein Ja oder ein Nein?«

Genervt verdrehte Hannah die Augen. »Ich werde das jetzt nicht beantworten.«

Autsch. Das war eine gefährliche Nicht-Antwort.

Aber die Antwort funktionierte immerhin auch als eine Art Feuerlöscher. Er hatte die ganze Zeit gar nicht mehr an seine Tante gedacht. Doch jetzt fiel sie ihm wieder ein. Er drückte noch mal die Wähltaste.

HANNAH

Ein warmes Gefühl durchströmte sie. Das lag aber nicht nur an dem guten Essen und dem umsorgenden Kellner, sondern auch an diesem überraschenden Eindruck der Verbundenheit, gemeinsam in New York gestrandet zu sein.

Kyle hatte zwei Cappuccino für sie bestellt. Bevor der Kellner die kleinen, eleganten Tassen auf die gestärkte Tischdecke stellte, entfernte er noch schnell die Krümel vom Tisch und verrückte die Dekoration um einige Millimeter. Hannah nippte an der weißen Tasse. Auf den Schaum hatte der Kellner mit Schokolade ein Herz gemalt. Es war zwar schon ziemlich spät für Kaffee, aber sie würde später trotzdem müde genug sein. Schließlich war dieser Tag so ganz anders gelaufen, als Hannah es sich vorgestellt hatte. Das Essen hatte wunderbar geschmeckt, jeder Bissen, sogar die Brötchen waren köstlich gewesen. Hannah benutzte kein Instagram, kein Twitter, kein Facebook oder, noch schlimmer, Snapchat. Aber dieser Moment war so schön, dass sie nachvollziehen konnte, warum man so etwas unbedingt teilen wollte.

Doch das taten sie ja, Kyle und sie. Nur war er eigentlich

so gar niemand, mit dem sie sich je hatte vorstellen können, einen glücklichen Moment zu teilen. Es fühlte sich an, als würde ein leichter Nebel über ihren Sinnen liegen, der sie die Realität nur noch durch eine Art Weichzeichner sehen ließ. Vielleicht war es doch nicht so verkehrt, gemeinsam mit Kyle in diesem Restaurant zu sitzen? Und vielleicht, vielleicht war es auch gar nicht so schlimm, dass der Schneesturm sie dazu verdonnert hatte, Zeit mit ihm zu verbringen. Sie sah Kyle an, der ihren Blick ruhig erwiderte, und obwohl Hannah versuchte, diese merkwürdigen Gedanken zu verdrängen, konnte sie der Magie dieses Moments nicht entkommen. Zwischen ihnen war eine Spannung, die es eigentlich nicht geben sollte.

Plötzlich griff Kyle wieder zu seinem Handy. Vielleicht hatte Hannah doch mehr in den Moment hineingedacht, als vorhanden war. Er stand auf und ging in den Flur, um ungestört telefonieren zu können. Kaum war er weg, legte ein anderer Kellner die Rechnung auf Kyles Seite des Tischs. Er hatte das Gesicht zu einem schrägen Lächeln verzogen. Er ging wohl eindeutig davon aus, dass Kyle bezahlen würde. Sah sie etwa so aus, als könnte sie ihre Rechnung nicht selbst bezahlen? War das in dieser altehrwürdigen Umgebung vielleicht Tradition: Die Frau sah hübsch aus, der Mann bezahlte?

Die Situation wurmte sie ungemein. Hannah streckte sich über den Tisch und bekam die Rechnung zwischen Daumen und Zeigefinger zu fassen. Sie hatte schließlich noch die Kreditkarte für Notfälle. Doch kaum hatte sie das Papier auseinandergeklappt, schoss ihr das Blut in die Wangen. Sie hatte natürlich vorhin gesehen, dass das Restaurant teuer war, aber die Preise der Hummersuppe zum Beispiel hatte sie gar nicht erst angeschaut. Die Rechnung betrug fast 120 Dollar. Sie schluckte. Das war einfach ein Vermögen für ein Essen. So viele Stunden Arbeit in der Cafeteria. Natürlich hatte sie viel weniger bestellt, aber gegessen hatte sie mindestens so viel wie Kyle. Der Kellner hatte so überheblich geschaut, als wäre bei ihrem Aussehen ohnehin klar, dass sie sich das nicht leisten konnte. Aber am meisten ärgerte es sie, dass er damit recht hatte. Mit brennenden Wangen und einem flauen Gefühl im Magen nahm sie die unbenutzte Kreditkarte aus ihrem abgewetzten Portemonnaie und winkte den Kellner heran.

»Es geht auf mich«, sagte sie und blickte ihm feindselig in die Augen.

»Aber natürlich, sehr gern, wenn Sie wünschen. Einen Moment. Darf ich …?« Galant nahm er ihr die Kreditkarte aus der Hand und verschwand. Für einen Moment überlegte sie, ob sie sich seine Arroganz nur eingebildet hatte und er sie vorhin gar nicht abfällig angeschaut hatte. Sie musste daran denken, wie sie früher, als sie noch mehr Geld gehabt hatten, einmal in einer Boutique mehr gekauft hatte, als sie eigentlich wollte. Und das nur, weil sie die arrogante Verkäuferin beeindrucken wollte. Da war sie siebzehn gewesen. Später war sie sich albern vorgekommen. Aber jetzt war es ohnehin zu spät, denn der Kellner brachte lächelnd den Zahlungsbeleg wieder. Auch Platz für Trinkgeld war auf der Rechnung und sie wusste inzwischen, dass zwanzig Prozent Trinkgeld ganz normal waren. Daran konnte sie jetzt nicht sparen. Mit glühendem Gesicht addierte sie das Trinkgeld – 24 Dollar! –, unterschrieb und bemühte sich, den Kellner anzulächeln.

Kyle kam aus dem Flur zurück ins Restaurant. Irgendwie lief er grundsätzlich so, als würde ihm der ganze Ort gehören, als würden ihm alle zuschauen. Und dabei schien es ihm egal zu sein, im Zentrum der Aufmerksamkeit zu stehen.

»Und?«, fragte sie, als er sich wieder gesetzt hatte. »Ist alles klar mit deiner Tante?« Unruhig rutschte sie auf ihrem Stuhl hin und her. Sie war, das musste sie zugeben, inzwischen wesentlich weniger erpicht auf die Tante als vor dem Essen, aber das konnte sie ja schlecht sagen.

Kyle drehte sein iPhone zwischen den Fingern – das neueste Modell natürlich. Hannah hatte ein altes Gerät, das sie bei Ebay gekauft hatte. Auf dem Display klebten auch schon ein paar Tesastreifen, um die vielen Risse zu verbergen, die sich wie ein Spinnennetz über das Glas zogen.

»Mhh«, sagte er. »Ich kann sie nicht erreichen.« Sein Lächeln wirkte etwas gezwungen. Seinem Gesichtsausdruck nach zu urteilen, störte ihn die Tatsache, dass er seine Tante nicht erreichen konnte, viel mehr als Hannah.

»Oh«, sagte sie.

»Aber sie meldet sich bestimmt später. Vielleicht steckt sie ja auch im Verkehr fest. Ich fürchte, du musst doch mit mir vorliebnehmen.« Er lächelte ihr vorsichtig zu, als sei er sich selbst nicht ganz sicher, wie gut oder wie schlecht diese Idee war. »Wir gehen zu mir und dann bringe ich dich rüber, wenn sie sich meldet? Ich muss aber später noch mal weg …« Kyle blickte sie ein wenig verlegen an.

Natürlich, das war es. Jetzt hatte er einen Klotz am Bein, nämlich sie. »Quatsch, ich habe jetzt Internet, ich finde schon was«, sagte Hannah.

»Nein, Hannah!« Seine Stimme hörte sich wirklich verärgert an. »Natürlich kommst du mit. Es ist schon viel zu spät, um was zu finden. Ist wirklich kein Problem.«

Sie suchte in seinem Gesicht nach Anzeichen dafür, dass er es nicht ernst meinte. Doch sein Blick war sehr entschlossen. Sie war ganz froh, dass Kyle so energisch widersprochen hatte. Sie hatte die Zeit mit ihm bisher eigentlich genossen, aber vielleicht war es genau das, was sie so nervös machte. Er war beunruhigend nett. Aber als Ballast wollte sie nicht empfunden werden. Doch Kyle hatte es offenbar ernst gemeint. Also nickte sie und zuckte dabei betont gleichgültig mit den Schultern. Sie wollte nicht zu verzweifelt wirken.

»Hey, wir gehen erst einmal zu mir. Schauen einen Film oder so.« Er hielt seine Kreditkarte nach oben, um dem Kellner zu zeigen, dass er zahlen wollte.

»Okay«, nickte Hannah und stand auf.

Der Kellner mit dem Namensschild Dylan kam wieder heran und deutete auf Hannah. »Die Lady hat darauf bestanden, dich einzuladen.«

»Was?«, rief er fassungslos und sah Hannah verblüfft an.

»Geht auf mich«, sagte Hannah und zuckte wieder mit den Schultern. Allerdings vermied sie es, Kyle in die Augen zu sehen. Stattdessen konzentrierte sie sich darauf, ihren Pullover vom Sitz zu ziehen, den sie beim Essen ausgezogen hatte. Sie spürte, wie ihr das Blut in die Wangen schoss.

»Aber ich wollte dich doch auf jeden Fall einladen!«, protestierte Kyle.

»Das ist nett«, sagte Hannah, »aber ich wollte mich damit bei dir bedanken.«

Er musterte sie, als würde er ein exotisches Tier betrachten, dessen Verhalten er nicht verstand.

»Du kannst einfach nichts von mir annehmen, oder?«, fragte er, ohne eine Antwort zu erwarten. Dann entspannten sich seine Schultern. »Also gut, Peaches, wenn du dich dann besser fühlst. Ich werde dich nicht zwingen, eine Einladung von mir anzunehmen«, sagte er. »Und jetzt lass uns losgehen und noch ein bisschen Spaß haben.«

Ein kleines Lächeln umspielte seine Lippen, während er das sagte. Es war bescheuert, dass sie ihm unterstellte, irgendwelche Absichten zu verfolgen. Aber so wie er gerade *Lass uns Spaß haben* gesagt hatte, hatte es wieder eindeutig zweideutig geklungen. Inzwischen war sie sich aber nicht mehr sicher, ob er solche Zweideutigkeiten nicht absichtlich in seine Sätze einflocht. Sie bezweifelte auch, dass das Begleichen der Rechnung ihr wirklich die Würde verliehen hatte, die sie sich erhofft hatte.

»Ich werde dich nicht anmachen«, sagte Kyle, als hätte er ihre Gedanken diesmal wirklich gelesen. Aber etwas an seinem Tonfall störte sie. Es klang so, als wäre sie eine freudlose Gestalt, die zu viel trockene Bibliotheksluft einatmete und nie Spaß hatte.

Und das war schließlich ganz und gar nicht so. Vor ein paar Jahren war sie zeitweise sogar richtig viel ausgegangen. Aber dann hatte die Krankheit ihres Vaters wie eine Bombe eingeschlagen. Er hatte seinen Job verloren, sie hatte sich um ihre Schwester kümmern müssen, wenn ihre Mutter arbeitete, und Tom, der angeblich so in sie verliebt war, hatte sie ziemlich schnell fallen lassen. Von verwöhnten Jungs hatte sie eigentlich die Nase voll.

Hannah schüttelte den Kopf, als könnte sie damit alle verwirrenden Gedanken vertreiben, und seufzte. »Das ist wirklich super nett von dir. Ich komme gern mit.«

Ein paar Minuten später standen sie auf der Straße. Das gelbe Licht des Sheenagan's beleuchtete den Bürgersteig, auf dem sie standen, wie eine kleine Bühne. »Viel Spaß, ihr beiden Turteltäubchen«, hatte Dylan zum Abschied gesagt. »So romantisch war New York noch nie.«

»Er ist nicht mein Freund«, hatte Hannah geantwortet und für ein paar Sekunden war eine unangenehme Pause entstanden, als Dylan nicht recht wusste, was er dazu sagen sollte.

Die Flocken waren dick wie Watte. Der Schnee sah so weich aus, dass man sich glatt hineinkuscheln könnte. Einige Schneeflocken hatten sich in Kyles Haaren verfangen und seine Wangen waren gerötet. Gemeinsam liefen sie los, Kyle gab die Richtung vor. Hannah war nervöser, als sie sich eingestehen wollte. Erst jetzt wurde ihr klar, dass sie wirklich zu Kyle nach Hause ging. Sie verbrachte sonst keine Zeit mit Jungs wie Kyle, geschweige denn, dass sie bei solchen Typen übernachtete. Aber er würde sie später auf jeden Fall zu seiner Tante bringen.

Es war nicht so, dass sie Angst vor ihm hatte oder er sie einschüchterte, was er teilweise zu glauben schien. Arrogant war er schließlich schon. Es war eher das Gefühl, dass es in seiner Welt so viel gab, das so unglaublich weit weg von ihrer eigenen war: die Lässigkeit, mit der er im Lokal auftrat, das Selbstbewusstsein, mit dem er die Freundlichkeiten der Menschen annahm, die von ihm und seinen Eltern Geld bekamen. Sie hatte immer gedacht, dass es keine echte Freundlichkeit war, schließlich war sie gekauft, aber vielleicht schloss das eine das andere gar nicht aus? Diese Selbstverständlichkeit, mit der er sich in einer Welt von Menschen, denen Geldprobleme völlig fremd waren, bewegte, würde sie nie haben. So etwas konnte man wahrscheinlich gar nicht lernen. Und dieses Gefühl, hier fehl am Platz zu sein, das konnte Kyle wahrscheinlich nicht nachvollziehen, egal wie sehr er sich anstrengte, sich in sie hineinzuversetzen. Dass er es aber tatsächlich versuchte, überraschte Hannah vielleicht am allermeisten. Sie hatte natürlich gemerkt, dass Kyle sie zum Essen hatte einladen wollen, weil sie sich die Preise in einem Restaurant wie dem Sheenagan's nicht leisten konnte. Seine ehrliche Entrüstung, als er erfahren hatte, dass sie schon gezahlt hatte, war richtig süß gewesen. Das hatte sich angefühlt, als würden kleine, warme Seifenblasen in ihrem Bauch aufsteigen. Sie hatte sich vorgenommen, so wenig wie möglich von ihm anzunehmen. Schließlich brachte so ein Gefallen immer eine Verpflichtung mit sich. Sie musste unbedingt Abby fragen, was das nun genau für Geschichten waren, die über ihn kursierten, und was mit diesem Mädel aus dem Dorm passiert war, weswegen es hieß, dass man besser die Finger von ihm lassen sollte, außer man war an einem One-Night-Stand interessiert. Andererseits: Zu jedem Break-up gehörten zwei, vielleicht war die Geschichte ja auch ganz anders?

Moment, fing sie etwa an, ihn zu verteidigen? Abby würde glatt in Ohnmacht fallen, wenn sie das wüsste. Und erst recht, wenn sie erfuhr, mit wem Hannah hier in New York gestrandet war. Ihre Freunde in Forest Lake waren sich darin einig, dass man am besten einen weiten Bogen um Kyle machte und ebenso um seine Kumpel, die an ihm klebten wie die Fliegen an diesen orangefarbenen Rollen, die ihre Oma im Sommer in die Küche hängte. Trotzdem waren alle immer sofort darüber informiert, was Kyles Clique gerade tat, und wussten genau, auf welcher Party sie gewesen waren. Sogar Hannah hatte spätestens am nächsten Tag Gerüchte über die ausufernden Partys gehört. Es war so ähnlich wie mit den Hollywoodsternchen. Hannah fand es absurd, sich dafür zu interessieren, was die

Kardashians, Cara Delevingne oder andere Victoria's-Secret-Models gerade so machten. Es interessierte sie einfach nicht. Dennoch blieb sie manchmal auf sinnlosen Internetseiten hängen, als wären sie magnetisch, und ertappte sich dabei, wie sie sich hoch konzentriert in einem Art Flow-Zustand durch Bildergalerien klickte und alle Informationen gierig aufsaugte. Genau diesen Zustand, den sie beim Schreiben an ihrem Aufsatz vorher absolut vermisst hatte.

»Der Schnee ist perfekt«, sagte Kyle, während er einen Schneeball formte, ausholte und ihn gegen einen Laternenpfahl schleuderte, wo er träge in seine Einzelteile zerfiel. »Hundertprozent perfekter Schnee. New York hat zwar keine Berge zum Skifahren, aber dieser Schnee schreit nach einer Schneeballschlacht.«

Hannah beugte sich nach unten und nahm trotz ihrer Wollhandschuhe, die nicht für Schnee gemacht waren, eine Handvoll hoch. Er pappte sofort zusammen. »Stimmt«, sagte sie, wobei sie den Schneeball nur verschwommen erkennen konnte, weil auf ihrer Brille schon wieder Schneeflocken klebten und ihre Sicht behinderten. Schnell wischte sie sie an ihrer Schulter ab.

»Hast du Angst?«, fragte Kyle mit einem breiten Lächeln und stapfte in seinen dicken Stiefeln rückwärts auf die nun vollständig leere Straße. Der Schnee dämpfte seine Schritte. Wegen des Fahrverbots schlichen inzwischen nur noch vereinzelt Taxis mit hektisch zuckenden Scheibenwischern durch die Stadt.

»Vor dir?«, fragte Hannah mit gespieltem Entsetzen. Sie pappte den Schnee energisch zu einer kleinen, festen Kugel. »Wohl kaum. Wobei ich mir nicht vorstellen kann, dass ein Gentleman von der Upper East Side ein Mädchen mit einer halb zugeschneiten Brille angreifen würde. Das wäre ja so, als würde man jemanden mit Gipsbein zum Wettrennen herausfordern.«

Kyle hatte sich ein paar Meter von ihr entfernt und holte aus. Der Schneeball flog steil nach oben, machte einen Bogen und fiel dann – wie in Zeitlupe – in ihre Richtung.

»Uuuups. Entschuldigung. Das war ein zufälliger Querschläger.« Kyle hielt in gespieltem Schrecken eine Hand vors Gesicht.

»Das ist jetzt nicht dein Ernst. Du kämpfst gegen eine fast Blinde?« Hannah griff nach dem Schnee, der hoch aufgetürmt auf einem roten Feuerhydranten lag, und formte eine noch größere Kugel. Der Schnee pappte wunderbar zusammen. Mit einer schnellen Bewegung holte sie aus und zielte direkt auf Kyle. Sie traf ihn am Kragen. Zufrieden betrachtete sie, wie der Ball an Kyles Hals zerfiel und ein Teil in sein Shirt rutschte. Er hatte seine Jacke nicht geschlossen, als wäre sein Körper völlig immun gegen die Kälte. Er demonstrierte offensichtlich gern, wie kältebeständig er war.

»Hey!«, rief Kyle. »Das war ganz klar ein Frontalangriff und eine Kriegserklärung! Erst einen auf Mitleid machen und dann aus dem Hinterhalt angreifen. Ihr Deutschen habt es immer noch nicht gelernt. Ihr müsstet nach dem letzten Krieg doch wissen, dass Angriff immer zur Niederlage führt, wenn Amerikaner dabei sind.« Er formte einen weiteren Schneeball zwischen den Händen und feuerte diesmal gezielt in ihre Richtung.

Hannah duckte sich blitzschnell weg. Hinter ihr erklang ein heller Aufschrei. Erschrocken drehte sie sich um. Vor ihr leuchtete der rote Pelz einer älteren Dame wie eine Boje in einem Meer von Weiß. Sie stand nur wenige Meter hinter Hannah und der Schneeball hatte eine weiße Platzwunde auf ihrer Brust hinterlassen. Unter ihrem roten Hut lugten weißblonde Haare hervor. Ihre Hand umklammerte einen Regenschirm und ihre Lippen hatten sich zu einem lautlosen »Oh« verzogen. Dann begann sie mit flattrigen Schlägen, den Schnee von ihrer Brust zu klopfen. Mit schmalen Augen fixierte sie Hannah. »Jetzt entschuldigen Sie aber mal«, begann sie in hoher Tonlage zu zetern, »das ist vollkommen inakzeptabel!«

Hannah blickte sich Hilfe suchend um. Kyle stand ein paar Meter von ihr entfernt, erstarrt, nein, sein Körper zuckte merkwürdig. Er versuchte, einen Lachanfall zu unterdrücken. Sie drehte sich wieder zurück. Die Frau in Rot war inzwischen näher herangekommen.

»Ähm, es tut mir so leid«, murmelte Hannah, »aber ich habe nichts gemacht. Ich weiß auch nicht, was passiert ist.« Hannah verlagerte ihr Gewicht von einem Bein auf das andere, unschlüssig, was sie nun tun sollte. Irgendwie konzentrierte sich die Frau in Rot weiterhin auf Hannah. Als hätte *sie* den Schneeball geworfen.

»Natürlich haben Sie etwas gemacht. Sie wollen doch nicht behaupten, dass Sie unschuldig an dieser Katastrophe sind. Sehen Sie nur, wie ich aussehe!« Diese Frau war ein bizarres Wesen, völlig anders als die Frauen in Meckenheim oder Bonn.

Hilflos drehte sie sich wieder zu Kyle um, er war solche Frauen schließlich gewohnt. Doch Kyle winkte nur mit der Hand, um ihr zu bedeuten, ihm zu folgen. Unsicher sah sie zu der Frau zurück. Was, wenn sie Hannah jetzt verklagen wollte? Sie wirkte richtig wütend und der Pelz war bestimmt echt, obwohl das lange Fell rot eingefärbt war und kaum noch an ein Tier erinnerte. Aber sogar für Hannah war zu erkennen, dass er, trotz seiner Hässlichkeit, ein Vermögen gekostet hatte.

»Dieser Pelz darf nicht nass werden! Und ich bekomme fast keine Luft mehr von dem Aufprall. Als wenn das Wetter nicht schlimm genug wäre!«, zeterte die Frau.

Fieberhaft suchte Hannah nach einer Antwort. Sie war eingeschüchtert.

In diesem Moment zog jemand an ihrer Hand. »Lass uns gehen«, flüsterte Kyle ihr ins Ohr. An die Dame gewandt, sagte er freundlich: »Der Schneeball tut uns wahnsinnig leid, aber seien Sie versichert, er wird keine Spuren hinterlassen. Das Tier, das Ihren Pelz früher getragen hat, hat schon viele Regenfälle damit überstanden. Wir haben jetzt leider einen dringenden Termin.« Er deutete sogar eine Verbeugung an. Dann lief er davon, wobei er Hannahs Hand immer noch fest umklammerte.

Hannah folgte ihm, so schnell das im tiefen Schnee möglich war.

»Also, das ist eine Unverschämtheit. Schneeballschlachten in der Stadt sind gesetzlich verboten!«, rief die Frau ihnen nach. Doch schon bald war sie in der Dämmerung und hinter den Schneeflocken verschwunden.

»Träum weiter«, sagte Kyle leise und zog Hannah schnell weiter. In den dicken Stiefeln kamen sie im tiefen Schnee nur schwer voran. Hannah spürte nun auch wieder ihren schweren Rucksack. Als Kyle sie keuchen hörte, streifte er ihn ihr im Laufen von der Schulter und warf ihn sich über die eigene.

»Die Frau ist komplett gaga«, japste er lachend. »Das ist der Nachteil von New York: Die Stadt ist voller Verrückter. Denk einfach nicht weiter darüber nach. Das war ein Schneeball. Da ist überhaupt gar nichts passiert.« Er drosselte das Tempo.

Erleichtert atmete Hannah auf und die Anspannung fiel von ihr ab. Als ihr klar wurde, dass nichts passieren würde, fiel sie in Kyles Lachen ein, der immer noch vor sich hin gluckste. Dabei gelangten Schneeflocken in ihren Mund, die so dick waren, dass sie noch einen Moment auf der Zunge verweilten, bevor sie schmolzen wie ein edles Schokoladenkonfekt.

Sie liefen in Schlangenlinien, ihre Handschuhe ineinander verkeilt, zogen sich hierhin und dorthin, um den Schneehaufen auszuweichen, die überall aufgetürmt waren, oder um den anderen hineinstolpern zu lassen. Überall türmten sich Schneehaufen in allen Größen auf, unter denen Autos, Lastwagen, Mülleimer, Bäume oder Feuerhydranten verborgen waren. Sie machten sich noch eine Weile über die Frau in Rot lustig, während sie glücklich durch den Schnee liefen, der jedes Geräusch schluckte und die Schritte federte, als würden sie über eine Sommerwiese laufen. Hannahs Gesicht prickelte leicht an den Stellen, an der die Schneeflocken auf ihrer Haut schmolzen. Als sie ihre Hand aus Kyles Umklammerung löste, um ihre Brille zumindest ein wenig vom Schnee zu befreien, vermisste sie sofort den Druck seiner warmen Hände. Schnell schob sie den Gedanken zur Seite.

Als sie ihre notdürftig von Schnee und Wasser befreite Brille wieder aufgesetzt hatte und hochsah, war Kyle nirgends zu sehen. Doch, da war ein Schatten, der sich schnell entfernte. Dieser Mistkerl. Sie rannte los, das Geräusch ihrer Schritte gedämpft, als wäre sie unter Wasser. Nur ihren Atem hörte sie beim Rennen unnatürlich laut. Kurz bevor sie Kyle endlich eingeholt hatte, setzte er zu einem erneuten Sprint an und verschwand. Er spielte Katz und Maus mit ihr.

Schwer atmend blieb sie stehen und blickte sich um. Soweit sie erkennen konnte, war sie gar nicht mehr auf der Straße. Sie war im Central Park. Schnee bedeckte die Flächen, wo normalerweise das Gras sein musste. Aber es war dunkel und die Beleuchtung der Laternen machte nicht viel mehr, als zu markieren, wo normalerweise wahrscheinlich ein Weg war. Die Laternen wirkten wie Irrlichter, die dazu dienten, Besucher erst recht zu verwirren. Sie hatte bisher nur Fotos vom Central Park gesehen und konnte in der Dunkelheit und dem Schnee kaum erahnen, wie er sonst aussah. Von Kyle war keine Spur mehr zu erkennen. Eine unwirkliche Stille herrschte mitten in New York, der Stadt, die doch angeblich niemals schlief.

Aus völlig unerklärlichen Gründen musste sie an den schlimmsten Film denken, den sie jemals gesehen hatte: *Shining*. Und an die Szene, in der Jack Nicholson, buckelig und mit einer Axt bewaffnet, in einem eingeschneiten Hotel seinen eigenen Sohn durch die verlassenen Hotelflure jagt. Sie hatte diesen Film einmal zufällig gesehen, da ihre Mutter ein Jack-Nicholson-Fan war. Wenn man bedachte, dass ihr jetzt, Jahre später, dieser Film wieder einfiel, war sie froh darüber, dass sie gruslige Filme inzwischen konsequent mied, auch wenn sie dadurch in der Schule als Angsthase galt. Die Bilder verfolgten sie sonst noch Monate oder Jahre später. Sie sah viel lieber harmlose Filme oder Programmkino ohne Gewalt. Hannah hatte aber auch eine heimliche, peinliche Vorliebe für romantische Komödien. Schließlich hatten romantische Komödien wenig mit der Realität zu tun. Aber die Wirklichkeit war oft so bedrückend, da war es tröstend, in die schöne Welt eines Films zu entfliehen.

»Kyle?«, rief sie mit lauter Stimme. Panik und Ärger stiegen in ihr hoch. Erst sagte Kyle, er wolle sie retten, und jetzt stand sie hier allein im Central Park. Die Stadt war im Ausnahmezustand, und in der Dunkelheit war es hier mit Sicherheit gefährlich. Das warme Gefühl im Bauch, das der Besuch im Sheenagan's hinterlassen hatte, war verflogen. Ihre Wollhandschuhe waren von der Schneeballschlacht durchgeweicht und ihre Hände klamm. Wie war noch mal die Adresse gewesen? Würde sie den Weg zurück allein überhaupt finden? Sie hatte gar nicht auf den Weg geachtet, als sie neben Kyle hergelaufen war.

»Alles in Ordnung?«, brummte eine dunkle Stimme direkt neben ihrem Ohr.

Hannah sprang zurück, als hätte ein Stromschlag sie getroffen, und schrie gellend auf. »Du Vollidiot!«, rief sie außer sich. Ihr Herz klopfte, als würde es gleich platzen. »Das ist *nicht* lustig!« Sie war ehrlich sauer. Einen Moment lang hatte sie wirklich gedacht, Jack Nicholson würde mit einer Axt hinter ihr stehen. Das war absolut kein lustiges Gefühl.

»Hannah«, sagte Kyle und klang dabei ausnahmsweise nicht witzelnd, was Hannah ihm in diesem Moment schwer hätte verzeihen können, sondern tatsächlich kleinlaut. »Entschuldigung. Ich wollte dich nicht so erschrecken.« Vorsichtig umfasste er ihren Arm und seine Stimme klang so weich und besorgt, dass sie Hannah sofort besänftigte.

»Schon gut«, grummelte sie.

»Ich wusste ja nicht, dass du fast in Ohnmacht fällst.«

»Sag besser nichts Falsches. Bei diesem Wetter ist das kein Spiel! Könntest du jetzt bitte nicht mehr weglaufen?«

Kyle nickte. Zögernd ließ er ihren Arm los. »Ich … Eigentlich wollte ich dich nur hierher locken. Ist es nicht wunderschön? Es ist wie eine Zauberwelt. Du weißt gar nicht, wie einmalig das ist. Ich habe den Central Park noch nie so gesehen und ich bin hier aufgewachsen. Wir könnten auch in den Rocky Mountains sein oder in Russland. Hörst du das auch?«

Die Begeisterung in seiner Stimme ließ Hannah ihren Ärger vergessen. Stattdessen spitzte sie die Ohren. Aber sie hörte nur ihren eigenen Herzschlag und das Rauschen in ihren Ohren. »Es ist … ziemlich still«, sagte sie zögernd.

»Ja, nicht wahr? Man hört nur den Schnee«, sagte Kyle. »Man kann die Flocken hören.«

Sie blickte ihn an, unsicher, ob er für sie den sensiblen Frauenversteher darstellte oder ob er es tatsächlich ernst meinte. Aber Kyle lauschte so angestrengt in den Abend, dass es nicht gespielt sein konnte. Hannah konzentrierte sich auf die Geräusche und ja, sie wusste, was er meinte. Irgendwie lag ein leises Raunen in der Luft, das von den unermüdlich fallenden Flocken herrührte. Und irgendwie war es wunderschön.

Das warme Wasser prasselte sanft auf ihre Schultern. Es war viel weicher als das im Studentenwohnheim. Die Dusche, die so groß war wie ihr gesamtes Badezimmer zu Hause, verströmte das Gefühl von Reichtum und Luxus. Hannah nahm nacheinander drei Shampooflaschen, die auf dem eingebauten Regal standen, und roch daran. Die Marken hatte sie noch nie gesehen, aber wahrscheinlich waren sie in exklusiven Läden gekauft worden, um die sie einen großen Bogen machte. Sie entschied sich für ein Shampoo, das so intensiv nach Mandeln roch, dass man es am liebsten trinken wollte. Zwar gefiel ihr auch der Pfefferminz-Geruch eines anderen Shampoos, aber das musste das Shampoo sein, das Kyle benutzte. Seine Haare hatten danach gerochen.

Irgendwie unheimlich, dass sie wusste, wonach Kyles Haare rochen. Das war etwas ganz anderes, als zufällig ein Bild von einer Party auf Instagram gesehen zu haben. Das war etwas, das man nur wusste, wenn man gut miteinander befreundet war. Kyle fühlte sich nach diesem Abendessen tatsächlich viel mehr an wie ein Freund, aber das lag natürlich auch an der Notsituation, die sie zusammengeworfen hatte. So etwas schweißte zusammen. Deshalb machten Firmen schließlich diese Teambuilding-Seminare im Kletterpark. Obwohl, die Notsituation hielt sich ja in Grenzen, wenn man in einem Luxus-Appartement auf der Upper East Side gestrandet war.

Hannah seufzte. Kurzerhand rasierte sie sich noch besonders gründlich die Beine. Sie redete sich ein, dass sie das nicht nur tat, um keine dämlichen Bemerkungen von Kyle zu hören, sondern weil das ohnehin Teil ihrer Routine war. Ob sie es nun nach dem Flug zu Hause machte oder hier, war auch schon egal.

Als sie fertig war, verließ sie die Dusche. Nach den Stunden der Unsicherheit am Flughafen und der Kälte draußen tat es gut, sich sauber und warm zu fühlen. Sie trocknete sich mit einem großen weißen Handtuch ab, von dem mehrere Stapel bereitlagen. Das Handtuch war so flauschig, dass es kaum Wasser aufsog. Am liebsten hätte sie sich nur darin eingewickelt und hätte sich gar nicht wieder angezogen. Aber Kyle war ebenfalls in der Wohnung und duschte im Bad neben seinem Zimmer. Also streifte sie ihre dunkelblaue Nicki-Jogginghose über, dazu ein weites T-Shirt, das sie häufig zum Schlafen trug und das vom vielen Waschen schon etwas ausgeleiert war. Darunter hatte sie einen BH angezogen – ohne würde sie sich zu nackt fühlen. Kyle hatte ihr vorhin auch ein Paar rote Socken in die Hand gedrückt. Mit Noppen an den Füßen, weil der Boden im Appartement rutschig war. Natürlich waren auch diese flauschig und garantiert neu. Sie hatten sogar fast die richtige Größe. Vielleicht gab es hier immer einen Vorrat an neuen Dingen, falls man mal etwas brauchen könnte.

Hannah wischte mit einer Handtuchecke ein kleines Fenster in den beschlagenen Spiegel. Ihr Gesicht war rosig und die nassen Haare schlängelten sich in ihrem Nacken. Sie waren länger, als Hannah sie in Erinnerung hatte. Das war natürlich Quatsch. Im Studentenwohnheim hatte sie nur keinen gut beleuchteten Spiegel gehabt und man war auch nie allein im Bad. Da sie keine Lust hatte, die Haare zu föhnen, rubbelte sie sie nur mit dem Handtuch trocken. Die Wohnung war sowieso gut geheizt, kalt war einem hier also nicht. Die Amerikaner heizten Räume ja meistens so, dass man auch im Winter im T-Shirt herumlaufen konnte. Ihre Haare würden sich dadurch zwar noch stärker wellen, aber im Flugzeug, wo sie hoffentlich spätestens morgen früh wieder sitzen würde, war das egal. Vielleicht zog der Sturm ja doch schnell vorüber und dann schaffte sie es bestimmt bald nach Hause. Obwohl sie zugeben musste, dass es mit Kyle bisher ziemlich unterhaltsam gewesen war.

Sie nahm ihr Handy, das auf der Ablage neben einem Glas mit Wattepads lag, und wischte den feuchten Belag vom Bildschirm. Immerhin hatte sie im Appartement wieder Verbindung. Schnell tippte sie eine Nachricht an Abby: »Verbringe den Abend bei van Claas in NY. Was war die krasse Geschichte über ihn?« Sie wusste natürlich, dass Abby ausflippen würde, sobald sie die Nachricht öffnete. Daher schrieb sie extra zweideutig. Bevor sie auf Senden drückte, fügte sie noch hinzu: »Kann nicht telefonieren, nur Whatsapp, Txt oder Mail.«

Kyle hatte mindestens dreimal gesagt, sie solle im Bad ruhig alles benutzen. Im Badezimmerschrank gab es jede Menge Cremes. Vorsichtig schraubte sie eine auf, um ihre Hände, die vom kalten Schnee trocken waren, einzucremen. Ein angeblich vollständig ökologisches Produkt, das wieder duftete, als wäre es zum Essen gedacht. Vielleicht war das ja normal bei teuren Schönheitsprodukten.

Vorsichtig wich sie den feuchten Stellen aus und verließ das Bad. Sie fühlte sich zwar erschöpft, aber gleichzeitig war sie von den Ereignissen des Tages noch völlig aufgedreht.

Als sie ins Wohnzimmer zurückkam, war Kyle gerade damit beschäftigt, Holzscheite im Kamin aufeinanderzustapeln. Er blickte zu ihr hoch und irgendetwas flackerte in seinen Augen. Er lächelte sie zwar an, aber er sah nicht mehr so selbstsicher aus wie sonst.

»Fertig?«, fragte er. Dabei ließ er seinen Blick einmal über ihren Körper wandern, so langsam, dass es nicht zufällig sein konnte.

»Ich glaube, ich bin froh, dass ich deine Gedanken nicht lesen kann, sonst müsste ich dir jetzt wahrscheinlich eine scheuern.«

Kyle lachte und zeigte dabei seine perfekten, geraden Zähne – Resultat einer Zahnspange, die er als Teenager getragen hatte, wie sie auf einem Foto, das auf einem Tisch neben dem Kamin stand, sehen konnte. »Da könntest du sogar recht haben. Aber eigentlich bist du gar nicht mein Typ. Trotzdem kann ich meine Gedanken manchmal nicht in Zaum halten. Ich kann da nichts für. Das ist glaube ich bei allen Männern so.«

»Kyle, das ist nicht bei allen Männern so«, sagte Hannah und unterdrückte den kleinen Stich im Magen, den Kyles Bemerkung verursacht hatte. Natürlich war sie nicht sein Typ. Kyle stand auf blondierte Mädels, die keine eigene Meinung hatten und deren einziges Ziel war, ihm zu gefallen – in jeder Hinsicht.

»Nein?« Er zog eine Augenbraue hoch. »Du glaubst also, dass die Jungs aus deinen Seminaren, die dich fragen, ob du nach dem Kurs noch einen Kaffee mit ihnen trinken willst, um den Stoff zu vertiefen, tatsächlich nur über das Seminar reden wollen? Dass sie sonst nichts weiter von dir wollen? Und …«, Kyle hielt eine Hand hoch, als müsste er einen Einwand von ihr unterbinden, dabei wollte sie gar nichts sagen, »bei *Gender Studies* sitzen vielleicht keine Kerle, aber du glaubst doch nicht wirklich, dass die Frauen, die da mit dir einen Kaffee trinken wollen, keine Hintergedanken haben. Die wollen alle nicht nur mit dir reden, die stehen nämlich auf Frauen. Komm, so naiv bist du nicht. Travis und John Callaghan haben dich doch bestimmt schon gefragt, oder?«

Sie starrte ihn an. Woher wusste er das? Wie kam er jetzt genau auf diese Situation und diese beiden Typen?

Er lachte, als er ihren Gesichtsausdruck sah. »Es stimmt, nicht wahr?«

Leider fiel ihr so schnell keine passende Erwiderung ein. Hilflos presste sie die Lippen zusammen und ließ sich auf eines der weißen Sofas sinken, um etwas Zeit zu gewinnen. Die dicke Polsterung war unglaublich gemütlich.

»Aber das war nicht schwer zu erraten. Ich meine, das Erste, was ich mache, wenn ich ein Mädchen aus dem Kurs kennenlernen will, ist, sie nach der Stunde zu fragen, ob wir uns noch über das Thema soundso unterhalten könnten. Besser noch: ob sie mir etwas erklären könnte. Dann ist sie direkt geschmeichelt. Und dann gehen wir in die Cafeteria oder ins Student Center. Das mache ich nicht, weil ich wirklich über das Thema reden will, sondern, weil ich mit *ihr* reden will. Und Travis und John waren, glaube ich, schon mit jedem Mädchen auf dem Campus einen unschuldigen oder weniger unschuldigen Kaffee trinken.«

Sie schluckte. Travis hatte sie tatsächlich gefragt, ob sie ihm Foucault noch mal allgemeinverständlich erklären konnte. »Ich war noch keinen Kaffee mit John trinken.« Sie zögerte einen Moment, natürlich unterschlug sie, dass sie mit Travis weggewesen war. Das war direkt in den ersten zwei Wochen gewesen, als sie noch niemanden gekannt hatte. Aber sie hatten einfach kein Thema gefunden, worüber sie sich unterhalten konnten, nachdem klar war, dass Travis sich gar nicht für Foucault interessierte. Travis war so, wie sie sich Kyle bisher vorgestellt hatte. »Ich bin nicht so naiv, zu glauben, dass niemand etwas von mir will«, fuhr sie fort. »Aber es gibt auch Menschen, die wollen sich wirklich nur unterhalten. Es will doch nicht jeder gleich, keine Ahnung, losfummeln. Ich glaube, du bist einfach extrem hormongesteuert, wenn ich das mal so sagen darf.«

Kyle zuckte mit den Schultern, während er sie wieder von oben bis unten musterte. Ihr wurde ganz warm und sie war heilfroh, dass sie einen BH angezogen hatte. Als er jedoch ihren Blick merkte, schaute er schnell wieder auf die Feuerstelle. Betont konzentriert schob er den Anzünder zwischen seinen kunstvoll arrangierten Stapel, zwischen den er ein Stück Zeitungspapier gelegt hatte. Er tat außerordentlich beschäftigt, als sei es ihm fast ein wenig unangenehm, dass sie seinen Blick auf ihrer Brust bemerkt hatte. Aber nur fast.

»Wenn ich mit dir rede, bekomme ich gleich das Gefühl, dass ich pervers bin, nur weil ich ein Mädchen attraktiv finde, dabei …«

»Du verstehst mich absichtlich falsch, oder?«, unterbrach sie ihn.

»Hey, ich bin ein total normaler Typ. Ich behaupte nicht, dass ich sonderlich klug bin. Ich bin aber auch nicht total bescheuert. Auch auf die Gefahr hin, dass du mich jetzt für eingebildet hältst, aber es ist Fakt: Kann ich was dafür, dass mich Mädchen anmachen? Wäre ich nicht bescheuert, nicht darauf einzugehen? Ich betrüge schließlich niemanden. Kann ich was dafür, dass meine Eltern Geld haben? Soll ich deshalb nicht nach Barbados fahren, sondern lieber allein in New York bleiben? Ich bin deswegen nicht gleich anders als andere Typen.«

Hannah musste zugeben, dass das alles nicht unlogisch klang. Aber gleichzeitig klang es auch irgendwie inakzeptabel.

»Aber zurück zum Thema, du willst mir doch nicht erzählen, dass du einen engen Freund im College hast, einen männlichen, der nicht schwul ist und mit dem du komplett ohne Hintergedanken befreundet bist?«

Hannah nickte energisch. In diesem Fall war sie sich sicher.

»Aha. Und das ist nicht nur eine einseitige Auffassung? Bist du sicher, dass dein ›platonischer Freund‹«, Kyle malte Gänsefüßchen in die Luft, während er das sagte, »darüber genauso denkt wie du?«

»Ja, das bin ich.«

»Was macht dich da so sicher?«

»Er hat eine Freundin.«

Kyle lachte prustend. Hinter ihm brannten der Anzünder und das Papier zu einer hellen Flamme hoch.

»Warum lachst du so dämlich?«

»Ich will dich ja nicht desillusionieren, aber das bedeutet leider gar nichts.«

Hannah verdrehte die Augen. Ihr fehlten echt die Worte.

»Wer ist dieser Freund denn? Kenne ich ihn?«

»Es sind nicht alle so wie du. Er schmachtet nicht jemand anderen an, obwohl er eine Freundin hat.«

»Ich schmachte niemanden an, obwohl ich eine feste Freundin habe. Ich habe keine. Aber wenn ich wirklich verliebt wäre, würde ich bestimmt nicht ständig mit einem anderen Mädchen abhängen, sondern mit meiner Freundin. Sag schon, wer ist es?« Kyle saß immer noch auf dem Boden vor dem Kamin. Aber er hatte sich zurückgelehnt und stützte sich mit den Armen ab, während er sie nicht aus den Augen ließ. Im Kamin knallte es, als das Feuer auf besonders trockene Äste übergriff.

Eigentlich hatte Hannah keine Lust, Kyle zu verraten, wer ihr Freund war. Kyle würde sie womöglich nur noch mehr dafür verspotten, weil Ethan in Kyles Augen nicht cool war oder was auch immer. Sie mochte Ethan wirklich gern. Er war in der kurzen Zeit ein richtig guter Freund geworden. Sie trafen sich häufig, um zusammen zu lernen, verabredeten sich in der Bibliothek und verbrachten ihre Pausen zusammen. In dem Englisch-Kurs, den sie beide belegten, bearbeiteten sie sogar das Gruppenprojekt. Sie hatte auch schon früh von seiner Freundin erfahren, sodass zwischen ihnen von Anfang an alles geklärt gewesen war.

»Ethan«, sagte sie schließlich doch.

»Ethan Holmes?«, fragte Kyle.

»Ethan White«, erwiderte Hannah. »Und nein, er ist nicht schwul. Er hat eine Freundin. Und wir sind einfach nur so befreundet. Wir fühlen uns überhaupt nicht zueinander hingezogen.«

»Na ja, mir ist schon klar, warum du dich nicht zu Ethan hingezogen fühlst. Er ist so ein schmales Hemdchen mit umgekrempelten Hosenbeinen an der Jeans. Er ist zwar nicht schwul, aber ziemlich metrosexuell, würde ich sagen.«

»Er ist kein schmales Hemdchen. Außerdem geht es darum auch nicht. Er ist cool.«

»Ich würde ihn nicht als cool bezeichnen. Aber ich bestreite ja nicht, dass er ein netter Kerl ist. Mir ist doch völlig egal, ob er metro, hetero, schwul oder was auch immer ist. Er ist manchmal bei uns, weil er mit einem aus meinem Haus befreundet ist. Aber es steht außer Frage, dass du wesentlich attraktiver bist als er. Und …«, er machte eine kleine Kunstpause, »er ist mit Sicherheit in dich verliebt. Wetten?«

»Ist er nicht.« Hannah versuchte, sich von dem *dass du wesentlich attraktiver bist als er* nicht aus dem Konzept bringen zu lassen. Machte Kyle das extra? Manipulierte er sie vielleicht absichtlich, indem er Unverschämtheiten und Komplimente abwechselte? Wollte er sie verwirren oder passierte ihm das einfach so?

»Glaubst du, nur ich habe Hormone? Ich bin völlig normal.«

»Hört sich für mich nach einer faulen Ausrede für triebgesteuertes Verhalten an: ›Huch, ich wollte gar nicht mit dir ins Bett! Da sind nur meine Hormone mit mir durchgegangen! Tschüüüüss, ich muss los!‹. Wir sind ja keine Tiere. Ich bin zumindest kein Gorillaweibchen. Aber vielleicht bist du ein als Mensch getarnter Gorilla und hast dich nur besonders gut rasiert.«

»Also, ganz ehrlich. Es ist vollkommen normal, dass man sich gegenseitig abcheckt. Du hast doch selbst gesagt, dass dich die Wissenschaft fasziniert. Jeder Wissenschaftler würde unterschreiben, dass sich Männer zu Frauen hingezogen fühlen, sonst würden wir nämlich aussterben.«

»Natürlich ist sexuelle Anziehung«, sie biss sich kurz auf die Lippen, als sie das Wort *sexuell* aussprach, fasste sich dann aber wieder, »von der Natur angelegt. Aber wir haben ja einen freien Willen. Und wenn wir beschließen, nur befreundet zu sein, wird das andere ausgeschaltet.«

»Du glaubst, man kann das einfach so abschalten? Überschätzt du dich da nicht ein wenig? Wenn man sich wirklich zu jemandem hingezogen fühlt, kann man das doch nicht abschalten. Wo soll denn dieser Schalter sitzen? Auf der Nase?«

»Vielleicht nicht direkt abschalten, aber zumindest stummschalten. Vor allem wenn man sich die Mechanismen dahinter bewusst macht. Natürlich fühlen sich Männer und Frauen zueinander hingezogen, weil sie sich ja fortpflanzen sollen. Aber wenn man die Wissenschaft hinter der Liebe versteht, kann man das Ganze viel nüchterner sehen. Es gibt Teile des Gehirns, die aktiv sind, wenn Menschen verliebt sind. Übrigens, wenn man Kokain genommen hat, sind die gleichen Regionen aktiv. Deshalb fühlt man sich auch high, wenn man verliebt ist. Und dann sind da noch Regionen im Gehirn, die mit Verlangen und Fokussierung in Zusammenhang gebracht werden. Und das Schlimme ist, wenn man verlassen wird, sind diese Regionen noch genauso aktiv. Sogar die Region, die für die Empfindung von Verbundenheit verantwortlich ist, ist nach einer Trennung extra betriebsam. Deshalb sind auch alle so am Boden zerstört, wenn eine Beziehung gegen ihren Willen zu Ende geht. Es ist also kein Wunder, dass man nach einer Trennung nur eins will: den anderen zurückhaben. Ist alles Wissenschaft. Und wenn man das einmal verstanden hat, dann fällt man da nicht mehr so sehr drauf rein.« Hannah schluckte. Irgendwie fühlte sie sich unwohl, während sie das wiederholte, was sie im letzten Semester im Soziologie-Kurs gelernt hatte.

»Ich glaube, du bist das unromantischste Mädchen, das ich je getroffen habe.« Kyle musterte sie erstaunt. »Es passiert mir selten, dass ich das Gefühl habe, romantischer zu sein als ein Mädchen.«

Das war eindeutig kein Kompliment. Dabei wollte sie eigentlich nicht das unromantischste Mädchen sein, das Kyle je getroffen hatte.

»Und in wen man sich verliebt, kann die Wissenschaft das auch ableiten?«

Hannah nickte. Darüber hatten sie im letzten Semester ebenfalls gesprochen und es war faszinierend gewesen. Und auch ernüchternd und erschreckend. Denn natürlich hatte sie immer gehofft, sich noch einmal mit voller Wucht zu verlieben – auch wenn sie sich nicht so anhörte. Sie war einfach zu rational dafür und dachte schnell alles kaputt. Vor allem nach der Enttäuschung mit Tom, ihrem ersten Freund. Ihm zuliebe hatte sie endlose Stunden auf dem Golfplatz abgehangen, obwohl sie den Club schrecklich fand. Hannah hatte ihn immer für fürchterlich verwöhnt gehalten, aber im Vergleich zu Kyle war Tom ein Sozialfall. Doch als ihre Beziehung schwieriger geworden war, weil Hannah sich um ihre Schwester kümmern musste und sich keine teuren Unternehmungen mehr leisten konnte, war seine Liebe ziemlich schnell verpufft. Als sie unangekündigt auf dem Golfplatz aufgetaucht war, aufgelöst wegen eines erneuten Krankheitsschubs ihres Vaters, hatte neben der Stange auf dem Green an Loch Fünf ein rosa Knäuel gestanden. Das Knäuel waren Lisa und Tom in identischen rosa Poloshirts, eng umschlungen, knutschend. Seit dieser Enttäuschung und nachdem sie mehr über die nüchterne Wissenschaft hinter der Liebe erfahren hatte, war sie ziemlich skeptisch gegenüber ihren eigenen Gefühlen geworden.

»Und, habe ich eine Chance bei dir? Rein wissenschaftlich betrachtet?«, fragte Kyle gut gelaunt.

»Du kannst echt an nichts anderes denken, oder?«, erwiderte Hannah etwas patziger, weil sie gerade an Tom gedacht hatte.

Kyle zuckte mit den Schultern. »Du weichst meiner Frage aus. Ich meine sie ganz wissenschaftlich.«

Hannah suchte sein Gesicht nach Anzeichen ab, dass er sich nur über sie lustig machte. Doch Kyle blickte sie aufmerksam an, ohne Spott. Sie seufzte. »Wissenschaftlich betrachtet sucht man sich jemanden von ähnlicher Intelligenz, ähnlicher

Attraktivität, ähnlichem soziokulturellen Hintergrund, ähnlicher Religion … Das wurde auch in Studien nachgewiesen.«

»Und, was bist du?«

Hannah blickte ihn verwirrt an.

»Protestantisch? Katholisch?«

»Evangelisch.«

»Oh.« Kyle zog überrascht eine Augenbraue nach oben.

»Nein, also protestantisch.« Sie erinnerte sich, dass in den USA mit evangelisch die Evangelisten bezeichnet wurden, Anhänger einer viel radikaleren religiösen Auffassung als ihrer eigenen.

»Hey, ich auch!« Er grinste. »Wissenschaftlich betrachtet grenzt es fast an ein Wunder, dass wir noch nicht total ineinander verliebt sind!« Er nickte mit dem Kopf, um seinen Worten spielerisch Nachdruck zu verleihen. Dann stand er auf und setzte sich neben Hannah auf das Sofa. Seine Knie fielen auseinander und er streckte sich einmal lang aus und reckte die Arme nach oben. Das Feuer in dem großen Kamin loderte inzwischen hell.

»Unser soziokultureller Hintergrund ist ja auch nur ein klein bisschen anders«, sagte Hannah ironisch. Sie deutete mit einer Hand vage auf ein sicherlich teures Wandgemälde im Wohnzimmer. »Die Wohnung meiner Eltern passt wahrscheinlich in euren Flur.«

»Dafür gehen wir aufs gleiche College.« Kyle zuckte mit den Schultern. »Ich glaube, wir hätten eine gute Chance.«

»Du meinst, abgesehen davon, dass die finanziellen Verhältnisse, aus denen du kommst, so weit von meinen entfernt sind wie New York von den Fidschi-Inseln?«

Kyle lachte. Sein Lachen war so ansteckend, dass Hannah mitlachen musste. Immerhin besaß er Selbstironie. Im Hintergrund prasselte und zischte der Kamin und verbreitete eine wohlige Wärme im Wohnzimmer.

Kyle schob sich sorgfältig die Haare aus dem Gesicht, die ihm nach wenigen Sekunden wieder in die Stirn fallen würden. »Also, ich glaube, das ist mir alles zu viel Wissenschaft. Ich gehe trotz deines Ablenkungsmanövers fest davon aus, dass Ethan in dich verliebt ist. Wissenschaft hin oder her.«

»Jede Wette, nein. Totaler Blödsinn.«

»Ist er doch. Alles klar, wir wetten.«

»Er hat eine Freundin. Er ist also nicht in mich verliebt. Da brauchen wir nicht zu wetten.«

»Du bist dir sicher. Ich bin mir sicher. Was spricht gegen eine Wette?«, erwiderte Kyle nüchtern.

Hannah verdrehte die Augen. »Okay, meinetwegen. Du kannst in Forest Lake ja versuchen, eine Liebeserklärung aus ihm herauszukitzeln, so ganz unter euch. Und dann, äh, kannst du mir zehn Dollar geben, nachdem er dich für verrückt erklärt hat und dir ein Bild seiner Freundin gezeigt hat.«

»Nein, ich will keine zehn Dollar. Falls du verlierst, gehen wir auf ein Date.«

»Ein Date? Interessant, dass du es selbst als Strafe empfindest, mit dir auf ein Date gehen zu müssen. Du bist bescheidener, als ich dachte.« Hannah grinste.

»Du hast mich nicht ausreden lassen. Natürlich zahlst du das Date. Sonst wäre es ja, als hättest du gewonnen.« Er lächelte zuckersüß. »Und vielleicht bitte ich dich noch, eine Freundin meiner Wahl mitzubringen?« Er legte den Kopf schräg und zwinkerte ihr herausfordernd zu.

»Du bist echt unmöglich!«

»Wusste ich es doch. Du hast Angst zu verlieren.«

»Bestimmt nicht!«, sagte Hannah und streckte ihre Hand aus. Kyle umfasste sie sofort. Seine Hand war von der Nähe des Feuers aufgewärmt und Hannahs verschwand bis zum Handgelenk in seiner. »Ich nehme bei Gewinn allerdings lieber die zehn Dollar«, sagte sie schnell, vor allem, weil sie schon wieder Seifenblasen im Magen tanzen spürte.

»Besiegelt. Okay.« Kyle nickte und erhöhte den Druck seiner Finger. Dabei sah er ihr tief in die Augen, sodass ihr Herz schneller zu klopfen begann.

Hannah zog die Hand wieder zurück. Er machte das doch mit Absicht. Wahrscheinlich konnte er gar nicht anders als zu flirten. Kyle schaffte es, dass Hannah ganz anders war als sonst. Schwachsinnige Wette. Am liebsten würde sie Ethan davon erzählen.

Schon wieder vibrierte Kyles Handy. Er blickte gedankenverloren auf das Display, tippte darauf herum, dann sah er hoch und schob sich zum hundertsten Mal die Haare aus dem Gesicht. »Das mit meiner Tante hat sich endgültig erledigt. Du musst wohl doch hierbleiben.« Es war schwer zu deuten, ob Kyle sich darüber ärgerte.

»Nein, ehrlich, ich finde schon was anderes.«

»Du hast jetzt nicht ernsthaft Angst vor mir, oder? Das Appartement ist groß genug. Wir haben schließlich fünf Schlafzimmer in der Wohnung. Du bekommst sogar dein eigenes Zimmer. Meinetwegen kannst du auch abschließen. Aber ich würde vorschlagen, dass du hier übernachtest. Und wenn wir aufwachen, können wir vielleicht zurück zum Flughafen. Und vielleicht schaffst du es sogar noch rechtzeitig zum German Weihnachten.«

Wenn wir aufwachen – das klang irgendwie ... nicht richtig.

»Soll ich dir die Wohnung zeigen, damit du dich zurechtfindest, auch falls ich ... später noch mal wegmuss?«, fragte Kyle in einem versöhnlichen Tonfall. »Und danach schauen wir endlich einen Film.«

»Klar, prima Idee«, sagte Hannah und sprang vom Sofa hoch, froh darüber, der angespannten Situation zu entkommen. Auch wenn es sie wurmte, dass Kyle offenbar so viel daran lag, noch mal wegzugehen, so oft wie er das schon wiederholt hatte. Aber ihr sollte es recht sein, sie brauchte keinen Babysitter. Und sie war neugierig auf die Wohnung. Ein so großes Appartement mitten in New York, wo Wohnraum besonders teuer war, war bestimmt selten. Und bisher hatte sie nur das Wohnzimmer gesehen, einen luftigen Raum mit großen Fenstern, durch die man auf den Central Park hinuntersehen konnte. Von außen hatte das Haus prächtig und elegant ausgesehen, wie ein etwas schlichterer italienischer Renaissance-

Palast, innen war es hingegen ziemlich modern eingerichtet. Die Möbel und das weiße überdimensionierte Sofa mit den unglaublich vielen Kissen in dem großen Raum wirkten etwas verloren. Nur der Tannenbaum, der neben dem Fenster stand, schien nicht zum Rest zu passen. Das musste der Weihnachtsbaum sein, von dem Kyle gesprochen hatte. Er sah allerdings weniger aus wie ein Weihnachtsbaum, sondern eher wie ein lila-silbernes Monster, das in einen Topf voller Glitzer gefallen war. Er hatte sogar schon zu nadeln angefangen. Überall im Raum verteilt standen Fotos in Silberrahmen: Bilder von Kyle und einem Jungen, der sein Bruder sein musste, die mit Pokalen in der Hand auf irgendwelchen Siegertreppchen standen. Kyles Bruder sah seinem Vater sehr ähnlich und die ganze Familie war unglaublich durchtrainiert. Es gab auch Bilder vor dem Eiffelturm und vor dem Big Ben in London, und von eleganten Großeltern in weißen Tennis-Outfits. An den Wänden hing Kunst in knalligen Farben, meist abstrakt und reduziert. Es gab auch Bücherregale, auf denen großformatige Bücher lagen. Ausstellungskataloge, wie Hannah bei genauerer Betrachtung feststellte.

»Deine Eltern sammeln Kunst?«, fragte Hannah.

»Ja«, nickte Kyle. »Mein Vater geht gern auf Auktionen. Aber ich glaube, so richtig interessiert es ihn nicht, ist eher ein Zeitvertreib.«

»Er kauft Kunst, obwohl es ihn nicht so richtig interessiert?«

»Ist eine gute Anlage. Er hatte zudem eine super Kunstberaterin. Sie war so gut, dass er sie geheiratet hat«, murmelte Kyle.

»Deine Stiefmutter?«, fragte Hannah.

Kyle nickte.

»Magst du sie?« fragte Hannah, bevor sie sich zurückhalten konnte.

»Sie ist ganz in Ordnung«, erwiderte Kyle ziemlich emotionslos. »Ich hätte es schlimmer treffen können.«

Er führte sie durch einen langen Gang in den hinteren Teil des Appartements, wo unzählige Zimmer waren. Er öffnete jede Tür kurz und ließ sie hineinschauen. An einer Tür ging er allerdings vorbei, ohne sie zu öffnen.

»Ah, ein geheimes Zimmer?«, neckte Hannah ihn.

»Du hast mich durchschaut. Das ist der Playroom«, sagte er und zwinkerte ihr zu, während er weiterging. »Du weißt schon …«

»Du hast *Shades of Grey* gelesen?«, fragte Hannah herablassend und verdrehte die Augen.

»Und da dachtest du, dass ich nichts lese«, erwiderte Kyle. »Da siehst du mal, wie du dich in mir getäuscht hast. Ich dachte, ich könnte in dem Buch was lernen, aber das wusste ich alles schon«, fügte er hinzu. »Ich bin aber noch viel mehr schockiert, dass du das Buch gelesen hast. Passt gar nicht zu so einem intellektuellen Geschöpf wie dir.«

»Aah«, stöhnte Hannah. »War ja klar, dass du so was liest. Ich habe nur die ersten Seiten gelesen, weil ich neugierig war«, verteidigte sie sich.

»Ist schon gut«, beschwichtigte Kyle. »Ich finde es gut, wenn Frauen sich in dieser Hinsicht weiterbilden.«

Hannah schüttelte den Kopf. Kyle war einfach hoffnungslos.

Bevor sie zur nächsten Tür kamen, drehte er sich kurz um. Seine Augen leuchteten dunkel. »Das war übrigens die Waschküche vorhin. Und bevor meine Stiefmutter alles hier renoviert hat, war es das Zimmer meiner Mutter. Ich wollte nur deine Fantasie ein bisschen auf Touren bringen. Immerhin weiß ich jetzt, dass du schmutzige Bücher liest. Die Jungs im Haus in Forest Lake haben den Film gesehen.«

Als Antwort verdrehte Hannah nur die Augen. Kyle hatte ihr vorhin etwas von fünf Schlafzimmern erzählt, aber das war untertrieben gewesen, es gab mindestens sieben. Alle waren mit üppigen Vorhängen in unterschiedlichen Farben dekoriert. Und jedes Schlafzimmer hatte sein eigenes Badezimmer. Die Wohnung war so ordentlich aufgeräumt, dass das Appartement fast wirkte wie ein Hotel mit kreativ eingerichteten Zimmern. Nichts schien zufällig herumzuliegen, alles war arrangiert.

»Wie viele Leute wohnen hier eigentlich?«

»Mein Bruder Ross und ich, zumindest wenn wir in New York sind, meine Stiefmutter und mein Dad … und wir haben noch genug Platz für Gäste.«

Die Zimmer von Kyle und seinem Bruder Ross lagen gegenüber und sahen fast identisch aus. Nur das Farbschema war anders. Bei Ross gab es mehr Rot, bei Kyle mehr Blau. In beiden Zimmern standen unendlich viele Pokale.

»Was macht dein Bruder Ross?«, fragte Hannah.

»Er ist zwei Jahre älter und schon Senior in Harvard. Er will erst arbeiten, dann einen MBA machen, zwischendurch noch bei Olympia schwimmen …«, sagte Kyle stolz.

»Ein schwarzes Schaf in der Familie gibt es bei euch wohl nicht«, entgegnete Hannah.

Kyle zuckte mit den Schultern.

»Stylisch«, sagte Hannah, als sie Kyles Zimmer betraten. Irgendetwas musste sie ja sagen. »Alles passt so gut zusammen.« Sie konnte nicht leugnen, dass die zwei Regale voller Sport-Trophäen beeindruckend waren. Sie waren sogar nach Jahrgängen sortiert. Hannah hatte zu Hause auch noch ein paar Trophäen von den Turnwettkämpfen von früher. Sie war zwar ganz okay gewesen, aber als sie aufgehört hatte, hatte niemand sie angefleht zu bleiben.

»Sag mal, sehe ich das richtig? Du hast jedes einzelne Jahr in der Schule einen Golfpokal gewonnen? Das Gleiche im Tennis und später im Rudern?« Sie strich mit dem Finger das Holzregal entlang, das die Form von einem quer durchgeschnittenen Surfboard hatte. »Uhh, halt, hier, was war denn in diesem Jahr los?«

Kyle, der mal wieder auf sein Handy schaute, blickte schlagartig hoch. »Was soll da los gewesen sein?«, fragte er barsch. Er wirkte plötzlich genervt.

»Ich meine ja nur, kein einziger Pokal?«

Als er sah, dass sie auf die Pokale zeigte, zuckte er mit den Schultern. »War eben so.«

»Du fühlst dich ja ganz schön schnell angegriffen ...«, sagte Hannah abwehrend und machte ein Peace-Zeichen. Peinliches Schweigen breitete sich zwischen ihnen aus.

»Die Designerin von Serena hat das Zimmer eingerichtet«, sagte Kyle einen Augenblick später. Offenbar wollte er unbedingt das Thema wechseln. »Meine Stiefmutter«, fügte er hinzu, nachdem er in ihr ratloses Gesicht geschaut hatte. »Sie dekoriert gern. Letztes Jahr sah es hier noch ganz anders aus.«

»Du hast dir die Sachen hier gar nicht selbst ausgesucht?«, fragte Hannah, die an ihr eigenes Zimmer dachte, in dem nichts zusammenpasste, das aber voller Erinnerungen war, von denen sie sich schwer lösen konnte. Jeder ulkige Vogel aus Ton, den ihre Schwester ihr im Kindergarten gebastelt hatte, war noch da, bis hin zu kitschigen Souvenirs wie den Mini-Bierkrügen, die ihre Großeltern ihr aus Bayern mitgebracht hatten.

»Ist mir egal. Wenn es ihr Spaß macht«, sagte Kyle gleichgültig. Das Telefon in seiner Hand begann zu klingeln. Die Melodie aus Star Wars.

»Immer wieder süß«, bemerkte Hannah.

»Was hast du denn für einen Klingelton? Mahlers 5. Symphonie?«

Hannah musste lächeln. Sie hatte den voreingestellten Klingelton nie geändert. Aber Kyle überraschte sie immer wieder mit den Dingen, mit denen er sich auskannte. Mit klassischer Musik hätte sie nicht gerechnet. Aber vielleicht gehörte auch Mahler zu dieser Upperclass-Bildung, die Kyle genossen hatte. Wahrscheinlich war er schon als kleiner Junge zu den Konzerten in der Carnegie Hall geschleift worden. Er wusste bestimmt auch mehr über moderne Kunst als sie. Aber das war kein Wunder, wenn sein Vater gerne teure Bilder kaufte und mit Kunstberatern abhing. Beziehungsweise wenn er die Frau, die ihm teure Kunst verkaufte, sogar geheiratet hatte. Wenn man so viel Geld hatte, schien man nichts mehr allein entscheiden zu können, für alles brauchte man einen Berater: Kunst. Einrichtung. Vielleicht hatten sie hier sogar einen Stylisten, der morgens die Sachen zum Anziehen rauslegte.

Kyle sah aufs Handy, zögerte einen Moment, dann nahm er ab. »Hey«, sagte er ins Telefon. Es war ein sanfteres *Hey*. Keins, mit dem man einen Kumpel begrüßte. »Yeah, ich sitze in New York fest, super nervig.«

Ein dumpfes Gefühl breitete sich in Hannahs Magen aus. Bescheuert, aber es verletzte sie, dass er so abfällig über ihre Situation sprach. War es denn so schlimm, mit ihr festzusitzen? Natürlich war sie diejenige, die sich ohne Ende beschwert hatte, dass sie nicht bei ihrer Familie in Deutschland feiern konnte. Trotzdem ärgerte sie sich darüber.

»So wie's aussieht, komme ich hier erst morgen weg. Alle sind ausgeflogen.«

Ohne es zu wollen, hörte sie mit gespitzten Ohren zu. Während er sprach, führte Kyle sie weiter durch die Wohnung, öffnete Türen und ließ sie hineinschauen: ein wunderschönes Arbeitszimmer mit eleganten schwarzen Einbauten, eine großzügige Küche, komplett in Weiß. Aber sie sah kaum noch hin. Sie wartete darauf, dass er erzählte, dass sie zusammen mit ihm in New York war. Er musste sie doch schließlich erwähnen.

»Babe, ich weiß. Seid ihr schon auf Barths?« Kyle zog die Schultern hoch und kratzte sich mit einer Hand am Kopf, als wäre ihm irgendetwas unangenehm. Er nuschelte ein bisschen.

Babe. Barths. Damit musste er Saint Barths meinen, die berühmte Karibikinsel. Die kannte sie nur aus den Klatschzeitungen, die sie offiziell nicht las. Aber natürlich kannte Kyle Leute, die an so einem exklusiven Ort Urlaub machten. Das *Babe* gefiel ihr überhaupt nicht.

Inzwischen waren sie wieder zurück im Wohnzimmer. Kyle entfernte sich ein paar Schritte von ihr, um etwas ungestörter reden zu können. Hannah zupfte gedankenverloren an der scheußlichen lila Weihnachtsbaum-Dekoration.

»Neeeein. Ich kann auch nicht spontan kommen«, sagte Kyle glucksend. »Die Flüge nach Barths gehen genauso wenig. Völlig unglaublich. Ich sitze hier mit der ganzen Stadt im Schnee fest.«

Und mit mir, setzte Hannah in Gedanken dazu. Warum sagte er es nicht?

»Ja, klar. Du gehst ins Bagatelle. Ah, wie ich es vermisse! Feiere nicht zu wild – nicht, dass sie dich wieder nach Hause tragen müssen. Ich bin dieses Mal nicht da, um dich zu beschützen.« Kyle senkte die Stimme.

Hannah hörte nicht mehr hin. Das heißt, sie wollte nicht

hinhören, aber sie spitzte dennoch die Ohren. Warum stand sie noch hier? Sie trottete zurück in den halb abgetrennten Teil des Wohnzimmers, der als TV-Zimmer genutzt wurde. Es stand kein Fernseher drin, sondern ein Beamer, der wahrscheinlich ein Bild auf die große weiße Wand projizieren würde. Langsam ließ sie sich auf das hellgraue Samtsofa fallen. Es war breit und weich. Nach der ganzen Aufregung war sie doch ein wenig müde geworden. Ein Film wäre vielleicht gar nicht so schlecht.

»Hey, sorry. Das war eine ... Freundin«, sagte Kyle entschuldigend, als er ein paar Minuten später nachkam. Er sah wahnsinnig unschuldig aus. Das war bestimmt dieser treue Gesichtsausdruck, in den sich die Mädchen verliebten.

»Deine Freundin?« Ach du meine Güte, dachte Hannah. Sie hörte sich an wie eine verbitterte Ehefrau.

»*Eine* Freundin«, erwiderte Kyle, als würde er sich rechtfertigen – und als wäre sie tatsächlich die verbitterte Ehefrau. »Wie gesagt, ich bin noch single, falls du Interesse hast«, fügte er dann in seiner flirtenden, aber ständig ironischen Art hinzu.

»Denkt sie auch, dass du noch single bist? Oder denkst nur du das?«

»Heeeeeey, Peaches«, erwiderte Kyle fröhlich, »höre ich da etwa Eifersucht in deiner Stimme? Kann ich mir Hoffnung machen?«

»Ich meine ja nur«, sagte Hannah und zuckte mit den Schultern. »Sie klang so, als hättest du schon mal was mit ihr gehabt oder als würde sie sich Hoffnungen machen. Und das sage ich, nachdem ich nur ein, zwei Sätze durch das Telefon gehört habe. Habe ich recht oder habe ich recht?«

Kyle öffnete den Mund, um ihr zu widersprechen. Aber dann schloss er ihn wieder.

»Oh nein. Ich habe recht.«

»Wir hatten nur ein paarmal was. Was soll ich sagen: Sie wäre damals verletzt gewesen, wenn ich sie zurückgewiesen hätte. Es war auch nichts Großes, wir haben nur, also …«

»Haaaaalt«, Hannah hob die Hand, um ihn zum Schweigen zu bringen. »Zu viel Information! Ich will gar keine Details aus deinem Liebesleben wissen.«

»Da gibt es nicht viel mehr zu wissen. Das ist ja genau das, was ich meine. Es ist nicht viel passiert. Und ich war single. Hier, schau mal, das ist mein Lieblingsplatz«, sagte Kyle und ging zum Fenster. Vor dem Fenster war eine gepolsterte Bank eingebaut, auf der Kissen in verschiedenen, perfekt abgestimmten Farben in Grau- und Blautönen lagen. Er setzte sich hin und blickte nach draußen.

Hannah spürte, wie ihr Gesicht glühte. Wieso unterhielten sie sich eigentlich die ganze Zeit über solche Dinge? Unwillkürlich fragte sie sich auch, was er wohl mit *es ist nicht viel passiert* gemeint hatte. Küssen? Anfassen? Und wo genau? Ohne Gefühle miteinander schlafen? Dabei wollte sie das alles überhaupt nicht wissen. Doch ihre Gedanken machten einfach, was sie wollten.

Trotzdem folgte sie Kyle zum Fenster und setzte sich zu ihm auf die Bank. Sie spürte die Kälte, die von der großen

Fensterscheibe ausging. Weiter hinten im Raum prasselte das Feuer. Hinter der Fensterscheibe lag New York oder zumindest das bisschen, das man davon sehen konnte. Aber das war vor allem Schnee. In der Wohnung gegenüber dekorierte eine Familie einen Weihnachtsbaum. Hannah hatte beinahe das Gefühl, ein bisschen an dem Leben dieser Familie teilzunehmen.

»Du hast eine Kerze im Auge«, sagte Kyle.

»Ich habe was?«

»Irgendetwas reflektiert in deinen Augen und leuchtet dort wie eine Kerze.«

Hannah zog eine Augenbraue nach oben. Was sollte sie darauf antworten?

»Du bist echt anders, als ich gedacht habe«, sagte Kyle lächelnd und lehnte den Kopf an die Mauer hinter sich.

»Jaaaa, klar. Das sagt man doch nur so. ›Uhhh, Kathy, Kathrin, Ella, Jane, Mary: Du bist total anders als die anderen.‹ Und dann sind alle geschmeichelt.«

»Ach, Hannah.«

»Was? Ich habe doch recht.«

»Warum glaubst du mir nicht? Könnte es nicht auch sein, dass ich es ernst meine? Du bist zumindest anders, als ich dich am Flughafen eingeschätzt habe. Und glaub mir, ich bin ganz froh darüber. Es ist schön mit dir.«

»War das ein Kompliment? Danke«, sagte sie ironisch, um ihre Verunsicherung zu überspielen.

»Was wäre denn, wenn ich mich in dich verliebt hätte?«

»Was?«

»Ich meine das nur hypothetisch. Du weißt, was hypothetisch ist, oder? Aber sagen wir mal, ich wäre in dich verliebt. Und ich wäre wirklich der Macho, für den du mich hältst. Was müsste ich dann tun, damit du mir glaubst, dass ich in dich verliebt bin?«

»Das ist eine alberne Frage. Du kennst mich erst ein paar Stunden, du bist nicht in mich verliebt.«

»Es gibt auch wissenschaftliche Untersuchungen, die belegen, dass man sich innerhalb von wenigen Sekunden ineinander verlieben kann. Die müsstest du doch auch gelesen haben. Natürlich kann ich in dich verliebt sein. Völlig legitim sogar!«

Er musterte sie neugierig und doch entspannt.

»Für einen Typen, der eine Spur von gebrochenen Mädchenherzen hinter sich herzieht, bist du definitiv mehr Wissenschaftsfreak, als ich dir zugetraut hätte«, sagte Hannah und blickte aus dem Fenster, weil sie merkte, dass seine Worte sie unruhig machten. Er machte das absichtlich, diesen Samen zu pflanzen, dass er in sie verliebt sein könnte. Das war bestimmt einer der Gründe, warum er für seinen Frauenverschleiß berühmt war. Kyle schaute aus dem Fenster. Hannah versuchte ebenfalls, sich auf das Haus gegenüber zu konzentrieren, auf die beleuchteten und dekorierten Wohnungen, die Ampeln an der Straßenkreuzung unten und das Stück Central Park, das von dieser Stelle der Wohnung sichtbar war.

»Was genau hast du eigentlich über mich gehört?«, fragte Kyle leise.

Hannah atmete tief ein. »Das Übliche halt.«

»Das Übliche?«

»Na, das Übliche, was man von so Typen wie dir erzählt. Von Typen, die irgendein Sport-Team anführen und denen ständig ein paar Cheerleader hinterherhecheln.« Peinlicherweise wusste sie immer noch nicht, was genau Kyle zu so einem Bad Boy machte. Abby hatte noch nicht geantwortet.

Kyle prustete los. »Dem ein paar Cheerleader hinterherhecheln. Hört sich ja schmeichelhaft an.«

»Weiß nicht.«

Er zuckte mit den Schultern. »Wäre ich dann nicht unschuldig? Schließlich laufen sie mir ja hinterher.«

»Na ja, nicht, wenn du sie abschleppst, benutzt und dann fallen lässt. Da wärst du dann nicht ganz so unschuldig.« Sie mied seinen Blick, während sie das sagte. Irgendwie war es ihr wahnsinnig unangenehm, diese Gerüchte wiederzugeben. Erstens wirkte es so, als würde sie sich für so einen Klatsch interessieren, was sie zumindest wesentlich weniger tat als viele andere. Aber die Geschichten über Kyle waren unüberhörbar, vor allem weil Katherine Simon, die auf dem gleichen Gang im Dorm wohnte wie sie, sich gern über ihn ausließ. Zweitens wirkte es, als wäre sie an ihm interessiert. Warum sollte sie sonst so einen Blödsinn wissen? Und er hatte noch nicht einmal ihren Namen gekannt.

»Jemand hat gesagt, ich würde die Mädchen abschleppen, benutzen und dann fallen lassen? Wörtlich?«

Sie blickte wieder zu ihm und holte tief Luft. »So in die Richtung. Und natürlich auch, dass du ein arroganter, superreicher Idiot bist. Ich weiß nicht, ob ich da in allen Punkten widersprechen kann.«

»Peaches, sag doch nicht solche Dinge! Ich lüge niemanden an, jeder weiß, woran er bei mir ist. Und du bist doch nicht immer noch wegen dem Namen beleidigt, oder? Es ist ja nicht so, als hätte ich dich nicht schon mal angeschmachtet. Du kannst also beruhigt sein.«

»Also echt, das reicht jetzt. Es ist nicht mein ausgewiesenes Ziel, von dir angeschmachtet zu werden. Kannst du dir vielleicht nicht vorstellen, ist aber so.«

»Bist du dir sicher?«

Sie sah ihn mit offenem Mund an.

»Kleiner Scherz«, grinste er. »Es macht so viel Spaß, dich zu ärgern. Du bist dann krass süß.«

»Ich bin keine Cheerleaderin, die direkt die Bommel kreisen lässt, wenn du so was sagst. Ich weiß nicht, ob ich es als Kompliment oder Beleidigung empfinden soll, als ›krass süß‹ bezeichnet zu werden.«

»Du bist aber krass süß.«

»Oh. Mein. Gott.«

»Und klug. Und lustig. Und … schön – wenn man sich die Brille wegdenkt. Du solltest viel mehr Selbstbewusstsein haben.«

»Kyle! Du kannst aufhören, deine Flirt-Munition zu verballern. Ich habe genug Selbstbewusstsein. Außerdem mag ich meine Brille.« Sie spürte ein Prickeln auf ihren Wangen.

»Ich meine es ernst. Ich weiß nicht, warum du mir nicht

glaubst«, sagte er sachlich. »Wer erzählt denn solche Geschichten über mich?«

Hannah zuckte mit den Schultern. »Leute.«

»Hey, jetzt mal stopp. Welche Leute?«

Sie wich seinem Blick aus und sah aus dem Fenster. Die Stirn gegen die Scheibe gelehnt, schaute sie nach unten. Dick vermummte Menschen mit edel aussehenden Tüten liefen durch den Schnee. Dunkle Punkte auf Weiß – es würde eine schöne abstrakte Fotografie ergeben.

Kyle lehnte sich vor. Dabei spannte sich sein T-Shirt, sodass man seinen durchtrainierten Oberkörper sehen konnte. Entweder er war aus dem Shirt rausgewachsen oder er trug es aus Eitelkeit eine Nummer zu klein. Wahrscheinlich Letzteres. Er roch gut. Er hatte vorhin ebenfalls geduscht und seine Haare waren noch feucht und eine Strähne klebte an seiner Wange. »Findest du es nicht etwas unfair, mir nicht mal zu verraten, wer so etwas über mich gesagt hat? Wieso solltest du ihm oder ihr mehr glauben als mir oder dir selbst? Du kennst mich doch zu wenig, um mich aufgrund von blöden Gerüchten zu beurteilen. Sag mir doch, wer es gesagt hat, damit ich mich wenigstens verteidigen kann. Das ist sonst nicht fair.«

»Katherine Simon.«

Kyle hielt einen Moment inne. Dann lehnte er sich wieder nach hinten gegen das Stück Mauer neben dem Fenster und schloss die Augen. Einen Moment später öffnete er sie wieder und atmete tief ein. »Okay.« Aber er wirkte nicht so, als wollte er weiter darüber sprechen.

Er saß auf der breiten Fensterbank. Seine Knie waren angewinkelt. Hannahs Füße ebenfalls. Damit sie nicht aneinanderstießen, hatten sie jeweils ihre Füße zwischen die des anderen gesteckt.

Hannah senkte den Blick und starrte auf seine Socken.

»Ich habe frische Socken an. Außerdem stinken meine Füße nicht«, sagte Kyle. »So viel zu deiner Bemerkung vorhin im Taxi, dass ich meine Füße im Winter nur in Flip-Flops stecke, damit sie nicht zur Geruchsbelästigung werden.«

»Du lenkst vom Thema ab«, sagte Hannah.

»Stimmt«, sagte er schlicht.

Sein Telefon vibrierte. Kyle blickte kurz auf den Bildschirm, sah entschuldigend zu Hannah und nahm ab. Mit einem Satz sprang er vom Fenstersitz.

»Hey man, Rob, what's up?«, sagte er in den Hörer. Er streckte sich, während er durchs Zimmer lief. Seine Strümpfe verursachten kein Geräusch auf dem Parkett. Er hatte so eine Art zu laufen, die sie an einen Tiger im Käfig erinnerte. Man hatte die ganze Zeit das Gefühl, dass er sich eingesperrt fühlte und am liebsten gleich losrennen müsste. Stattdessen verschwand Kyle in der Küche und sie konnte nicht hören, was er sprach.

Hannah verließ den Fenstersitz und setzte sich wieder auf das Sofa neben dem Beamer. Ein paar Minuten später kam Kyle zurück und ließ sich auf das andere Ende des Sofas fallen. Zwischen ihnen blieb ein breites Stück frei. Lässig zog Kyle ein Bein hoch und bewaffnete sich mit mehreren Fernbedienungen. Das Zimmer war schwach beleuchtet und sie konnte seinen Gesichtsausdruck nur vage erkennen.

»Und, musst du gleich los?«, fragte Hannah.

Kyle blickte sie einen Moment mit zusammengezogenen Brauen an. Dann schüttelte er den Kopf, als würde er einen Gedanken abschütteln. »Pläne haben sich geändert. Was sollen wir schauen? Wir müssen uns auf einen Film einigen«, sagte er. Sein Bein zuckte ein wenig, während er sprach, als könnte er es nicht stillhalten.

Kyle konnte heute also nicht mehr weggehen – oder er wollte es nicht mehr. Sie freute sich darüber viel mehr, als sie eigentlich sollte.

Hannah nickte. »Okay.«

»Aber, Peaches, jetzt wird es schwierig. Deine Lieblingsfilme, lass mich raten … intellektuelle Stummfilme aus den Dreißigern? Romantische Komödien? Oh bitte, sag mir nicht, dass du romantische Komödien schaust! Oder noch schlimmer, Dokumentarfilme und unabhängige französische Filme aus dem Programmkino?« Er sah sie mit einem gespielt verzweifelten Gesichtsausdruck an.

Hannah versuchte zu lächeln, aber sie war sich nicht sicher, ob es ihr gelang. Wieso nur traf er mit seinen unverschämten Bemerkungen so oft ins Schwarze?

»Darf ich raten? Du schaust natürlich gerne Action-Thriller? Horror? Porno?«

»Hey, hey, hey, du hast wirklich einen zu schlechten Eindruck von mir. Ich mag gar keine Horrorfilme.« Kyle grinste und lehnte den Kopf gegen den Sofarücken. Seine Augen wirkten halb geschlossen, als er auf sie hinabschaute. Wie so häufig konnte sie nicht einschätzen, ob er mit ihr flirtete oder ob sie sich das nur einbildete. Aber das wäre natürlich genauso schlimm. Schließlich würde das bedeuten, dass sie insgeheim wollte, dass er mit ihr flirtete.

»Okay. Du zuerst, was ist dein Lieblingsfilm?« Hannah zog ihre Beine ebenfalls an und umfasste sie mit beiden Armen.

»Rocky«, erwiderte Kyle ohne zu zögern oder den Blick von ihr abzuwenden.

»Rocky?«

Kyle nickte energisch. »Einer der besten Filme, die je gemacht wurden.«

»Nicht dein Ernst. Da prügelt sich Sylvester Stallone nur so durch das Leben, oder? Was soll da toll dran sein? Der Typ ist einfach ekelhaft. Ein alter Mann mit gefärbten Haaren und voller Botox.«

»Ah, du verstehst das nicht. Der Film geht hierhin.« Kyle hob seine Hand, ballte sie zur Faust und schlug sie sich vor die Brust. Ein dumpfer Laut erklang. »Es war der erste Film, den ich wirklich geliebt habe. Und deiner? Komm schon, Peaches. Ganz ehrlich. Was ist dein Lieblingsfilm? Und jetzt nenn bitte nicht so einen intellektuellen Schinken, mit dem du in *Gender Studies* auftrumpfen kannst. Sondern den Film, der dich wirklich berührt hat – egal wie peinlich.«

Hannah wusste natürlich sofort, welcher Film das für sie war. Es war auf keinen Fall ein intellektueller Schinken.

Und sie wusste auch, dass Kyle sich darüber lustig machen würde.

»Du tust so, als würde ich *Gender Studies* im Hauptfach belegen. Ich glaube, du hast einfach nur Angst vor starken Frauen.«

»Nicht ablenken, Peaches«, erwiderte Kyle. Sein Bein zuckte wieder. Wahrscheinlich machte er normalerweise so viel Sport, dass sich ein Energieüberschuss bildete, sobald er versuchte, still zu sitzen.

»Ich habe nicht nur einen Lieblingsfilm«, begann sie. »Es gibt so viele. *Der Vorleser* hat mich damals total beeindruckt und …«

»Siehst du, wie gut ich dich kenne?«, unterbrach Kyle und verdrehte die Augen. »War ja klar, dass du einen politisch korrekten Film nennst.«

»Du lässt mich nicht ausreden … und zum Beispiel *Titanic.*« Sie rutschte unruhig auf dem Sofa hin und her. Das gab sie tatsächlich nur ungern zu. Auch *Tatsächlich Liebe* hatte ihr damals gut gefallen, genauso wie der Klassiker *Breakfast at Tiffany's*. Wenn sie richtig ehrlich war, hätte sie *Titanic* vor *Der Vorleser* nennen müssen. Es war einer der wenigen Filme, die sie immer wieder gesehen hatte.

»Titanic?«, wiederholte Kyle fassungslos. »Das war doch wirklich eine absolute Oberschnulze. Und das war der erste Film, der dich bewegt hat? Ich bin schockiert!«, sagte Kyle mit gespielter Empörung. Es machte ihm wirklich Spaß, sich über sie lustig machen zu können.

»Es gibt so tolle Aufnahmen von dem Schiff … es war einfach beeindruckend«, verteidigte sie sich. Und das stimmte auch. Den Film hätte sie hundert Mal schauen können. Es war alles andere als ein intellektueller Film und man konnte auch nicht behaupten, dass die Frauen als Rollenvorbilder herhielten. Hannah hatte den Film zum ersten Mal als Kind mit ihrer Mutter geschaut. Obwohl ihr Leben ganz anders war, konnte sie so gut mit Rose mitfühlen und sie verstand ihr Gefühl von Enge, das sie in ihrem vorbestimmten Leben spürte. Er war romantisch und inspirierend. Und obwohl sie – im Gegensatz zu ihren Freundinnen – kein fanatischer Leonardo-di-Caprio-Fan war, war die Liebesgeschichte unglaublich schön.

»Natürlich, du fandest ihn wahrscheinlich in wissenschaftlicher Hinsicht interessant.« Kyle seufzte und tippte auf der Fernbedienung herum. Er konnte wahnsinnig schnell zwischen verschiedenen Menüs hin- und herwechseln, ein geübter Zapper. Und schon erschien Rose als alte Frau auf dem Bildschirm. Das Wrack der Titanic, das Boot, das wunderschöne Lied, das sie schon so oft gehört hatte. Es war fast, wie im Kino zu sitzen, wo sie den Film natürlich noch nie gesehen hatte, weil sie damals noch nicht auf der Welt war. Außerdem war der Sound überwältigend, die Anlage war sensationell.

»Meine Güte, ist das ein alter Schinken!«

»Ich würde sagen, *Rocky* ist ein viel älterer Schinken. Ich hätte dir eher *Fast & Furious* oder so was zugetraut.«

»Auch ein geiler Film. Bin erstaunt, dass du den kennst.« Er grinste.

»Schnelle Autos und ein paar hübsche Frauen, mehr weiß ich nicht darüber. Du bist nicht so schwer zu durchschauen. Aber *Rocky*? Wie kommt man auf so was?«

»Ist der Lieblingsfilm von meinem Vater. Wir haben den immer zusammen geschaut, als ich noch ein Kind war. Das prägt.«

Hannah warf Kyle einen kurzen Blick zu. Kyles Verhältnis zu seinen Eltern war schwer zu durchschauen. Kyle wirkte teilweise ziemlich kühl, manchmal sogar gleichgültig, wenn er über seine Eltern sprach. Aber Hannah hatte das Gefühl, dass das nur gespielt war und in Wahrheit viel mehr dahintersteckte.

»Deine Mutter ist übrigens sehr schön.«

Kyle blinzelte irritiert.

»Ich habe ein Bild von ihr in deinem Zimmer gesehen. Du hast ihre Augen.«

Kyle nickte und fuhr sich durch die Haare. »Die Augen sind wahrscheinlich das letzte, was noch echt ist. Der Rest ist ... sagen wir mal so, da ist auch das eine oder andere Stück Plastik eingebaut.«

Hannah brauchte einen Moment, bis sie verstand, was Kyle meinte. »Du meinst, sie hatte eine Schönheitsoperation?«

»Volle Ladung.« Er zuckte mit den Schultern, was seine Gleichgültigkeit demonstrieren sollte. Aber er wirkte angespannt. »Sie hat ihr Gesicht ziemlich verunstalten lassen. Das machen viele Frauen in New York, sobald sie über 35 sind.«

»Klingt schlimm. Ich werde mich nie operieren lassen. Niemals. Warum hat sie das gemacht? Sie sah doch auf dem Bild wunderschön aus.«

»Na, um meinem Dad zu gefallen.« Er schnaubte merkwürdig. »Der Plan ist nur nicht ganz aufgegangen … Okay, Peaches, ich mach dir einen Vorschlag«, wechselte er das Thema. »Erst schauen wir deinen Film zur Hälfte. Dann meinen. Das ist doch fair, oder?« Er zwinkerte und ein Lächeln breitete sich auf seinen Lippen aus. Die Gedanken an seine Mutter schien er weggeschoben zu haben. Nur sein Bein zuckte die ganze Zeit nervös weiter.

Hannah musste ebenfalls lächeln, auch wenn es ihr peinlich war, dass er ihre *Titanic*-Besessenheit aus ihr herausgekitzelt hatte. »Okay. Aber vielleicht willst du ja gar nicht aufhören mit meinem Film, weil er so gut ist?«

»Peaches, ich fürchte, da werde ich dich enttäuschen. Ich werde dich in Rockys Welt einführen – und danach wirst du mich anbetteln, ob wir nicht noch die nächsten Teile anschauen können. *Titanic* wird dann für immer vergessen sein.«

Als Kyle den Film startete, wechselte Hannah in den Schneidersitz, wobei ihre Jogginghose nach oben rutschte, und lehnte sich in den dick gepolsterten grauen Samt.

Kyle blickte auf ihr Bein, setzte an, etwas zu sagen, überlegte es sich aber dann doch anders.

»Was? Soll ich meine Füße runternehmen?« Schnell ließ sie die Füße zu Boden gleiten.

»Nein, nein. Ich … ich bin nur ziemlich erleichtert«, sagte er ernst.

»Erleichtert?«, fragte sie verständnislos und zog die Füße wieder hoch in die gemütliche Position.

Er deutete mit dem Finger auf das Stück nackte Haut, das an den Beinen zum Vorschein gekommen war. »Na, dass du nicht alle Konventionen über Bord geworfen hast. Also, von wegen Beine rasieren und so ...«

»Du bist echt ein unverbesserlicher Macho«, erwiderte Hannah.

»Einen Moment.« Kyle stand auf und kam kurz später mit einer hellgrauen Decke zurück. »Ich bin aber auch ein Gentleman. Fernsehabend, Peaches. Wir machen es uns gemütlich.« Er hielt die Decke an zwei Enden fest und schlug sie auseinander. »Wir sind platonische Gefährten auf der Flucht vor dem Schneesturm. Auch gute Freunde wie Ethan und du würden unter diesen Bedingungen alles teilen.« Er breitete die große Decke – sie war so weich und leicht, dass Hannah vermutete, dass es eine Kaschmirdecke war – über ihr aus. »Darf ich eine kleine Ecke abhaben?«, fragte er dann höflich, nachdem er sich wieder neben sie gesetzt hatte.

Hannah musste kichern und hielt eine Seite hoch.

»Aber nicht, dass du auf falsche Gedanken kommst, Peaches.«

Sie schlug ihm spielerisch gegen den Arm.

»Auuuuu! Aber du brauchst dir keine Sorgen machen. Was während eines Schneesturms in New York passiert, passiert nicht wirklich. Niemand wird davon erfahren. Es ist wie in Vegas.« Kyle gluckste.

»Vegas?« fragte Hannah und zog ihre Stirn in Falten.

»*What happens in Vegas, stays in Vegas.* Was in Vegas passiert, bleibt in Vegas. Das ist der Wahlspruch der Stadt.« Kyle grinste zufrieden.

Hannah blickte ihn empört an. »Also, auf so einen dämlichen Spruch fall ich doch nicht rein. Dadurch sollen Leute animiert werden, üble Dinge zu tun … wie zum Beispiel ihre Ehefrauen und Ehemänner zu betrügen. Damit reden sie dir ein, dass Spaß vor allem darin besteht, Geld für Frauen und Spielcasinos auszugeben. Und dass es nichts an deiner Beziehung ändert, wenn du mal mit jemand anderem schläfst.«

Kyle runzelte die Stirn.

»Oh, ich hoffe, ich habe da nicht unangenehme Erinnerungen geweckt?«, bemerkte Hannah ironisch.

»Was?«, erwiderte Kyle schroff. »Quatsch.«

»Mmmh, letztes Mal in Vegas?«

»Ich will gar nicht abstreiten, dass du zum Teil recht hast. Aber du siehst die Dinge zu negativ. Vielleicht wollen sie dich mit diesem Spruch nur dazu animieren, etwas ausgelassener zu sein? Nicht gehemmt zu sein? Dein normales Leben hinter dir zu lassen und Dinge zu machen, die du dich normalerweise nicht traust, weil du Angst hast, dafür verurteilt zu werden? Weil du Angst vor den Folgen hast?«

»Ich glaube, Las Vegas will vor allem dein Geld. Die denken bestimmt nicht an deine innere Befreiung. Und die Stadt gibt dir das Gefühl, dass es in Ordnung ist, deine Frau oder Freundin oder wen auch immer zu betrügen. Aber das ist

Quatsch. Auch wenn es niemand anders erfährt, du selbst weißt, was passiert ist und was nicht. Und wenn du ein Gewissen hast, dann kannst du das auch nicht verleugnen.«

Kyles Augen reflektierten das Licht, das der Beamer an die Wand warf. Es sah fast so aus, als würde tief in seinen Augen irgendwo ein kleines Licht brennen. Hannah konnte ihren Blick nicht davon abwenden. Das hatte er vorhin wohl gemeint, als er sagte, sie hätte eine Kerze in der Pupille.

»Auf die Gefahr hin, dass du mir das Wort im Mund umdrehst: Ich glaube trotzdem, dass viele Menschen zu viel Angst haben und daher in Vegas oft so hemmungslos sind«, sagte Kyle und sah ihr dabei direkt in die Augen. Er strich sich die Haare aus dem Gesicht und lehnte sich gemütlich auf dem Sofa zurück.

Hannah versuchte, sich auf den Film zu konzentrieren, der nun schon eine Weile lief. Kyle brachte sie durcheinander. Wollte er sie überzeugen, mit ihm rumzumachen mit diesem Vegas-Gerede? Sie hatte keine Ahnung. Aber Kyles Nähe, sein Bein so dicht neben ihrem, die Wärme, die von ihm ausging, machte es ziemlich schwer, ihn zu vergessen.

KYLE

Kyle konnte sich nicht auf den Film konzentrieren. Immer wieder schaute er zu Hannah hinüber. Sie lag eingekuschelt unter der Decke und sah ziemlich zufrieden aus. Als er vorhin gesagt hatte, dass Hannah unterhaltsam, klug und hübsch war, war das sein voller Ernst gewesen. Er war inzwischen froh, dass seine Tante sich nicht gemeldet hatte. Er hätte natürlich noch mal anrufen können, aber ehrlich gesagt hatte er keine Lust dazu gehabt. Er hatte sich bei seinen Kumpels herausgeredet, dass er wegen seiner Familie keine Zeit hatte. Das verstand schließlich jeder. Und sie brauchten ja nicht direkt wissen, dass er lieber mit einer eher prüden Hannah Dietz Mädchenfilme schaute, als um die Häuser zu ziehen.

Er war natürlich nicht in Hannah verliebt, weg wollte er allerdings auch nicht. Schon länger hatte er sich nicht mehr so wohl gefühlt. Der Film war allerdings todlangweilig. Ein typischer Mädchenfilm. Wobei Leo di Caprio cool war, weil er einfach in jeder Rolle super war. Okay, soooo schlecht war es nicht. Scheiße, nein, er schaute gerade *Titanic!* Dieses Mädchen hatte einen gefährlichen Einfluss auf ihn.

Trotzdem war es erstaunlich, wie naiv Hannah war, wenn es um Jungs ging. Es konnte ihm niemand erzählen, dass Ethan nicht auf sie stand. Er war zwar in Ordnung, doch Kyle war sich sicher, dass er Hannah in jeder Sekunde anschmachtete, wenn sie zusammen waren, aber dann einen auf Kumpel machte. Dann lieber eine ehrliche Anmache, als vorzugeben, dass man nur an tiefsinnigen Gesprächen interessiert war. Als sein Handy vibrierte, warf er einen Blick auf das Display. David hatte endlich geantwortet. Kyle hatte ihm vorhin kurz geschrieben, dass er mit Hannah in New York festsaß. »Und, wie läuft's mit dem German babe? Du weißt ja, ich kann dir helfen. Ich kann dir meine neueste Geheimwaffe schicken!« Kyle musste bei dem Gedanken grinsen, wie unglaublich Hannah sich aufregen würde, wenn sie wüsste, was für eine Nachricht er auf seinem Handy bekommen hatte. Aber tief in seinem Inneren nervte es ihn, dass David so über sie schrieb. Es gefiel ihm gar nicht, dass er sie *German babe* nannte, aber er konnte nicht genau festmachen, warum.

Er scrollte weiter durch die Nachricht. »Damit erobern wir die Frauenwelt in Barbados! Mach dich schon mal warm!« Als Anhang hatte David eine App geschickt – das Geheimrezept, mit dem man jede Frau rumkriegen konnte. Halt, nein, die Frauen würden sich in einen verlieben! Angeblich basierte das Ganze sogar auf einer wissenschaftlichen Studie.

Warum nur versuchten alle, Liebe wissenschaftlich erklären zu wollen? Offenbar war er der einzige, der nicht an die Wissenschaft glaubte, wenn es um Gefühle ging. Kyle wusste natürlich, wie man Mädchen rumbekam, aber da ging es um Sex und nicht um Gefühle. Die App behauptete aber, dass man sich mit ihr »verliebte«. Nur verliebte er sich eben nicht. Er musste ein Lachen unterdrücken. Sex war doch schließlich auch romantisch. Sich zu verlieben brachte nur Probleme. Seine Mutter, die Frauen seines Vaters und Katherine waren der Beweis dafür. Am besten wurde man nicht zu anhänglich, alle zogen irgendwann weiter. Serena würde auch nicht ewig bei seinem Vater bleiben. War auch okay. Vielleicht konnte er Hannah mit dieser App beweisen, dass das Blödsinn war mit ihrer Wissenschaft. Es war nahezu schockierend, wie unromantisch sie war. Dabei war dieser Film, auf den sie stand, geradezu unfassbar kitschig, eine völlige Schnulze, bei der der gesamte Verlauf nach einer Minute sonnenklar war.

Er blickte noch mal zu Hannah hinüber, deren Gesicht im Licht der Leinwand flackerte und die vom Film aufgesogen zu werden schien. Kyle fragte sich, ob sie eigentlich wusste, dass man ihr beim Denken tatsächlich zuschauen konnte. Gerade fühlte sie mit Kate, die von ihrer Familie in die falsche Ehe getrieben wurde. Ihre Locken hatte sie nach dem Duschen mit einem Bleistift auf dem Kopf aufgetürmt, aber einzelne Strähnen waren herausgerutscht und fielen ihr über die Schultern. Gedankenverloren zog sie den Bleistift aus den Haaren und legte ihn neben sich auf das Sofa. Ihre Lippen lagen nur leicht aufeinander und ihre Mundwinkel kräuselten sich ein wenig nach oben zu einem Lächeln. Kate war endlich für ihre Meinung eingestanden.

Hannah würde bestimmt behaupten, er wäre unromantisch, weil er mehr an Sex als an Gefühlen interessiert war. Dabei schien sie offensichtlich auch nicht wirklich an Liebe zu glauben, wenn das alles nur Wissenschaft für sie war. So betrachtet hatte er viel romantischere, altmodischere Vorstellungen als dieses deutsche Mädchen neben ihm. Kyle wusste schon in etwa, wie seine Zukunft verlaufen würde. Sobald er dreißig war – vorher wollte er sich austoben –, würde er nach einer Frau suchen, die ihm richtig gut gefiel. An der Upper East Side gab es jede Menge schöner Frauen, mit denen man Spaß haben konnte. Dann würde er eine gigantische Hochzeit feiern, in einem New Yorker Hotel oder in den Hamptons, vielleicht sogar total relaxed in Barbados. Und danach würde er mit seiner Familie ein für New York typisches Leben führen, genau wie sein Vater. Er sehnte sich wirklich überhaupt nicht nach einer Familie, aber später würde sich das vielleicht ändern. Natürlich war nicht klar, ob das dann auf ewig klappen würde mit einer Frau. Seine Mutter hatte immer gesagt, sie hätte seinen Vater zu früh getroffen. Nichts war eben für die Ewigkeit. Und alle arrangierten sich. War ja auch nicht schlimm. Sein Vater sagte, dass es so völlig okay sei. Er dachte an seine Mutter mit ihren aufgeplusterten Lippen und verquollenen, aufgespritzten Wangen.

Plötzlich sehnte er sich nach ihr. Zumindest nach der Mutter, die sie früher gewesen war. Bevor sie angefangen hatte, verzweifelt jünger aussehen zu wollen … und dadurch immer älter geworden war. Er sollte seine Mutter anrufen und ihr sagen, dass er in New York war. Aber nein, sie würde ihn natürlich einladen wollen, damit sie gemeinsam feiern sollten. Das würde er nicht aushalten, mit seiner Mutter und diesem Ted Weihnachten zu feiern. Beide mit glasigen Augen, nicht vom Trinken, das hoffte er jedenfalls, sondern von irgendwelchen Medikamenten oder Aufputschmitteln. Beide darauf bedacht, fröhlich zu sein und die Panik zu verbergen, aus Versehen eine Praline mit Alkohol zu essen.

Kyle konnte kaum hinsehen, wenn Ted seine fleckigen, dicklichen Finger auf den Arm seiner Mutter legte. Seine Mutter war viel zu gut für ihn. Es war klar, dass er nur an ihr Geld wollte. Das konnte jeder sehen. Aber niemand sagte etwas. Sogar Tante Bernadette, die Schwester seines Vaters und ehemals liebste Shopping-Begleiterin seiner Mutter, hatte keinen Bock, sich um sie zu kümmern. Dann müsste sie nämlich ernsthaft Charity betreiben, statt in glitzernden Kleidern Schecks zu überreichen. Da war es einfacher zu sagen, dass Ted seiner Mutter guttat und sie sich gegenseitig Stabilität gaben. Ted und seine Mutter hatten sich während der Therapie kennengelernt. Und eigentlich sollte Kyle sich für sie freuen, denn gemeinsam schienen sie es zu schaffen. Bisher hatte es aber nie geklappt, irgendwann war immer ein Rückfall gekommen. Der Gedanke daran schnürte ihm die Kehle zu. Er schüttelte den Kopf und versuchte, sich wieder auf den Film und auf Hannah zu konzentrieren, die gerade geistesabwesend auf einem Fingernagel kaute. Er musste aufhören, an seine Mutter zu denken. Das brachte ihn nur runter.

Das ließ er nicht mehr zu. Nie mehr Xanax und Psychoklempner.

»Gefällt er dir?«, fragte Hannah und riss ihn aus seinen Gedanken.

»Was?«

»Na, was wohl, der Film? Sag mir nicht, dass du die ganze Zeit nur aufs Handy schaust. Das gilt sonst nämlich nicht, dann müssen wir zurückspulen.« Sie grinste. Er sah nur ihre Zähne im Halbdunkel leuchten. »Jeder muss den Film des anderen anschauen. Sonst können wir uns ja keine Meinung bilden.«

»Er ist ziemlich kitschig – dafür, dass du Gefühle nur für verirrte Hormone hältst. Ich hole uns mal was zu trinken«, sagte Kyle, der eine Pause brauchte, um die Gedanken an seine Mutter abzuschütteln. Am besten ein Bier.

»Damals wusste ich noch nicht, dass Liebe, so wie sie in solchen Filmen dargestellt wird, nur ein Produkt aus Hollywood ist«, murmelte Hannah, aber so ganz überzeugt klang sie nicht.

Kyle beschloss, nicht näher darauf einzugehen. Stattdessen erhob er sich mit einem Ruck von dem bequemen Sofa und schlenderte in die Küche. Alles war perfekt aufgeräumt und sauber. Auf dem Küchentresen lag Hannahs Handy. Das musste sie vorhin bei der Wohnungstour liegen gelassen haben. Sie hatte keinen Sperrcode auf dem Bildschirm und eine neue Nachricht von Ethan White. Kyle starrte für einen Moment auf das Display. Dann, mit einem prickelnden Gefühl hinter der Stirn, das ihm sagte, dass er es nicht tun sollte, nahm er es hoch und begann zu tippen. Ihm war gerade eine Idee gekommen.

Er steckte Hannahs Handy in die hintere Hosentasche und zog sein eigenes hervor. Schnell tippte er eine Nachricht an die Haushälterin Maria, um ihr zu sagen, dass er doch da war. Aber mitten im Satz hielt er inne. Quatsch. Es war schließlich fast Weihnachten. Sie waren hier nur zu zweit. Maria konnte aufräumen, wenn sie morgen abgeflogen waren. Irgendwie wollte Kyle gar nicht, dass sie kam. Dieses ungeplante Date mit Hannah war zwar strange, aber er wollte jetzt auch niemanden sonst hier haben. Außer vielleicht Cookie. Vielleicht könnte Maria ja …?

Sein Telefon klingelte: Taylor. »Hey, Süße!« antwortete er und zog eine Dose Erdnüsse aus dem Regal. Danach griff er nach einer Packung Oreo-Cookies, die er schon seit Jahren nicht gegessen hatte, und nach einer Tafel hausgemachter Schokolade von Dean and Deluca.

HANNAH

»Hey, nimm's nicht so schwer. Du machst mich megascharf, meine Süße. Ya, Barbados, let's rock it! Bin in zwei Tagen da, my love. Okay, Taylor. Sei ein gutes Mädchen, bis ich da bin.«

Eine merkwürdige Übelkeit überkam sie und sie spürte ein flaues Gefühl im Magen. Kyle hatte scheinbar aufgelegt, denn kurz darauf hörte sie, wie Schranktüren geöffnet wurden und irgendwelche Tüten raschelten. Hatte er nicht gesagt, er habe keine Freundin? Das war wohl eine Sache der Definition. Offenbar verstand Kyle unter Freundin etwas anderes als sie selbst. Auf Zehenspitzen rannte sie so schnell und lautlos, wie es eben ging, zum Sofa zurück, setzte sich wieder hin und tat so, als hätte sie nicht gerade vor der Küche gestanden und Kyle belauscht. *Du machst mich megascharf*. Das war einfach nur ordinär.

Ein paar Minuten später kam Kyle zurück, eine Tüte zwischen den Zähnen, eine Flasche Wasser unter den Arm geklemmt, Cranberry-Juice und eine Dose Bier in der Hand. Vorsichtig balancierte er alles zum Sofa. Im Halbdunkel standen seine Haare in verschiedene Richtungen. Plötzlich hatte sie das Bedürfnis, mit ihren Fingern durch seine Haare zu fahren, aber dieses Verlangen hatten offensichtlich eine Menge Mädchen vor ihr verspürt, da wollte sie sich wirklich nicht einreihen. Sie verdrängte den Gedanken und setzte sich aufrechter hin.

»Wenn du unter allen Menschen auf der Welt wählen könntest, wen würdest du gerne zum Essen einladen?«, fragte Kyle. Er verteilte dabei das Junkfood auf dem Tisch vor dem Sofa, zog Hannahs Handy aus der Tasche und legte es daneben. Fast gleichzeitig ließ er sich neben sie fallen.

Hannah spürte, wie das Sofa unter seinem Gewicht nachgab. Und da war es wieder: dieses merkwürdig vertraute Gefühl, als würden sie sich schon ewig kennen. Hinter den riesigen Fensterscheiben fielen unermüdlich die dicken Schneeflocken. Dadurch schienen sie noch mehr von der restlichen Welt abgeschottet zu sein. Sie und Kyle. Wenn sie doch nur nicht gerade aus Versehen dieses Telefonat mit angehört hätte … Aber gut, immerhin hatte es sie daran erinnert, sich nicht von ihm einlullen zu lassen.

»Wie bitte?«

Er wiederholte seine Frage, öffnete die Dose Bier, nachdem sie abgelehnt hatte, und nahm einen Schluck.

»Was ist das denn für eine Frage?«

»Es interessiert mich einfach«, sagte er, ohne sie dabei anzusehen.

Hannah schaute ihn zweifelnd an. Dann ließ sie ihren Blick über die Wohnzimmerdecke wandern, die aus weißen Kassetten bestand. Alles im Haus war exklusiv und teuer. Eine schlicht weiß gestrichene Decke gab es hier einfach nicht.

Sie seufzte. Was soll's. »Bill Gates.« Sie nahm einen der Oreo-Cookies aus der Packung, biss hinein und verzog sofort das Gesicht. Er war extrem süß. Die Rezeptur war offenbar entwickelt worden, bevor natürliche Inhaltsstoffe modern wurden.

»Du möchtest dich mit Bill Gates treffen, dem ultimativen Kapitalisten?«, fragte Kyle überrascht.

»Er ist genial. Er hat die Kinderlähmung fast vollständig ausgerottet – auf der ganzen Welt. Das ist eine unglaubliche Errungenschaft.«

»Stimmt. Nachdem er allen seine Software aufs Auge gedrückt hat. Ich hätte eher gedacht, dass du einen Wissenschaftler treffen willst … oder einen Schriftsteller.«

»Und wen willst du treffen? Jennifer Lawrence? Karlie Kloss? Victoria's-Secret-Models?« Ihre Stimme klang giftiger als beabsichtigt.

»Jesus.«

»Jesus?«, wiederholte Hannah verblüfft. Meinte er das jetzt so, wie man auf Deutsch ›Oh mein Gott‹ sagte, oder meinte er das ernst? Sie versuchte, seinen Gesichtsausdruck zu lesen, doch im Halbdunkel konnte sie nicht viel erkennen. Es hatte nicht ironisch geklungen.

»Dann könnte man herausfinden, wie es damals war, was wirklich passiert ist und was nicht, und was im Himmel so los ist.«

Kyle sollte Schauspieler werden. Hannah wusste nie, wie er etwas meinte, oder ob er sie nur provozierte. Sie griff nach den Erdnüssen, die geröstet und gesalzen waren, köstlich. Er meinte es wahrscheinlich tatsächlich ernst. Hannah ließ den Film weiterlaufen und versuchte, sich zu konzentrieren. Doch obwohl gerade ihre Lieblingsszene von *Titanic* an ihr vorüberzog, musste sie unwillkürlich gähnen.

»Jetzt sag nicht, dass du zu müde bist, um *Rocky* zu schauen. Oder dass dich das Gespräch mit mir langweilt.«

»Ich bin nur ein bisschen müde. Ist schon ganz schön spät.«

»Man merkt, dass der Film schon alt ist und zu einer ganz anderen Zeit spielt«, sagte Kyle. »Eine gruslige und coole Zeit zugleich. Kein Internet, keine Handys. Keine Helikopter-Eltern.«

»Die Eltern von Rose sind auch Helikopter-Eltern.«

»Aber ihnen stehen weniger Mittel zur Totalüberwachung zur Verfügung.«

»Das hört sich an, als wärst du in einem Hochsicherheitsgefängnis aufgewachsen statt im luxuriösesten Teil von New York, wenn ich das mal so sagen darf.«

»Luxuriös, aber mit Kameras in den Zimmern«, sagte Kyle.

»Kameras? Deine Eltern haben dich mit Kameras überwacht? Das ist nicht dein Ernst!«

Kyle zuckte mit den Schultern. »Das machen die meisten Familien in New York. Ich hatte halt immer Kindermädchen. Die konnten dann zu Hause kontrolliert werden. Ist ja auch wegen der Sicherheit. Und wenn ich unterwegs war, haben die Nannys aufgepasst. Ich war ziemlich gut gesichert, als ich klein war.« Er grinste, aber es wirkte irgendwie aufgesetzt.

»Moment, und wann hast du Dinge gemacht, von denen niemand etwas wusste?«

Kyle legte den Kopf schief. »Wenn ich nicht zu Hause war?«

»Du tust so, als sei das völlig normal. Wie habe ich mir das vorzustellen? In deinem Kinderzimmer gab es einen Teddybären mit einem besonders großen Auge?«

Kyle gluckste. »So schlimm war's nicht. Alle wussten von den Kameras. Aber ich muss zugeben, College ist eine schöne Abwechslung.«

»Und jetzt sind die Kameras weg?«

Er nickte. »Angeblich ja.«

Sie blickten sich einen Moment im flackernden Licht des Films an. »Sicher? Das ist ja unheimlich. Also, man will doch nicht immer beobachtet werden. Ich meine, man macht doch auch Dinge, wo man, na ja, etwas Privatsphäre haben möchte?«

»Ah«, erwiderte Kyle und setzte sich aufrechter hin. Er fixierte sie grinsend. Dabei brach er sich, ohne hinzuschauen, ein großes Stück Schokolade ab. »Jetzt wird's interessant, Peaches. Was sind das denn für Dinge, die du machst, wenn du glaubst, dass dich niemand beobachtet? Wir haben leider bisher noch gar nichts gemacht, was nicht absolut kameratauglich wäre.«

Hannah boxte ihn so fest sie konnte in die Seite. Sie traf ihn am Bauch, der sich eher anfühlte wie eine Betonmauer. Verwundert schaute sie auf ihre Hand. Als er ihren Gesichtsausdruck bemerkte, verzogen sich seine Lippen zu einem breiten Grinsen. Es ärgerte sie noch mehr, dass sie so leicht durchschaubar war.

»Zufrieden?«, fragte Kyle. »Gib zu, du wolltest nur meinen durchtrainierten Körper berühren.«

»Kyle, mach dir keine Hoffnung. Ich bin nicht so wie deine Cheerleader.« Plötzlich kam ihr ein anderer Gedanke. »Verschickst du eigentlich auch Nacktbilder von dir selbst? Das soll ja ein ziemlicher Trend sein.« Ihre Hand, die gerade Kyles Bauch berührt hatte, schien immer noch zu vibrieren. Es war, als würde die Berührung nachhallen, was natürlich unmöglich war. Himmel, sie benahm sich wie ein durchgeknalltes Fangirl von Harry Styles.

Kyle prustete los. »Peaches, du hast wirklich viel Fantasie! Aber jetzt, wo du das so sagst …«

Hannah schenkte ihm den feindseligsten Blick, den sie hervorbringen konnte. Dann sprang sie vom Sofa auf, doch Kyle rappelte sich genauso schnell hoch und hielt ihr von hinten die Tafel Schokolade vor die Nase. Sie fuhr zu ihm herum. Doch Kyle war auf einmal so nahe, dass sich die Wärme seines Körpers auf ihren übertrug. Als Kyle seine Hand etwas zurückzog, streifte er dabei ihren nackten Arm. Sofort bildete sich dort eine Gänsehaut. Hoffentlich bemerkte er das nicht.

»Frieden?« Kyle wedelte lächelnd die Schokoladentafel

vor ihrem Gesicht hin und her. »Bist du wirklich stark genug, dieser Schokolade, der besten in New York, zu widerstehen? Dann bist du wirklich ein Übermensch.« Er benutzte das deutsche Wort Übermensch.

Hannah zögerte einen Moment. Dann griff sie nach der Schokolade, brach ein Stück ab und steckte es sich in den Mund. Die Schokolade schmolz süß und cremig. Sie trat einen Schritt zurück, um zu verhindern, dass ihr wegen Kyles Nähe ein Schauer den Rücken hinunterlief.

»Es gibt keinerlei Grund, dieser Schokolade zu widerstehen. Da brauche ich keine Willenskraft verschwenden«, sagte sie.

Kyle seufzte, nahm ihre Hand und zog sie zurück zum Sofa. Seine Hand schien zu glühen. Kaum hatten sie sich in die weichen Polster sinken lassen, als Kyles Telefon aufleuchtete. Er nahm es hoch und schaute eine Weile auf das Display, während sie vergeblich versuchte, ihre Aufmerksamkeit wieder dem Film zuzuwenden. Aus dem Augenwinkel bemerkte Hannah, dass Kyle ihr einen nervösen Blick zuwarf, bevor er das Handy in seine Tasche gleiten ließ. Hannah hätte gern gewusst, was er für eine Nachricht bekommen hatte. Womöglich noch ein Mädchen, das ihn anhimmelte.

»Würdest du lieber eine berühmte Wissenschaftlerin sein oder lieber eine berühmte Autorin?«, fragte Kyle unvermittelt. »Oder etwas ganz anderes?«

»Schon wieder so eine seltsame Frage.«

»Der Film ist nicht so aufregend. Tut mir leid, dass ich dich enttäuschen muss. Aber da unterhalte ich mich doch lieber mit dir, ist spannender.«

»Ich weiß es nicht. Ich glaube, ich würde gern dafür bekannt sein, etwas getan zu haben, das vielen anderen Menschen geholfen hat. Deshalb bewundere ich Bill Gates. Er ist ein genialer Programmierer und Unternehmer. Aber noch mehr bewundere ich ihn dafür, dass er diese unglaubliche Stiftung gegründet hat und ernsthaft versucht, die Welt zu verbessern. Man könnte sagen, dass er einfach nur viel Geld hat und es ihm deshalb leichtfällt. Aber das ist eine faule Ausrede. Jeder hat genug, um noch etwas abzugeben. Und die meisten geben gar nichts ab und tun nichts, um die Welt zu einem besseren Ort zu machen.«

Kyle zuckte unruhig mit einem Bein, was ein Vibrieren durch das Sofa sandte. »Meine Familie, allen voran meine Tante, ist bei einem Haufen Stiftungen engagiert und macht Charity. In New York ist das immer ein ziemliches Society-Event. Beim letzten Mal hatte jeder die handgefertigten Modelle von aufblasbaren Plastikbooten auf dem Tisch. Sie waren mit Gold besprüht … um an die Flüchtlinge zu erinnern. War total absurd.«

»Klingt geschmacklos. Aber vielleicht auch egal, solange es Spenden einbringt? Und du? Womit möchtest du berühmt werden?«

Kyle hatte den Kopf in den Nacken gelegt und blickte zur Decke hoch. »Ich weiß nicht. Vielleicht will ich gar nicht berühmt werden. Ist doch nur die Angst vor dem Vergessenwerden, die einen antreibt. Aber alle werden irgendwann vergessen sein.«

Hannah spürte das Blut in ihrer Stirn pulsieren. Aus Verlegenheit nahm sie sich noch einen Oreo-Cookie, obwohl sie die gar nicht mochte, und knabberte verlegen am Rand. Solche Sätze, das musste sie zugeben, hatte sie ihm nie zugetraut. Es waren schöne Sätze, die etwas in ihrem Bauch zum Surren brachten. Als wären kleine Violinsaiten darin, die nun leise nachklangen.

»Das klingt schön und traurig. Bist du ein wenig deprimiert? Dann kannst du dich ja von umsorgenden Freundinnen retten lassen.« Sie war sich einfach nicht sicher, ob Kyle nur eine Vorstellung für sie gab oder ob er tatsächlich so ganz anders war, als sie gedacht hatte.

Er machte ein merkwürdiges Geräusch. »Ich bin nicht deprimiert«, sagte er dann in völlig verändertem Ton, als müsste er sich verteidigen, hart und kämpferisch, sodass Hannah zusammenzuckte.

»Entschuldigung«, stieß sie erschrocken hervor.

Einen Moment lang starrten beide auf die Leinwand, ohne etwas zu sagen.

»Hannah?«, fragte Kyle dann wieder sanfter und sah sie von der Seite an.

Hannah warf ihm einen vorsichtigen Blick zu.

»Schon gut. Das habe ich geklaut«, sagte Kyle. Er musste ihre Verwirrung bemerkt haben, denn sofort fügte er hinzu: »Der Satz ist nicht von mir. Aber er klingt schön, oder?«

Sie setzte sich aufrechter hin.

»Er ist aus *Troja*. Thetis sagt das zu ihrem Sohn Achilles. Hast du *Troja* gesehen? Ein ganz, ganz großer Film. Ich meine, wenn ich eine Frau wäre, wäre ich spätestens nach diesem Film Brad Pitt verfallen.«

»Manchmal sprichst du wie ein Mädchen. Ich habe die Bücher gelesen. Ich bin aber kein Fan von Brad Pitt. Der ist jetzt auch schon zwanzig Jahre lang nicht älter geworden. Da stimmt doch irgendwas nicht.«

»Brad Pitt ist neben Matt Damon, Leo di Caprio und Russel Crowe einer der besten Schauspieler der älteren Generation!«

»Ich habe ja gar nichts gegen die, ich himmele sie nur nicht an«, sagte Hannah mit gespieltem Bedauern.

»Peaches?«

»Kyle?«

»Ich glaube, wir sollten schlafen. Außerdem ist es sonst unfair. Wir werden uns *Rocky* anschauen, wenn du hellwach bist, damit du nichts verpasst.«

Irgendwie klopfte ihr Herz stärker, als er das sagte. Sie nickte. »Ja, das ist wahrscheinlich eine gute Idee. Vielleicht macht der Flughafen ja morgen doch wieder auf.«

Kyle machte mit der Fernbedienung den Film aus, sodass sie plötzlich im Halbdunkel saßen.

»Ich habe vorhin noch einmal geschaut. Es ist jetzt ganz sicher, dass er morgen auf keinen Fall öffnet.« Kyles Stimme wurde sanfter. »Es tut mir leid, Peaches. Aber deine Eltern und deine Schwester werden bestimmt noch einmal mit dir feiern, wenn du zu Hause bist. Deine Schwester hängt sehr an dir, oder?« Kyle streckte vorsichtig den Arm in ihre Richtung, fast so, als wollte er sie trösten.

Hannah nickte. »Sie ist acht Jahre jünger. Ich war ihr zu jung geratener Babysitter.« Nachdem Hannahs Vater krank geworden war, keinen Job mehr hatte und ihre Mutter wieder Vollzeit arbeiten musste, war das die einzige Möglichkeit gewesen. Aber es hatte sie zusammengeschweißt.

Kurz bevor Kyles Arm sie erreichte, ließ er ihn jedoch wieder sinken. Hannah spürte ein leichtes Bedauern in sich aufsteigen, das sich mit der Traurigkeit mischte, dass Weihnachten tatsächlich ohne sie stattfinden würde.

»Na ja«, fuhr sie mit belegter Stimme fort. »Kann man wohl nichts machen.« Sie vermisste ihre Eltern und sie wusste, wie enttäuscht ihre Schwester sein würde. Trotzdem musste sie zugeben: Die Aussicht, noch etwas mehr Zeit mit diesem verrückten, aber irgendwie faszinierenden Kyle zu verbringen, war wesentlich weniger erschreckend, als es ihr noch vor wenigen Stunden am Flughafen erschienen war. Nein, wenn sie ehrlich war, war diese Aussicht überhaupt nicht erschreckend. Viel erschreckender war dieses Kribbeln in ihrem Bauch. Das machte ihr weitaus mehr Angst. Denn sie wollte auf keinen Fall eines dieser Mädchen werden, die den Campus bevölkerten und Kyle-Liebeskummer hatten … Die ihn anschmachteten und deren Pupillen sich schlagartig weiteten, sobald Kyle in ihrer Nähe war.

»Lass uns einfach das Beste draus machen, okay? Ich bin außerdem sehr gut darin, Leute abzulenken. Das haben mir meine Lehrer in der Schule immer wieder bestätigt. Du musst nur an andere Dinge denken. Wenn du morgen aufwachst und durch ein Wunder eine neue Fähigkeit hast: Welche Fähigkeit würdest du gern haben wollen?«

»Welche Fähigkeit ich gern haben möchte?« Hannah versuchte, Kyles Gesichtsausdruck zu deuten. Vergeblich. »Du stellst vielleicht komische Fragen.«

»Was bedeutet, dass die Ablenkung funktioniert. Also?«, fragte Kyle.

»Ich würde gern den Hass aus den Herzen der Menschen wegzaubern.«

Kyle schwieg, als hätte ihm der Satz die Sprache verschlagen.

»Was schaust du so?«

»Das ist eine großartige Idee. Das ist wahrscheinlich der eine Wunsch, mit dem man die Welt sofort in einen positiven Ort verwandeln kann. Ich hätte jetzt gedacht, du sagst: Armut abschaffen, Kriege beenden, was auch immer. Aber das ist … ein cleverer Wunsch.«

»Du siehst mich an, als hättest du etwas anderes erwartet, Kyle. Ich weiß nicht, ob das nicht schon wieder unverschämt ist. Was hättest du dir denn gewünscht?«

Er ließ den Kopf sinken und schüttelte den Kopf.

»Wie jetzt? Wenn man solche Fragen stellt, muss man auch bereit sein, sie zu beantworten.«

»Ich kann das echt nicht sagen. Dann sind alle Vorurteile von dir bestätigt.«

Sie wartete und tippte demonstrativ mit ihren Fingern auf die Sofalehne. »Und?«

»Du verlierst jeden Respekt vor mir, wenn ich die Wahrheit sage.«

»Und?« Sie trommelte weiterhin mit den Fingern auf das Sofa.

»Ich hätte mir gewünscht, fliegen zu können.«

»Fliegen?«

»Ja, ein egoistischer Wunsch, der dich wieder darin bestätigt, dass sich mein Universum nur um mich selbst dreht. Aber ich konnte nicht wissen, dass du aus einer harmlosen Frage eine Weltverbesserungsmission hervorzaubern kannst.«

»Sorry, stimmt«, sagte Hannah. Sie fand den Wunsch, fliegen zu können, allerdings auch nicht weiter schlimm.

Kyle richtete sich auf und auch Hannah rappelte sich aus den tiefen Polstern des Sofas hoch. Nervös starrte Kyle schon wieder auf sein Handy. Es schien eine Manie von ihm zu sein, denn er wischte mit den Fingern geradezu ununterbrochen auf dem Display herum. Plötzlich lag die Verlegenheit so dick in der Luft, als könnte man sie anfassen.

»Okay. Also, du weißt, wo dein Zimmer ist. Ich glaube, wir sollten jetzt schlafen gehen …« Kyle steckte seine Hände in die Hosentaschen.

Hannah nickte, schnappte sich ihr Handy und folgte ihm in den Flur, von dem die Zimmer abgingen.

»Und morgen schauen wir *Rocky*. Wir fangen direkt nach dem Frühstück damit an.« Hannah lächelte, aber sie wich seinem Blick dabei aus.

»Also, dann schlaf gut«, murmelte Kyle. »Ich gehe vielleicht morgen früh ins Gym. Nicht, dass du mich vermisst, wenn du aufwachst.« Kyle hatte hinter ihnen die Lichter ausgeknipst und das Licht im Flur war ohnehin gedimmt.

»Du glaubst, dass das Sportstudio geöffnet hat? Bei dem Schnee?«

»Ich meine nicht das öffentliche Sportstudio. Hier im Haus ist auch eins.« Kyle blieb vor seinem Zimmer stehen. Hannah zögerte.

»Ach so. Also dann, gute Nacht«, sagte Hannah, drehte sich schnell um und ging zu ihrem Zimmer.

»Hannah?«, rief Kyle ihr leise nach.

Sie drehte sich um. Kyle stand nur wenige Meter von ihr entfernt.

Verlegen fuhr er sich durch die Haare, sodass sie ihm zerwühlt vom Kopf abstanden, bevor er seine Hand in den Nacken legte. »Ich muss dir ein Geständnis machen.«

Und schon wieder spürte Hannah, wie ihr Herz lauter schlug. Es klang, als würde es von innen anklopfen und um ihre Aufmerksamkeit bitten.

»Ja?«, fragte sie leise, bemüht darum, ihre Stimme ganz normal klingen zu lassen.

»Ich hätte meine Tante noch mal anrufen können. Aber ich hatte dazu keine Lust mehr.«

»Mmmh?« fragte sie überrascht. Doch insgeheim war sie auch etwas enttäuscht von seinen Worten, die unspektakulärer waren als das, womit sie gerechnet hatte. Was sie gehofft hatte?

»Du hattest solche Angst, dass ich dich anmache. Ich meine, das ist natürlich auch irgendwie schmeichelhaft. Aber jetzt kannst du beruhigt sein. Es ist nichts passiert. Obwohl du ganz alleine mit mir in der Wohnung bist.«

Hannah schwieg.

»Vielleicht sagst du mir ja morgen früh noch, was du von mir gehört hast? *Titanic* brauche ich nicht bis zum Ende zu sehen.«

»Der Film ist einfach zu anspruchsvoll für Liebhaber von Boxfilmen.« Sie stolperte ein wenig über das Wort Liebhaber.

»Okay.«

»Okay.« Sie hob die Hand zum Abschied und öffnete die Tür des Gästezimmers. Gerade als sie die Tür hinter sich schließen wollte, hörte sie noch mal ihren Namen. »Hannah?«

»Ja?«

»Falls du in der großen Wohnung Angst hast, kannst du immer zu mir kommen. Aber Achtung, ich schlafe nackt.«

Er hatte den Satz so sanft vorgetragen, dass sie bis zum Ende unschuldig zugehört hatte. Doch als ihr klar wurde, was Kyle soeben gesagt hatte, griff sie nach dem Kissen, das neben der Tür auf einem Stuhl lag, trat in den Gang hinaus und warf es mit voller Kraft in Kyles Richtung. Der sah allerdings, was auf ihn zuflog, huschte schnell ins Zimmer und schlug die

Tür hinter sich zu, sodass das Kissen nur sanft dagegenprallte. Durch die geschlossene Tür drang ein glucksendes Lachen.

Zurück in ihrem Zimmer, schob sie den Turm von blauen und gelben Kissen vom Bett herunter und kuschelte sich in mehrere Schichten weicher Decken. Bevor sie das Licht löschte, schaute sie noch mal auf ihr Handy. Abby hatte noch nicht geantwortet. Das war wirklich ungewöhnlich. Eigentlich antwortete Abby immer. Aber bestimmt verbrachte sie Zeit mit der Familie. Hannah fühlte sich erstaunlich wohl hier. Ihr Herz hatte sich immer noch nicht beruhigt und schlug unruhiger als sonst. Was für ein Tag. Was für ein Abend. Kyle. Aber irgendwann schlief sie doch ein, während der Schnee unermüdlich vom Himmel fiel, als würde er nie aufhören, als würden unendlich viele Flocken zur Verfügung stehen, um die Straßen von New York zu bedecken … die Wiesen im Park, die Bäume, die Zweige der aufgestellten Tannenbäume, die Balkone, die Autos, die auf den Straßen standen, die wenigen Menschen, die noch unterwegs waren. Als wollte er beweisen, dass Schnee die schönste Weihnachtsdekoration war. Als wollte er die ganze Stadt zudecken, damit sie ebenfalls zur Ruhe kommen konnte.

»Hannah, Frühstück ist fertig.« Ein sanfter Singsang drang in Hannahs Traum.

Langsam, als würde sie aus einem dunklen Meer auftauchen, wachte sie auf. So tief hatte sie schon lange nicht mehr geschlafen. Ihre Beine und Arme lagen taub auf der Matratze, die hart und weich gleichzeitig war. Sie war möglicherweise die bequemste, auf der sie je geschlafen hatte. Sie hatte noch nie wirklich über Matratzen nachgedacht und dass es einen Unterschied machte, auf welcher man schlief. Meist war sie abends sowieso müde von den Seminaren, den Lernstunden in der Bibliothek und ihren Nebenjobs. Sie nahm sich zwar immer vor, früher ins Bett zu gehen, doch irgendwie blieb sie dann trotzdem viel zu lange wach. Aber Nächte, in denen sie so bewusstlos geschlafen hatte wie in dieser, gab es selten.

»Liebling«, sagte die Stimme säuselnd und diesmal merkte sie, dass die Stimme echt war.

Sie riss die Augen auf und zog die Decke reflexartig bis unters Kinn. Schlagartig wurde ihr bewusst, dass sie überhaupt kein Shirt trug. Sie hatte es ausgezogen, als ihr in der Nacht im überheizten Zimmer zu warm geworden war. Innerhalb von einer Millisekunde erkannte sie auch ihre Umgebung wieder und wusste, wo sie war.

»Woooohhh. Sorry, Darling. Ich wollte dich nicht erschrecken.« Kyles Gesicht war so nah, dass sie zuerst nur seine blauen Augen sah.

»Kyle«, kreischte sie, erschrocken und sauer gleichzeitig. Sie rückte nach hinten gegen das Kopfteil und klemmte die Decke fest unter ihren Achseln ein. »Was machst du hier?«

Kyle gluckste. »Wusstest du, dass du leise schnarchst?«, fragte er.

»Was?« Hannah war fassungslos. »Ich schnarche nicht.«

»Sag mal, hat es einen Grund, dass du die Decke umklammerst, als würde dein Leben dranhängen? Ich wollte sie dir nicht wegnehmen.«

Hannah spürte, wie ihr das Blut in die Wangen schoss.

Plötzlich erschien ein breites Grinsen auf Kyles Gesicht. »Peaches! Ist es das, was ich denke, das es ist? Du schläfst auch nackt? Das hätte ich dir gar nicht zugetraut.«

»Würdest du jetzt bitte, bitte gehen?«, brachte Hannah mühsam hervor. »Es ist wirklich das Allerletzte, hier einfach reinzuschleichen.« Hatte er etwas gesehen? Doch Kyle ließ sich nichts anmerken. Sie wusste, dass er ein guter Schauspieler war, das hatte sie schließlich schon erlebt.

»Ich konnte ja nicht ahnen, dass du splitternackt schläfst! Ich habe nichts gesehen, Ehrenwort«, sagte Kyle, als hätte er ihre Gedanken gelesen, und hob die Hand, um einen Eid zu schwören. »Gestern hattest du noch was an. Ich habe ewig lang geklopft, aber du hast geschlafen wie ein Bär im Winterschlaf. Dann habe ich Frühstück gemacht, immer noch keine Reaktion. Ich dachte, du wolltest vielleicht Kaffee?«

Er nahm die Tasse von dem kleinen Holztisch, wo er sie vorher abgestellt haben musste. Erst jetzt nahm Hannah den Duft von frischem Kaffee wahr. Von der Tasse stieg immer noch Dampf auf.

»Danke«, sagte sie, während ihr Blick an dem Kakaoherz auf dem Milchschaum hängen blieb. »Das ist wirklich nett.« Mit einer Hand hielt sie weiterhin die Decke fest, mit der anderen griff sie vorsichtig nach der Tasse und nahm einen Schluck. Köstlich. »Und der Flug?«, fragte sie hoffnungsvoll.

»Das habe ich natürlich als Erstes nachgeschaut. Kein Flug heute. Aber garantiert morgen.«

Hannahs Blick glitt zu den großen Fensterscheiben. Den Vorhang hatte sie nur teilweise zugezogen. Es schneite immer noch. Aber es war heller geworden. Als sie wieder zu Kyle sah, ertappte sie ihn dabei, wie er ihren nackten Arm musterte.

Abrupt wandte er sich ab. »Ja, viel Schnee«, sagte er schnell.

»Darf ich mich erst einmal anziehen?«, fragte Hannah.

Kyle stand auf und nahm ihr die Kaffeetasse aus der Hand. »Frühstück ist angerichtet.« Er schmunzelte. »Okay, Erwartungen niedrig halten. Aber ich habe die Cornflakes-Packungen eigenhändig aus dem Schrank geholt und den Knopf der Kaffeemaschine habe ich auch selbst gedrückt.« Grinsend öffnete er die Tür. »Hätte ich gewusst, dass du nackt schläfst, wäre ich früher gekommen.«

Bevor sie ein weiteres Kissen nach ihm schleudern konnte, hatte Kyle die Tür hinter sich zugezogen.

»Gut, dass meine Stiefmutter nicht sieht, wie du mit ihren Kissen umgehst«, rief er durch die geschlossene Tür.

Hannah musste lächeln. Sie griff nach ihrem Handy und kontrollierte den Schneereport: Kyle hatte recht gehabt. Es lag wirklich unglaublich viel Schnee. Seufzend ließ sie sich zurück in die Kissen fallen. Zu Hause war es sechs Stunden später. Schnell schickte Hannah eine weitere Nachricht an ihre

Schwester und versuchte, fröhlich zu klingen, so als wäre es überhaupt kein Ding, Weihnachten einfach nachzufeiern. Dabei hatte sie sich so darauf gefreut. Aber es half nichts, weiter Trübsal zu blasen. Entschlossen sprang sie aus dem Bett, suchte ein paar frische Sachen aus ihrem Koffer und ging ins Bad.

Als Hannah in die Küche kam, saß Kyle in einem karierten Hemd am Küchentisch und war mal wieder in sein Handy versunken. Also stellte sie schon mal die Gläser von gestern Abend in die Spülmaschine und legte die angebrochene Oreo-Packung auf die Ablage.

»Oh, danke«, sagte Kyle.

»Stimmt, es kommt ja gar keiner zum Aufräumen ...«

»Du unterschätzt mich. Ich kann sehr wohl Kleinigkeiten selber wegräumen«, erwiderte Kyle trocken.

»Wenn du meinst. Die Küche sieht übrigens sehr neu aus«, sagte Hannah und betrachtete die glänzenden Oberflächen. Alles war perfekt organisiert. Hinter gläsernen Türen stapelte sich identisches Geschirr. Auf der Ablage standen glänzende Toaster aus Chrom, Entsafter, Mixer, mehrere Kaffeemaschinen, dazu kam einer dieser riesigen Gasherde, den ihre Mutter sich immer gewünscht hatte, Dampfgarer, Mikrowellen – jedes technische Gerät, das man sich wünschen konnte.

»Sie wird nicht viel benutzt. Wir bestellen meistens oder

gehen aus. Seit wir nicht mehr hier wohnen, gibt es auch keinen Koch mehr, der täglich kommt.«

»Wie schade. Vor allem bei der Ausstattung. Damit macht Kochen bestimmt Spaß.« Hannah dachte an ihre Mutter, die eigentlich sehr gern kochte, wenn sie nicht zu müde war. Kyles Handy piepste und sein Blick schnellte zurück auf das Display. Er sah nur kurz drauf, bevor er es in seine Tasche steckte.

»Du siehst betrübt aus. Ist dir schon wieder jemand auf Instagram entfolgt, weil du noch keine Partybilder von Barbados gepostet hast?«, fragte Hannah.

»Das war meine Mutter.«

»Willst du dann nicht rangehen?«, fragte Hannah.

»Es ist kompliziert. Sie wäre enttäuscht, dass ich nicht zu ihr komme.«

»Du kannst fahren, ich finde schon was zum Übernachten«, sagte Hannah schnell.

Kyle winkte ab und schüttete zwei Gläser Orangensaft ein. Ein Glas schob er in ihre Richtung. »Also, Peaches. Jetzt verrate mir mal etwas. Was wäre für dich der perfekte Tag?«

»Der perfekte Tag?«, wiederholte sie verdutzt. »Ich weiß es nicht. Es gibt viele perfekte Tage. Das Wichtigste wäre wahrscheinlich, ihn mit Menschen zu teilen, die ich gernhabe. Und gemeinsam mit ihnen etwas zu erleben.« Sie schaute kurz in sein Gesicht. »Was möchtest du hören? Dass ein Tag mit dir in New York während eines Schneesturms der perfekte Tag für mich ist?« Sie setzte sich zu ihm an den Tisch und nahm einen Schluck Orangensaft. Er schmeckte süß und eiskalt.

»Zum Beispiel«, Kyle zuckte mit den Schultern. »Wir könnten zumindest versuchen, einen perfekten Tag zu haben.«

»Ich würde mir jedenfalls trotz des Schneesturms gern New York anschauen. Wer weiß, wann ich wieder eine Chance dazu bekomme.« Hannah blickte sehnsüchtig durch die Scheiben nach draußen. Das Appartement war wirklich unglaublich. Es war fast von allen Seiten von großen Fenstern umgeben. Wie musste es erst sein, wenn kein dichter Schnee vom Himmel fiel, sondern die Sonne durch die Fenster hereinschien und man über den Central Park blicken konnte, der jetzt nur schemenhaft in Weiß zu erkennen war?

Der Schnee fiel und fiel und machte es unmöglich, in die Ferne zu schauen. Es war einfach unfair, dass sie genau jetzt hier war, wo man nichts von New York erkennen konnte. Sie würde schon Probleme haben, sich überhaupt zurechtzufinden, da kaum ein Straßenschild zu erkennen war.

»Was möchtest du dir denn anschauen? Und sag jetzt bitte nicht das Empire State Building, Moma und eine Kutschfahrt durch den Central Park.« Kyle hielt sich in gespielter Verzweiflung die Ohren zu.

»Empire State Building und Moma sind korrekt«, sagte sie bestimmt. »Dann The Strand. Die New York Public Library und Paper Source«, zählte sie auf, während sie Cornflakes in eine Schüssel füllte und sie mit Milch übergoss.

»Ich habe verdrängt, dass du ein Nerd bist. Ernsthaft! Du kommst nach New York und willst in die Bibliothek, ein Museum und in zwei Buchläden? Den zweiten kenne ich noch nicht einmal. Und das ist für dich der perfekte Tag in New York?« Er schüttelte den Kopf. »Und natürlich die Touristenfalle par excellence, das Empire State Building. Aber bei dieser Aufzählung ist das ja geradezu ein Highlight. Was ist mit coolen Clubs, in die ich dich reinschmuggeln kann, oder zumindest ein paar Bars?«

»Paper Source ist kein Buchladen, sondern ein Papierladen. Aber wenn du schon von Touristenfalle sprichst: Lass mich raten, du warst bestimmt schon mal in Europa?« Sie lehnte sich zurück, drehte ihre Haare umeinander und nahm einen Bleistift vom Tisch, um sie festzustecken. Dann verschränkte sie die Arme vor der Brust.

»Klar! Amsterdam, London, Berlin, St. Tropez, Sardinien, Capri, die Malediven«, erwiderte Kyle lässig. »Mein Vater hatte eine Weile den Tick, dass er alle ›Leading Hotels of the World‹ abklappern wollte. Ich würde lügen, wenn ich behaupten würde, dass es ein unangenehmer Job war, ihn dabei zu begleiten.« Kyle zuckte mit den Schultern. »Die Malediven sind zwar nicht in Europa, aber das Hotel dort war besonders schön und irgendwie europäisch.«

Plötzlich lehnte er sich blitzschnell nach vorn und griff nach einer Locke. Hannah erstarrte und sog überrascht die Luft ein.

»Sorry, die stand einfach nur senkrecht nach oben wie eine Antenne. Und du brauchst mich gar nicht so anzuschauen. Ich weiß, dass du von mir denkst, ich wäre ein verwöhnter Typ von der Upper East Side, und du hast völlig recht. Aber ich bin nicht so schlimm, wie du dir das vorstellst, und ich habe mir das schließlich auch nicht ausgesucht.« Kyle stapelte Weetabix-Riegel in einer Schüssel und übergoss sie mit Milch.

Langsam ließ Hannah die Luft aus ihren Lungen entweichen und ihr Blick wanderte wieder sehnsüchtig nach draußen. Sie griff nach der Tasse, die Kyle auf den Küchentisch gestellt hatte, und trank einen Schluck. Der Kaffee schmeckte stark, aber nicht bitter, und die Tasse wärmte ihre Handflächen. Kyle hatte wahrscheinlich mehr von Europa gesehen als sie selbst. Sie konnte sich nicht vorstellen, wie man reiste, wenn man so viel Geld hatte wie seine Familie. Aber mit Sicherheit würde er nicht auf Campingplätzen übernachten oder in Schweden mit geschätzten fünf Millionen Mücken zelten, wie sie das mit ihrer Familie gemacht hatte. Doch der letzte Familienurlaub war schon lange her. Ihr Vater konnte wegen der Krankheit solche langen Reisen gar nicht mehr machen. Und seitdem verbrachte sie die Sommer meistens nur im Freibad.

»Okay. Und lass mich raten, du hast bestimmt sofort die Dungeons besucht? Eine Touristenattraktion für Jugendliche, die nicht in ein Museum wollen, sondern nach Thrill suchen. Die haben doch in jeder Stadt das gleiche Prinzip: ein paar künstliche Attraktionen, die irgendeinen Bezug zur Region haben. Sie könnten genauso gut in Disneyland stehen. Und ich bin mir sicher, neunzig Prozent der Besucher sind Amerikaner.«

»Die Dungeons in Amsterdam waren super! Die haben eine meeeega Show hingelegt. Das war wie eine Geschichtsstunde. Du solltest auch mal hingehen. Da kann man wirklich etwas lernen, darauf stehst du doch.« Kyle stand auf und holte sich einen Apfel aus dem großen zweitürigen Kühlschrank. Obwohl die Familie im Urlaub war, war der Kühlschrank erstaunlich gut befüllt. Wenn Hannah mit ihrer Familie wegfuhr, wurde jedes Fitzelchen, das im Kühlschrank verderben konnte, vorher aufgegessen: angebrochene Gläser mit sauren Gurken und Fruchtjoghurts, Bohnen und Tomaten, dazu rohen Kohlrabi und Äpfel. Die Resteessen schmeckten meist ziemlich interessant.

Hannah schlug sich demonstrativ mit der Hand vor die Stirn. »Ja, so wie man in Disney-Filmen etwas lernt. Nämlich, dass Frauen hilflose Wesen auf der Suche nach einem Prinzen sind!«

»Du bist eine Emanze.« Kyle hielt in ähnlich gespielter Verzweiflung die Hände vors Gesicht. »Ich dachte, die wären seit Instagram ausgestorben und niemand würde mehr hinterfragen, dass schön und sexy einfach nur cool ist.« Er grinste. »Ich war übrigens noch nie in den Dungeons. Aber ein Freund von mir war drin. Du hast einfach zu viele Vorurteile.«

Hannah war sich nicht sicher, ob sie als Emanze bezeichnet werden wollte, aber es hatte keinen Sinn, mit Kyle darüber – oder auch über zweifelhafte Schönheitsideale – zu diskutieren. Außerdem würde er nicht aufhören, sie zu reizen, wenn sie sich so einfach provozieren ließ.

»Hannah, ich weiß, du magst das nicht hören. Aber du kannst bei diesem Wetter nicht einfach auf Sightseeingtour gehen.« Er machte eine theatralische Pause und nahm einen

Schluck aus seiner großen Kaffeetasse. »Okay, Hannah. Wir müssen jetzt der Realität ins Auge sehen.« Er stellte die Tasse betont ernst auf dem Tisch ab und verschränkte die Arme.

»Das hört sich dramatisch an.«

»Ich will sagen: Besser wird's nicht. Du musst dieses Weihnachten mit mir vorliebnehmen – und ich mit dir.«

»Falls das ein Kompliment sein sollte, hörte es sich nicht so an.«

»Das war auch kein Kompliment. Das war eine Feststellung.«

»Okay.«

»Ich mache dir einen Vorschlag. Ich zeige dir New York. Ich bringe dich sicher zu ein paar deiner Nerd-Ziele und dafür kommst du mit an ein paar Orte, an denen man Spaß haben kann.« Er schaute ihr dabei direkt in die Augen.

Hannah wand sich unter seinem Blick. Seine Augen, blau und warm, brachten etwas in ihr in Bewegung, was tief unter dcr Oberfläche lag.

»Und du musst mir versprechen, nicht die ganze Zeit das Schlimmste von mir zu denken. Du starrst mich schon wieder so an, als wäre ich ein Massenmörder!«, sagte Kyle. Er war also doch nicht in der Lage, Gedanken zu lesen. Was natürlich ganz gut so war. Denn an Massenmörder hatte sie gerade überhaupt nicht gedacht. Im Gegenteil.

»Was wäre denn dein perfekter Tag in New York?«, fragte Hannah, um an etwas anderes zu denken.

»Du wirst sehen. Du wirst sehen.« Kyle grinste. »Ich lade

dich ein, dann hast du auch keine Ausrede, Nein zu sagen, und du riskierst nichts, falls es dir nicht gefällt«, fügte er schnell hinzu.

Hannah überlegte.

»Was?«, fragte er. Ihre Stirnfalte war ihm wohl nicht entgangen.

»Was genau meinst du mit ›Spaß haben‹? Du hast doch irgendetwas vor?«

»Meine Güte, ich frage mich wirklich, was du von mir gehört hast.«

Sie verzog keine Miene und sah ihn weiterhin an.

»Wenn das dein Pokergesicht ist, spiele ich nie Poker mit dir.«

Sie musste lächeln.

»Ich will nur, dass du mitmachst. Weihnachten in New York ist wunderschön! Und extraweiße-Weihnachten in New York ist grandios! Wir vergessen einfach, dass wir hier gestrandet sind, und machen uns ein tolles Weihnachten. Wir tun so, als wären wir extra gekommen, um ein schönes Wochenende zu erleben«, sagte Kyle voller Begeisterung und mit leuchtenden Augen, während er die Hand ausstreckte, damit sie einschlagen konnte.

Kyle verwirrte sie. Er war so völlig anders, als sie erwartet hatte. Er war … nett. Und ziemlich lustig. Viel klüger als erwartet. Und seine Begeisterung und Unbeschwertheit waren ansteckend. Er dachte nicht zu viel nach, hatte keine Angst und versuchte einfach, Spaß zu haben. Hannah merkte, wie ihr ganzer Körper vor Vorfreude zu kribbeln begann. Kyle hatte recht. Weihnachten in New York war wunderschön. Sie starrte noch einen Moment nachdenklich auf die Hand, die er ihr entgegenstreckte. Sie lächelte und mit einem kleinen Knall schlug ihre Handfläche gegen seine.

Natürlich hatte es nicht aufgehört zu schneien, als sie kurz darauf auf die Straße traten. Kyle hatte eine Tasche dabei, wollte aber nicht verraten, was darin war. Die Wolken besaßen unendliche Vorräte an Schneeflocken und verbargen die Sonne so vollständig, dass die Stadt in einer dauernden Dämmerung lag. Im Moment waren die Flocken etwas kleiner geworden, dafür blies der Wind sie schneller durch die breiten Straßen. Kyle lief dicht neben Hannah auf dem Gehweg, der kaum zu erkennen war. Die Bürgersteige waren nur teilweise geräumt worden, es war unmöglich, sie mit ein paar Räumfahrzeugen zu besiegen.

Sie kamen nur mühsam voran. Mit hochgezogenen Schultern kämpften sie sich durch den Schnee – zwei dunkle Gestalten, nur Hannahs Mütze und Schal leuchteten rot. Eine Weile sagte keiner der beiden etwas. Jeder hing seinen eigenen Gedanken nach. Es war wirklich ein großer Zufall, dass Kyle und sie in diesem Moment nebeneinander durch New York liefen, denn im College hätten sie sich möglicherweise nie kennengelernt.

Zwischen dem Schnee auf den Straßen und den weißen Erhebungen, unter denen Autos verschwunden waren, leuchteten gelegentlich glitzernde Weihnachtskugeln. Die Fassaden der Geschäftshäuser waren mit bunten Lichtern, überdimensionalen Weihnachtskugeln oder roten Schleifen geschmückt. Ein Gebäude hatte sogar auf jeden Fenstersims einen komplett geschmückten Tannenbaum gestellt. Einige Geschäfte waren geschlossen, weil die Mitarbeiter es wahrscheinlich nicht zur Arbeit geschafft hatten. Viele waren allerdings geöffnet. Durch die Fenster sah man fröhliche Verkäufer mit rosigen Wangen, die diesen Ausbruch aus der Normalität so kurz vor Weihnachten zu genießen schienen. Natürlich redeten alle über das Schneechaos und waren sich einig, dass das Wetter unglaublich und verrückt war. Etwas irgendwie Magisches war passiert, auch wenn es Einschränkungen im Alltag bedeutete – oder vielleicht gerade deswegen.

Vor einer Reihe von Schaufenstern blieb Hannah stehen. Wenn sie gedacht hatte, schon vorher prächtige Dekorationen gesehen zu haben, hatte sie sich getäuscht. Diese Schaufenster übertrafen alles. Die Auslage vor ihr war wie ein Fresko von einem italienischen Meister der Malerei gestaltet. Die verschlungenen Motive, Menschen, Tiere, Früchte und Schmuck schimmerten in matten Farben oder in Gold, die vielen Details waren überwältigend. Nur wenn man genauer hinschaute, dann bestand jedes einzelne Bild dieses Freskos, das in verschieden breite Goldrahmen eingefasst war, wiederum aus kleinen Schaufensterpuppen in festlichen Miniatur-Kleidern, die auf einem Feld oder vor einem offenen Fenster standen oder für ein Bild posierten. Das war kein Schaufenster, sondern Kunst.

In einem weiteren Schaufenster entfaltete sich unter einem weißen Kronleuchter eine Winterlandschaft mit weißen Rentieren und einem Eisbären. Im Zentrum stand herrisch eine blonde Prinzessin in einem funkelnden Kleid mit Pelz, die Schneekönigin. Dahinter ein Bergpanorama mit grellem blauen Himmel – wie auf einer Werbebroschüre für die Schweiz. Je länger man das Fenster anschaute, umso mehr Details erkannte man: Es gab Schnee-Eulen, flüchtige Schneehasen und allerlei Merkwürdigkeiten, wenn sich die Märchenwelt kunstvoll über die Wirklichkeit schob. Im nächsten Schaufenster war genauso detailreich und aufwendig eine Szene aus dem Meer dargestellt. Die ganze Auslage schimmerte in kühlen Grün- und Blautönen. In der Mitte war eine Seejungfrau in einem blau funkelnden Kleid, umringt von bizarren Tieren des Meeres.

»Das ist einfach wunderschön«, seufzte Hannah.

»Das Kleid oder das Fenster insgesamt?«, fragte Kyle.

»Das Kleid, das Blau, die Frau, das Meer, die ganzen Figuren. Wie viel Arbeit das gewesen sein muss, so ein Fenster zu dekorieren.«

»Ja, das ist jedes Jahr eine riesige Angelegenheit. Bergdorf macht eine große Feier mit Musik, ein paar Promis treten auf und dann werden die Fenster offiziell enthüllt. Da arbeiten Künstler monatelang daran. Ich hätte ja gedacht, dass du so was als kapitalistische Verschwendung verurteilst.«

Hannah blickte zu ihm hoch. »Es ist natürlich Verschwendung. Aber das wäre dann ja jede Kunst. Und die Tatsache, dass wir einen Sinn für schöne Dinge haben und eben nicht nur essen und uns fortpflanzen, macht uns ja auch zu Menschen.«

Sie blickte zurück zur Seejungfrau, die von glänzenden Meerestieren, Schlangen, Fischen und Echsen umgeben war. Wieder waren die Tiere eine Mischung aus Realität und Fantasie. Sie passten zur Stadt.

»Ich habe so etwas einfach noch nie gesehen«, sagte Hannah.

»Willst du reingehen?«, fragte Kyle. »Bergdorf ist geöffnet. Also, wenn du dir etwas kaufen möchtest?«

Meinte er das ernst? Sie schüttelte den Kopf. Sie mochte gar nicht daran denken, wie teuer es sein musste, in einem Geschäft einzukaufen, das sich solche Weihnachtsfenster leistete.

Kyles Augen ruhten einen Augenblick auf ihr. Dann nickte er. »Okay, wir müssen auch noch ein Stück laufen.«

»Ich war schon ewig nicht mehr am Times Square. Zu viele Touristen«, sagte er grinsend und schob sich die Mütze tiefer in die Stirn. »Immerhin dürfte das heute nicht das Hauptproblem sein.«

»Ich habe schon verstanden, dass du gerade ein unglaubliches Opfer erbringst.«

»Wir hätten auf dem Sofa liegen und *Rocky* schauen können. Du hättest mir ein Bier gebracht und mir eine sanfte Fußmassage gegeben. Dann hättest du vielleicht verstanden, was du jahrelang verpasst hast.«

Hannah musste bei der Vorstellung kichern. Sie dachte an den gestrigen Abend zurück. Die Vertrautheit, dieses warme Gefühl … dieses falsche, warme Gefühl? Diese verrückte Situation!

Bis zum Times Square mussten sie ziemlich weit laufen, auf Google hatte es näher ausgesehen. Hannahs Füße in den Boots waren warm, dafür waren ihre Hände kalt. Aber das waren sie eigentlich immer. Auf den Straßen war nicht viel los. Für New Yorker Verhältnisse war die Stadt wahrscheinlich ziemlich verwaist. Die New Yorker schwelgten in den weihnachtlichen Dekorationen. Und das, obwohl viele Leute ganz andere Religionen hatten. Weihnachten schien dennoch ein Fest für alle zu sein. Natürlich auch eins, das die Leute dazu bewegen sollte, möglichst viel Geld auszugeben.

Als sie den Times Square endlich erreichten, wurde es zwar etwas belebter, aber immer noch waren nicht viele Menschen auf den Straßen unterwegs. Es war viel zu mühsam, sich durch die Schneemassen zu kämpfen, auch wenn der Wind ihr weniger kalt vorkam. Am Times Square leuchteten normalerweise die riesigen Reklametafeln, die sie natürlich schon auf Bildern gesehen hatte. Doch auch hier lag der Schnee wie ein weicher Fotofilter über den Tafeln und dämpfte die Farben und das Blinken der Bildschirme und Leuchtbuchstaben.

Auf einem der großen Poster räkelte sich ein bekanntes Model, deren Namen Hannah nicht kannte, in einem Bikini am Strand und warb für die Cruise Collection. Das musste für Familien wie die von Kyle sein, die zu Weihnachten nach Barbados oder an andere Orte flohen, an denen gerade Sommer herrschte.

Dann tauchte, wie eine verirrte Fata Morgana, ein weiterer, fast nackter Körper vor ihnen auf. Allerdings nicht auf einem Plakat. Ein Mann in Cowboystiefeln und Cowboyhut stand mit einer Gitarre im Schnee. Nur wenig geschützt durch einen Dachvorsprung sang er ein Lied gegen den Sturm.

Hannah blieb abrupt stehen. »Der ist ja völlig durchgeknallt.«

»Nee, der ist nicht verrückt. Das ist der Naked Cowboy. Ziemlich guter Geschäftsmann.«

»Der Naked Cowboy? Du willst mir sagen, dass du ihn kennst?«

Hannah blinzelte gegen den Schnee, auch wenn das die Sicht nur wenig verbesserte. Immerhin hatte sie ihre Kontaktlinsen eingesetzt – so musste sie wenigstens ihre Brille nicht mehr ständig von Schnee befreien. Kyle steuerte zielstrebig auf den Gitarrenspieler zu, Hannah folgte zögernd. Der Mann hatte einen durchtrainierten Oberkörper und muskulöse Beine. Vor seinem Rumpf hing glücklicherweise die Gitarre. Unter dem Cowboyhut ringelten sich die feuchten Haare auf seinen Schultern. Sein Arm war von Tätowierungen überzogen. Und auf der Gitarre stand in roten und blauen Buchstaben ›Naked Cowboy‹. Hannah traute sich nicht, genauer hinzuschauen, ob er wirklich nichts anhatte.

»Sag mal, der ist doch nicht wirklich nackt, oder?«, flüsterte sie Kyle zu.

»Angst vor nackten Männern?«, grinste Kyle ziemlich selbstgefällig.

Hannah verdrehte die Augen. Inzwischen standen sie auch schon direkt vor ihm. Und genau in diesem Moment nahm er seine Gitarre zur Seite. Hannah hielt vor Schreck die Luft an. Doch dann fiel ihr Blick auf eine weiße Unterhose, eine hautenge, aber immerhin trug er eine.

»Hallo, ihr beiden«, sagte er fröhlich und schlug ein paar sanftere Akkorde an. »Genießt ihr das Wetter?«

»Ist Ihnen nicht kalt?«, fragte Hannah.

»Es ist frisch«, erwiderte der Cowboy und lächelte. »Möchtet ihr ein Foto mit mir machen?«

»Klar, gerne«, sagte Hannah etwas verlegen, obwohl ihr der Gedanke, ihm näher zu kommen, nicht sonderlich verlockend erschien.

Der Cowboy kam auf sie zu und legte einen Arm um sie und gab Kyle Anweisungen, wie er das Foto machen sollte. Kyle trat einen Schritt zurück und machte gehorsam ein Foto mit seinem Handy. Aber er sah nicht besonders glücklich darüber aus. Genauso wenig wie Hannah glücklich darüber war, den nackten Arm eines fremden Mannes auf ihren Schultern zu spüren.

»Stehen Sie das ganze Jahr hier?«, fragte Hannah.

»Ich trete auch woanders auf. Aber die meiste Zeit stehe ich tatsächlich hier. Ich gehöre quasi zum Times Square«, sagte er nicht ohne Stolz.

Kyle schien über die Situation amüsiert.

»Und dabei holen Sie sich keine Erkältung?«, fragte Hannah ungläubig.

»Ich bin abgehärtet. Ist ein besonderer Moment in New York heute. Den wollte ich nicht verpassen.«

»Es ist sein Job«, mischte Kyle sich ein. »Der Naked Cowboy ist in ganz New York bekannt.«

Der Cowboy machte ein zufriedenes Gesicht. »Stimmt. Du bist aus New York?«, fragte er an Kyle gewandt. Ohne eine Antwort abzuwarten, fuhr er fort: »War harte Arbeit, das Image aufzubauen. Aber jetzt kann ich wunderbar davon leben.«

»Wie lebt man denn von einem Image?«

»Na ja.« Er grinste. »Ich habe heute meinen Manager nicht dabei, aber es kostet normalerweise zwei Dollar pro Foto. Ich bin übrigens Rob«, sagte er.

»Und was verdient man so an einem guten Tag?«, fragte Kyle interessiert. »Vielleicht kann ich ja noch einsteigen?«

»Ist nicht so schlecht«, erwiderte der Naked Cowboy geschäftig. »Kann auch mal 1000 Dollar sein. Und: Meine Bühne ist die ganze Welt«, sagte Rob. »Darum geht es heute schließlich. Wenn du bekannt bist, dann kannst du jeden Mist verkaufen und dabei Millionen machen.«

»Klingt nicht schlecht«, erwiderte Kyle anerkennend.

»Ich würde dich sogar nehmen. Du hast einen guten Körperbau – das sehe ich durch deinen Mantel.« Der Naked Cowboy blickte ihn von oben bis unten kritisch an.

»Mich nehmen?«, fragte Kyle skeptisch.

»Ich vergebe Lizenzen. Mein Outfit ist markenrechtlich geschützt. Aber es gibt immer mal wieder Nachmacher, die meinen, sie können sich an meinem Ruhm bereichern«, sagte Rob und seine Stimme bekam einen bedrohlichen Unterton, wohl um Kyle zu warnen, dass er eben nicht einfach so einsteigen konnte.

»Dein … äh … Outfit?«, fragte Hannah angesichts des fast nackten Gitarrenspielers.

»Hut, Stiefel und die Unterhose«, erwiderte Rob. »Hey, das ist meine Marke. Und was glaubst du, wie viel Arbeit es ist, meinen Körper in Form zu bringen?«

Da musste Hannah ihm recht geben. Wenn man seinen aufgepumpten Oberkörper betrachtete, die muskulösen Schenkel und die durchtrainierten Arme, war klar, dass viel Arbeit dahintersteckte.

»Klingt, als hättest du ziemlichen Ärger mit Imitatoren«, sagte Kyle.

»Ohne Ende, ich führe ständig Prozesse«, sagte der Naked Cowboy und sah Hannah neugierig an. Hannah suchte gerade nach ihrem Portemonnaie, doch bevor sie es aus ihrer Tasche ziehen konnte, griff er nach ihrer Hand und hielt sie fest. »Für schöne Frauen ist es heute umsonst«, sagte er und lächelte schräg. »Willst du noch ein Foto?« Er legte einen

Arm um ihre Schulter. »Ich habe heute mehr Zeit für meine Kunden.«

»Okay«, unterbrach Kyle abrupt. »Dann lassen wir dich mal weiterarbeiten. Wir müssen los.« Er schob Hannah weiter.

»Hast du Angst, dass ich dir deine Freundin wegnehme?« Rob grinste. »Zu Recht. Haben viele Männer.«

»Muskeln sind nicht alles«, erwiderte Kyle schroff.

»Sagst du. Frag mal deine Freundin.«

»Ich bin nicht seine Freundin«, entfuhr es Hannah.

»Ah! Das habe ich doch gespürt. Bleib doch bei mir, Baby! Dich würde ich auch unter Vertrag nehmen.« Er nahm die Gitarre wieder nach oben und begann zu singen. Verschwörerisch zwinkerte er Hannah zu.

Kyle hob zum Abschied die Hand, die andere lag immer noch auf Hannahs Rücken. Ungeduldig schob er sie weiter. »Zu aufdringlich. Wundert mich, dass du als *Gender-Studies*-Studentin so etwas mit dir machen lässt.«

»Er war doch total nett«, erwiderte Hannah. »Gut, er hat vielleicht ein bisschen zu viel geflirtet …«

Kyle starrte weiter geradeaus und Hannah stellte mit Freude fest, dass Kyle etwas mürrisch aussah.

»Mir ist kalt«, sagte Hannah, um das Thema zu wechseln und weil sie die Kälte, vielleicht auch besonders durch den Anblick des halb nackten Cowboys, noch deutlicher spürte.

»Okay«, murmelte Kyle nur.

Als kurz darauf ein Café vor ihnen im Schnee auftauchte, gab Kyle ihr ein Zeichen, ihm zu folgen. Er übernahm die Bestellung: einen Kokosnuss-Latte für Hannah, ihre neueste Besessenheit, und für sich selbst eine Limonade.

»Und hier der Latte für deine Freundin.« Die rundliche Barista stellte beide Getränke auf die Theke und beugte sich vor: »Ihr seid so ein supersüßes Weihnachtspaar.« Bevor sie den Deckel draufdrückte, zeigte sie Hannah noch schnell das große Schokoherz, das sie auf den Kokosnuss-Latte gemalt hatte. Kurz darauf hatten sie das Café auch wieder verlassen und stapften die Straße entlang.

»Peaches, ich glaube, wir sind füreinander gemacht und wissen es nur noch nicht«, sagte Kyle. Dabei sah er sie so intensiv an, dass sie verlegen wurde und wegschauen musste. Er sagte diese Dinge oft einfach nur so dahin. Diese Scherze waren verunsichernd. Wie sollte man wissen, wann er es ernst meinte? Sie dachte an das Telefongespräch von gestern. Nein, sie durfte sich nicht auf ihn einlassen.

»Aber seien wir mal ehrlich: Wenn du meine Freundin wärst – dann würden wir gerade wahrscheinlich nicht mehr miteinander reden. Du wärst sauer, weil ich das mit dem Flug versaut habe, weil ich nicht früh genug den Wetterbericht kontrolliert habe oder wegen irgendwas anderem. Du heulst, ich muss ein zerknirschtes Gesicht machen. Dann müsste ich mich bei dir entschuldigen und dir ein teures Geschenk kaufen. Und nach einer Weile würden wir uns dann wieder versöhnen. Dabei hätten wir uns einfach eine nette Zeit machen können … So wie jetzt gerade.« Kyle stöhnte fast, als er das herunterrasselte. Allein der Gedanke daran schien ihn zu frustrieren.

Doch die Situation, so wie Kyle sie beschrieb, war schon beim Zuhören anstrengend.

»Ist das der Eindruck, den du von einer Beziehung hast?«, fragte Hannah. »Das hört sich ziemlich armselig an.« Nicht, dass sie sich mit gelungenen Beziehungen brüsten könnte. Jetzt ärgerte sie sich über die vergeudeten Gefühle für Tom. Aber als Tom sie verlassen hatte, war sie am Boden zerstört gewesen. Er hatte sie noch nicht einmal richtig verlassen. Er hatte es einfach auslaufen lassen. Und vor lauter eigenen Sorgen hatte sie eine Weile gebraucht, bis sie verstanden hatte, dass er sich mit anderen Mädchen traf, wenn sie keine Zeit hatte. Genau dann, als sie ihn am meisten gebraucht hätte.

»Das ist einfach nur eine Feststellung«, sagte Kyle.

»Vielleicht waren es nur die falschen Freundinnen.« Hannah nahm einen Schluck aus ihrem Becher. Sie spürte, wie Kyle sie anstarrte. Sie fühlte es so deutlich, als würde er sie anfassen. Warum entstanden die ganze Zeit diese Momente, die kaum auszuhalten waren, obwohl doch eigentlich nichts passierte und auch nichts passieren sollte?

»Okay, Hannah«, räusperte sich Kyle nach einer Weile. »Jetzt musst du mir ein wenig vertrauen. Kannst du das?«

Sie riss ihren Blick von dem Becher los und sah zu Kyle hoch. Er grinste verschmitzt, seine Wangen waren gerötet, seine Nase etwas feucht vom geschmolzenen Schnee. Er hatte die Mütze ausgezogen und seine Haare standen in dicken Strähnen in verschiedene Richtungen ab.

»Wir werden nicht auf das Empire State Building gehen.«

»Aber ...«

»Shhh«, sagte Kyle und legte eine Hand auf ihren Mund, sodass sie erschrocken verstummte. Mit dieser plötzlichen Berührung hatte sie nicht gerechnet.

»Ich sag doch, du musst mir vertrauen. Das sollte dir doch inzwischen nicht mehr so schwerfallen, oder?«

»Du meinst, nachdem du mich gestern eingeladen hast, nackt in dein Bett zu kommen?«

Kyle lachte glucksend. »Du hast ja recht. Wenn du meine Tochter wärst, würde ich dich nicht mit einem Typen wie mir allein im Appartement lassen.«

»Du meinst, ich soll dir mehr vertrauen als du dir selbst?«

»Mhh«, brummte Kyle und starrte wieder geradeaus. »Wenn du das so sagst, hört es sich schlimmer an, als es ist.«

Schweigend liefen sie weiter, vorbei an mehreren Häuserblocks. Nach einer Weile beschleunigte Kyle seine Schritte, bog noch ein paarmal ab und blieb dann abrupt stehen.

»Oh nein, das habe ich befürchtet.«

Direkt vor ihnen erhob sich ein gigantischer Tannenbaum, dessen Zweige vollständig mit bunten Lichtern bedeckt waren, die tapfer durch die Schneemassen hindurch leuchteten. Die Farben drangen nur gedämpft durch den Schnee. Aber wahrscheinlich wäre der Baum sonst sogar zu kitschig gewesen. Hannah hatte nicht gewusst, dass es so große Tannenbäume überhaupt gab, geschweige denn, wie man so etwas Riesiges transportieren konnte. Hinter dem Baum erstrahlte das Rockefeller Center in einem matten Blau. Davor erstreckte sich etwas abgesenkt eine große leere Fläche, die ebenfalls meterhoch mit Schnee bedeckt war. Die umliegenden Hochhäuser waren alle auf Höhe der zweiten Etage mit überdimensionierten Geschenken und Schleifen in Rot, Grün und Gold dekoriert. An den Seiten standen leuchtende Rentiere und Engel, die nur aus Licht bestanden.

»Was hast du befürchtet?«, fragte Hannah.

»Dass die Eislauffläche geschlossen ist. Normalerweise ist vor dem Rockefeller Center eine große Eisbahn.«

»Du wolltest Eislaufen gehen?«, fragte Hannah. An Eislaufen hatte sie bei Sightseeing in New York natürlich nicht gedacht. »Das wäre wirklich eine Überraschung gewesen. Auch wenn ich mich dabei wahrscheinlich fürchterlich auf den Po gesetzt hätte.«

Kyle sah wirklich enttäuscht aus. »Dabei hatte ich sogar noch Schlittschuhe von einem alten Kindermädchen gefunden, die dir gepasst hätten.« Er hob die Hand mit der Tasche und blickte auf die unnatürlich leere Fläche zwischen den Hochhäusern, als könnte er dadurch den Schnee zwingen, zu verschwinden.

»Wahrscheinlich hätte ich mir ein Bein gebrochen und das Ganze wäre in einer Katastrophe geendet. Vielleicht ist es also ganz gut, dass die Eisbahn geschlossen hat.« Hannah hatte das Gefühl, dass sie Kyle trösten musste. »Sollen wir jetzt in die Bibliothek?«

»Wooooa, so schnell kommst du mir nicht in die Bibliothek! Das war nur ein Teil der Überraschung. Aber es gibt noch mehr davon. Komm mit.«

Er griff nach ihrer Hand und zog sie hinter sich her. Das Material ihrer dick gepolsterten Handschuhe klebte förmlich aneinander. Ohne zu wissen, wo es hinging, stolperte Hannah hinter Kyle her.

Kyle steuerte auf eine Seite des Gebäudes zu. Über den breiten Eingangstüren stand in Großbuchstaben ›Observation Deck‹, an der Tür selbst hing jedoch ein Schild mit der Aufschrift ›closed‹.

Hannah drehte sich zu Kyle. »Das überrascht mich jetzt ehrlich gesagt nicht«, sagte sie. »Ich will gar nicht wissen, wie viel Schnee da oben liegt.«

»Ich aber«, erwiderte Kyle und grinste. Er holte sein Handy aus der Tasche, zog sich mit den Zähnen den Handschuh von den Fingern und tippte etwas ein. »Hi, Greg«, sagte er und entfernte sich ein paar Schritte, um ungestört telefonieren zu können. Nach etwa einer Minute kam er mit einem zufriedenen Gesichtsausdruck zurück.

»Einen Augenblick Geduld.«

Und tatsächlich, es dauerte nicht lange, da kam ein Mann um die Ecke. Er trug eine Art Uniform, darüber einen dunklen Mantel und eine Mütze mit goldenem Saum. Es sah aus, als würde er ebenfalls in einem dieser vornehmen Häuser und Hotels am Empfang arbeiten.

»Hi, Kyle«, sagte er und versuchte, sich mit Kyle abzuklatschen, was schwierig war, weil Kyle seine dicken Handschuhe wieder angezogen hatte.

»Ich dachte, du wärst schon längst im Urlaub«, sagte Greg und zog einen Schlüssel aus der Tasche.

»Ich war zu spät, der Flughafen hatte schon dichtgemacht«, erwiderte Kyle.

»Da muss schon ein Schneesturm kommen, damit man dich mal wiedersieht. Du kommst überhaupt nicht mehr vorbei. Aber immerhin weißt du, wie man sich benimmt, und willst mir bestimmt deine neue Freundin vorstellen. So ist's recht.«

»Deine Meinung hat mir schon immer viel bedeutet«, scherzte Kyle.

Greg schaute kurz zu Hannah, dann zurück zu Kyle und lächelte. »Na, dann kommt mal rein, ihr Lovebirds.«

»Hallo?«, rief Hannah. »Ihr redet über mich, als wäre ich gar nicht da! Ich bin auch anwesend und eine Frau mit Gehirn. Und eine neue Freundin bin ich erst recht nicht!«

Doch Greg war schon außer Hörweite. Kyle, der noch auf sie gewartet hatte, klopfte ihr beruhigend auf die Schulter. »Du hast ja recht, bitte reg dich nicht auf. Ich habe nichts gesagt.« Ohne eine Antwort abzuwarten, folgte er Greg in das Gebäude.

Hannah seufzte. Ihr blieb nichts anderes übrig, als hinterherzulaufen. »Woher kennst du Greg eigentlich?«

»In dem Gebäude war lange das Büro meines Vaters.«

»Im Rockefeller Center? Ich dachte, hier werden TV-Shows aufgenommen.«

»Es gibt alle möglichen Firmen hier drin. Mein Vater mochte den Blick über New York. Jetzt hat er sein Büro in ein Kaff außerhalb von New York gelegt, um Steuern zu sparen. Aber er hasst sein neues Büro und das Pendeln.« Kyle zuckte mit den Schultern.

»Muss er denn wirklich Steuern sparen und jeden Tag in ein Büro fahren, das ihm nicht gefällt? Wäre das nicht egal bei seinem Vermögen?«

»Sag das nicht meinem Vater, der flippt sonst aus. Mein Vater möchte immer alles optimieren, Ausgaben verringern, mehr Einnahmen. Er hätte auch gerne so eine große Yacht wie Abramowitsch. Wir waren auf St. Barthes mal zu ihm eingeladen. Aber so eine Yacht kostet schon mal mindestens 400 Millionen und dann kommen auch noch die Instandhaltungskosten dazu. Davon ist mein Vater halt schon ein ganzes Stück entfernt.«

»Ich habe noch nie darüber nachgedacht, dass egal wie viel Geld man hat, irgendjemand immer mehr Geld hat und man trotzdem noch mehr haben will. Absurd.«

»Genauso ist es«, erwiderte Kyle gleichgültig.

»Und du, was denkst du darüber? Das ist doch krank.«

Kyle zuckte mit den Schultern. »Er kann machen, was er möchte«, sagte er und wich ihrem Blick aus. »Ist ja nicht so, als würde ich mein Leben als unangenehm empfinden.«

»Sagst du ihm denn, was du denkst?«, fragte Hannah, während sie hinter Greg in den Fahrstuhl stiegen.

»Aber erzählt niemandem, dass wir hier waren, okay?

Sonst bekomme ich Ärger«, sagte Greg plötzlich und grinste verschwörerisch. »Ich werfe die Show für euch an.«

»Du kannst dich darauf verlassen«, erwiderte Kyle. Hannahs Frage ignorierte er.

Während der Lift nach oben fuhr, wurden Bilder von TV-Shows aus dem Rockefeller Center in die Luft projiziert. Abwechselnd schimmerten ihre Gesichter in lila und blauem Licht. Greg wusste erstaunlich genau über Kyles Leben Bescheid. Auf dem Weg nach oben fragte er nach Kyles Familie und wie es ihm im College erging. Kyle fragte ihn nach seiner Frau. Und wieder unterhielt Kyle sich mit einem Angestellten so vertraut, als wären sie Freunde. Aber vielleicht waren sie das ja auch. Er sprach offener mit den Angestellten als mit seinem Vater, der gestern Abend angerufen hatte. Das Gespräch war viel sachlicher verlaufen.

Oben angekommen, verließen sie den Fahrstuhl und Greg schloss eine weitere Tür auf. »Okay, ihr habt nur zehn Minuten. Ihr habt Glück, dass vorhin schon Schnee geräumt wurde. Aber die Sicht ist mies.« Er nickte ihnen noch kurz zu, dann ließ er sie allein. Er wollte ihnen Privatsphäre geben.

»Er denkt, dass du mich verführen willst«, bemerkte Hannah und zog sich ihre Mütze tiefer in die Stirn.

»Vielleicht hat er ja recht?«, sagte Kyle.

»Weil er schon so viele gesehen hat, denen es genauso ergangen ist?«, fragte Hannah. »Das ist wahrscheinlich dein Standardprogramm.« Ihre Stimme hörte sich dabei irgendwie heiser an. Ihre Schwester würde wohl eher sagen, sie klang wie eine beleidigte Leberwurst. Sie klang lange nicht so cool, wie sie das gern gehabt hätte.

»Eher weil er es verrückt fände, wenn ich dich nicht verführen will«, stellte Kyle nüchtern fest. »Ich war noch mit keinem Mädchen hier oben.« Dann stieß er die Tür auf, sodass ihnen die eiskalte Schneeluft entgegenflog. Vielleicht war eine Abkühlung ja genau das, was sie brauchten.

Die Wolkendecke war dünner geworden. Die Schneeflocken fielen zwar weiterhin, aber die Sicht war etwas besser geworden. Hannah konnte sich vorstellen, wie toll die Sicht hier sein musste, wenn keine Schneeflocken vom Himmel fielen und der Himmel offen war.

»Du bist zwar nicht auf dem Empire State Building, dafür siehst du es. Schön, oder? Wenn du oben draufstehst, kannst du es ja nicht anschauen. Ich gebe zu, heute ist nicht die beste Sicht …«

»Es ist trotzdem atemberaubend«, fiel Hannah ihm ins Wort.

»Und du hast die Plattform für dich allein. Normalerweise ist es hier total überfüllt. Die Touristen haben leider auch erkannt, dass der Blick vom Top of the Rock genauso schön ist wie der vom Empire State Building, auch wenn er etwas tiefer liegt.«

Zwischen den Schneeflocken erkannte Hannah die Gebäude, die sie bereits auf vielen Fotos gesehen hatte. Sie waren kaum zu erkennen. Es fühlte sich dennoch gut an, die Welt von oben zu betrachten, wie es sonst nur aus dem Flugzeug möglich war. Unten war es mühsam zu laufen, man sah nur einen kleinen Ausschnitt der Straße, von hier oben sah man, wie die einzelnen Teile ineinandergriffen, um ein Ganzes zu bilden, die Welt. Sie verstand, warum viele Städte auf Hügeln gebaut wurden oder weshalb früher Burgen auf dem höchsten Punkt errichtet wurden. Sie konnte nachvollziehen, warum Menschen eine Vorliebe für Büros in den oberen Etagen hatten. Es machte frei. Ihr war ein wenig schwindelig von der Höhe, aber in diesem Fall war das kein schlechtes Gefühl. Als sie sich zu Kyle umdrehte, fing er ihren Blick auf.

»Danke, Kyle, das ist wirklich wunderbar! Dass ich bei dem Wetter New York noch wie ein echter Tourist erleben darf. Das ist ein schönes Weihnachtsgeschenk.«

Kyle grinste. »Lob mich nicht zu viel, sonst werde ich noch übermütig.« Aber er schien sich über das Kompliment zu freuen. Schweigend blickten sie auf die Stadt hinab.

»Peaches?«, sagte Kyle nach einer Weile leise. Er stand direkt neben ihr.

»Jaaaaa?«, fragte Hannah langgezogen. Ihre Stimme zitterte leicht. Aber das lag nicht nur an der Kälte. Denn obwohl der Wind hier oben viel stärker war, war ihr innerlich verdächtig warm.

»Weißt du eigentlich, dass du aussiehst wie eine Eisprinzessin?«

»Mmmh?«, machte Hannah, weil ihr nichts einfiel, was sie darauf erwidern konnte.

»Eine Eisprinzessin mit dem Herz einer Schneekönigin. Alles tickt wissenschaftlich genau. Ich werde irgendwie nicht so ganz schlau aus dir«, sagte Kyle, ohne sie dabei anzuschauen.

Hannah schwieg. Was sollte man darauf auch erwidern?

»Aber macht Spaß, oder?«, wechselte Kyle abrupt das Thema. »Die Sightseeingtour?«, fügte er hinzu und schaute Hannah jetzt direkt in die Augen.

Hannah nickte.

»Ich bin froh, dass du mit mir eingeschneit bist. Ich vermisse Barbados kein bisschen. Ich hatte fast vergessen, wie schön ich früher Weihnachten im Schnee fand.« Kyle hatte sich immer mehr in ihre Richtung gelehnt, sodass Hannah daran denken musste, wie es wäre, ihn zu küssen. Der Gedanke hatte nichts mit einer Schneekönigin zu tun und kam so plötzlich, dass sie erschrak. Sie hoffte nur, dass Kyle diesmal nicht ihre Gedanken gelesen hatte, obwohl seine Augen sie zu durchleuchten schienen.

Sie schüttelte den Gedanken ab und versuchte, sich auf die eingeschneite Stadt vor ihnen zu konzentrieren. In diesem Moment verstand sie zum ersten Mal die Anziehung, die von Kyle ausging. Er war ehrlich. Er meinte die Dinge, die er sagte. Egal ob Macho-Sprüche, nachdenkliche oder sogar romantische Sätze – er sagte sie mit der gleichen Überzeugung. Das verlieh ihm einen gefährlichen Charme, dessen er sich wahrscheinlich nur zu bewusst war. Hannah presste die Lippen fest zusammen.

»Weißt du«, sagte Kyle und klang auf einmal irgendwie melancholisch, »ich habe früher immer gedacht, dass sich Sterben so anfühlt, als würde man von einem großen Gebäude herunterfallen. Wie wenn man im Traum ins Nichts fällt und dann mit rudernden Armen hochschreckt. Hast du eine Vorahnung, wie du sterben wirst?«, fragte Kyle und beobachtete sie neugierig – soweit Hannah das im Schneefall erkennen konnte.

»Nein«, sagte Hannah, überrascht über den plötzlichen Themenwechsel. »Aber ich glaube, wenn du von einem Gebäude herunterfällst, erstickst du.« Sie dachte an die Hustenanfälle ihres Vaters und die Atemnot, die er erlitt. »Irgendwie klingst du gerade so, als hättest du Todessehnsucht.«

Kyles Gesicht verdunkelte sich. »Quatsch. War nur ein Gedanke«, sagte er. »Komm, die Zeit ist um.«

»Du schaust ja schon wieder auf dein Handy«, bemerkte Hannah, als sie den Fahrstuhl betraten und nach unten fuhren. »Du bist ja wirklich schlimm internetabhängig.«

»Ich versuche, Schadensbegrenzung zu betreiben«, sagte er kryptisch. Dann hielt er sein Handy hoch und zeigte ihr ein Bild aus seinem Facebook-Feed. »Aber ich bin eigentlich ganz froh, dass ich diesmal nicht mit drauf bin.«

»Deine Familie?« Auf dem Foto war eine lachende Gruppe zu sehen, Männer und Jugendliche mit langen Haaren und in bunten Shorts. Alle waren fit und unglaublich gut durchtrainiert, keiner hatte einen Körper, der nicht bewusst in Form gebracht war. Sie erkannte Kyles Vater und seinen Bruder Ross, die sie schon von den Fotos in der Wohnung kannte.

»Mein Gott: Instagram, Facebook, Snapchat, gibt es überhaupt einen Weg, dir zu entkommen? Facebook ist so 2012.«

»Das ist nur, um zu kontrollieren, was meine Stiefmutter postet. Zum Glück bekommt Ross jetzt die volle Ladung ab.«

»Meine Mutter ist bisher nur bei Whatsapp.«

»Sei froh! Meine Stiefmutter ist ein harter Fall von *Sharenting*. Wenn du die Bilder siehst, glaubst du, wir sind die perfekteste, schönste und glücklichste Familie der Welt. Da wird eine Vorzeigefamilie gepostet, dass es kracht.«

»Du meinst, ihr seid in Wirklichkeit gar nicht so perfekt wie auf den Fotos?«, fragte Hannah mit gespielter Überraschung.

»Mach dich nur lustig. Meine Familie ist absolut perfekt. Perfekt angezogen. Perfekte Urlaube. Perfekte Karriere. Perfekte Zähne. Perfekte Muskel-Definition. Sieh dir nur mal meinen Vater an, der hängt sogar im Urlaub mit seinem Personal Trainer ab«, sagte Kyle und zeigte ihr ein anderes Foto. Darauf war sein Vater abgebildet, der einen Typen lässig umarmte und die Hände dabei zu Fäusten ballte. Kyles Vater hatte grau gesträhntes, volles Haar, aber einen ziemlich durchtrainierten Körper, bei dem jeder Muskel sichtbar war. Seine Haut hatte allerdings eine etwas unangenehm rotbraune Farbe. Kyles Körperbau war ihm gar nicht so unähnlich, wie sie zugeben musste, doch sein Vater wirkte ziemlich eitel und sein Blick war hart, ganz anders als Kyle.

»Kann dein Vater bei der Muskelmasse mithalten?«, fragte Kyle plötzlich und grinste.

Hannah zuckte bei der Frage zusammen. Dass Kyle ausgerechnet jetzt über Muskeln reden musste. »Mein Vater hat Multiple Sklerose. Bei den Muskeln hapert's ein bisschen.«

Kyle blickte sie betreten an.

»Konntest du ja nicht wissen. Aber macht nichts, kann man mit leben«, sagte Hannah. Sie war es gewohnt, die Krankheit ihres Vaters runterzuspielen, um der Hilflosigkeit der Zuhörer zu begegnen.

»Damit hätte ich nicht gerechnet«, sagte Kyle nach einer Weile. »Deine Familie hört sich so perfekt an, wenn du von ihr erzählst.«

»Keine Familie ist perfekt. Die Krankheit hat viel verändert. Früher war es unbeschwerter. Aber es ist auch nicht alles schlecht. Wir halten ziemlich gut zusammen ...«

Kyle nickte. »Denkst du, dass du eine besonders schöne Kindheit hattest?«

»Wie meinst du das? Denkt das nicht jeder?«, fragte sie, doch kaum hatte sie das gesagt, hätte sie sich am liebsten selbst vor den Kopf geschlagen. »Quatsch, natürlich nicht. Aber ich meine, in durchschnittlichen Verhältnissen ohne größere Dramen. Ist nicht jeder davon überzeugt, dass es bei ihm zu Hause am besten ist?«

Kyle blickte sie nachdenklich an. »Wahrscheinlich schon.«

Als sie wieder in der Eingangshalle angekommen waren, verabschiedete sich Kyle von Greg. Hannah ging schon vor auf die Straße, weil sie gesehen hatte, dass Abby geantwortet hatte: »Du mit Kyle van Claas in NYC? Absolut unfassbar. WTF! Lass dich nicht einwickeln!«

»Bist du erreichbar?« schrieb Hannah zurück.

Sekunden später klingelte ihr Telefon. Hannah sah zum Gebäude zurück, doch Kyle war noch nicht in Sicht.

»Hi, Abby. Schon einen Schneemann im Garten gebaut?«

»Lenk nicht ab! Schieß los, was machst du mit van Claas?« Abbys Stimme klang weit weg, als würde der Schneesturm sogar die Telefonverbindung abschwächen.

»Wir haben uns zufällig am Flughafen getroffen und dann habe ich bei ihm geschlafen.«

Hannah ließ diesen Satz ein wenig wirken. Sie konnte förmlich fühlen, wie Abby vor Neugier platzte.

»Solange du nicht *mit* ihm geschlafen hast …«, erwiderte Abby trocken.

»Abby! Er ist wirklich ziemlich nett und, na ja, ganz anders als erwartet. Weniger … hohl.«

»Oh. Mein. Gott. Berühmte letzte Worte.«

»Nein, nein, ich meine ja nur.«

»Du weißt schon, wie du klingst, oder?«

Hannah drehte sich um, aber Kyle stand immer noch hinter der Glasscheibe und plauderte mit Greg. »Er kommt gleich zurück«, sagte Hannah, während sie unter ein kleines Dach trat, um nicht im Stehen eingeschneit zu werden. »Wie war noch mal die Geschichte mit Katherine?«

Hannah sah Katherine vor sich: wunderschön und sehr

dünn, mit langen blonden Haaren, die sich den Rücken hinunterschlängelten. Mit ihrer elfenhaften Figur und ihrem unschuldigen Puppengesicht entsprach sie definitiv dem Beuteschema von Jungs wie Kyle. Oder eigentlich von jedem Jungen. Sie war auch auf Partys ziemlich viel unterwegs, meistens mit ein paar weniger hübschen Mädchen im Schlepptau, in deren Gegenwart sie glänzen konnte. Okay, das war eine Unterstellung, aber trotzdem.

»Genau, gleich wird dir nämlich die Lust vergehen. Ich habe natürlich nachgeforscht, um sicherzugehen. Ich habe es aus geheimster, aber superverlässlicher Quelle, nämlich von ihrer Zimmergenossin. Du darfst aber auf keinen Fall zugeben, dass du die Geschichte gehört hast. Denn dann ist sofort klar, woher es kommt. Kyle war im ersten Semester mit Katherine zusammen. Aber anscheinend nur, weil das Ruderteam eine Wette laufen hatte.«

»Was denn für eine Wette?«

»Es ist ekelhaft.«

»Jetzt mach es nicht so spannend! Würdest du mir jetzt endlich sagen, was los ist?« Sie schrie fast. Zum Glück stand niemand in ihrer Nähe.

»Das Ruderteam hatte im ersten Jahr einen geheimen Wettbewerb laufen, wer wie viele Mädchen rumkriegen kann. Darüber wurden Listen geführt. Katherine war eine von Kyles Opfern. Es gab doch mal einen Skandal, weil diese Listen aufgetaucht sind – mit den ganzen Daten, wer wann mit wem im Bett war, und mit zusätzlichen Punkten, wenn man eine

Jungfrau klargemacht hatte. Quasi eine *Virgin Challenge*, geschmackloser geht's wohl kaum. Es wurden damals sogar einige suspendiert. Kyle ist bestimmt nur wegen der guten Verbindungen seiner Eltern da rausgekommen und weil Katherine die Klappe gehalten hat. Aber es kommt noch schlimmer: Sie war schwanger von ihm und hatte eine Abtreibung. Er wollte damit nichts zu tun haben und hat sie knallhart sitzen lassen. Katherine schweigt aber normalerweise drüber. Der Typ ist echt nicht ganz sauber. Was ist das bitte schön für ein Spiel?«

Hannah war sprachlos. Kyle hatte nicht einfach nur jemanden verlassen. Er hatte seine schwangere Freundin im Stich gelassen, nachdem er sie dazu gebracht hatte, mit ihm zu schlafen? Eine *Virgin Challenge*?

»Ich werde ihn fragen. Ich kann mir das gar nicht vorstellen. Er ist zwar ein Macho, aber so was?«, widersprach Hannah vorsichtig.

»Ich kann mir das gar nicht vorstellen«, äffte Abby ihre Stimme nach. »Du klingst für mich mehr als gefährdet. Es ist wahr! Die Info kommt direkt von der Quelle. Und du wirst ihn auf keinen Fall fragen. Dann ist nämlich sofort klar, wer die Geschichte weitererzählt hat. Ich musste versprechen, dass ich es niemandem sage. Unter gar keinen Umständen! Du darfst ihn nicht fragen. Aber ich würde sagen: Halte dich fern von ihm.«

Hannah stieß einen leisen Seufzer aus. In diesem Moment kam Kyle durch die Tür nach draußen. Er strahlte.

»Okay, Abby. Ich muss los«, sagte Hannah in ihr Telefon.

»Oh Gott, er ist da, nicht wahr?«, erklang Abbys Stimme. »Mach keinen Mist, Hannah! Dem Typen ist nicht zu trauen.«

Hannah legte auf und steckte hastig das Handy in die Tasche.

»Hi, Peaches. Du siehst aus, als hättest du gerade einen Geist gesehen. Oder ist der Naked Cowboy dir gefolgt? Sag mir, wo er ist, ich werde dich verteidigen.« Er hob spielerisch die Fäuste und warf seinen Schal nach hinten.

Hannah schwirrte der Kopf. Wie sollte sie denn mit dem, was Abby ihr gerade erzählt hatte, nur umgehen?

»Alles okay?«, fragte Kyle.

Hannah nickte und wich seinem Blick aus.

»Okay, Peaches, dann folge mir jetzt«, rief er fröhlich. »Und keine Fragen!«

Hätte er gewusst, welche Fragen Hannah auf der Zunge brannten, dann hätte er den letzten Satz noch einmal wiederholt.

Sie fuhren ein paar Stationen mit der U-Bahn zurück zu Kyles Wohnung. Die U-Bahn, die zwar nur streckenweise fuhr, war gut gefüllt, sodass Hannah absichtlich andere Menschen zwischen sich und Kyle lassen konnte.

»Ich habe nachgeschaut. Die meisten Museen bleiben heute geschlossen. Deshalb musst du deine Nerd-Vorlieben ein klein wenig zurückstellen. Aber ich habe eine Idee, wie ich dir noch eine echte New-York-Erfahrung mitgeben kann. Ich muss nur kurz etwas von zu Hause holen«, sagte Kyle, als sie wieder auf die Straße traten und zurück zum Appartement liefen.

Der Schneefall war leichter geworden. Hannah war ganz froh, dass es schwieriger war, eine Unterhaltung zu führen, weil sie jetzt gegen den Wind ankämpfen mussten. Sie war enttäuscht und eigenartig wütend. Sie wusste selbst nicht, woher diese Gefühle kamen, wahrscheinlich hätte sie Kyle einfach gerne gemocht. Sie war gerade dabei gewesen, ihr Bild von ihm zu ändern. Doch die Nachrichten vom Flughafen waren eindeutig: Erst morgen früh würde es wieder Flüge geben. Bis dahin saß sie hier mit Kyle fest.

Während Kyle schnell etwas aus dem Appartement holte, wartete Hannah unten am Eingang. Jeffrey schwang gerade fröhlich pfeifend eine große Schneeschippe, um den Eingang vom Schnee zu befreien. Er machte eine übertriebene Verbeugung, als er Hannah bemerkte.

»Gefällt Ihnen New York, Hannah?«, fragte er.

»Ja, sehr«, sagte Hannah. Das besonders herzliche Strahlen von Jeffrey machte sie ganz verlegen. Sie trat von einem Bein auf das andere. Wie viele von Kyles Freundinnen hatte er wohl schon gesehen? Kannte er vielleicht auch Katherine? Sie wollte nicht, dass Jeffrey sie für eine von Kyles austauschbaren Freundinnen hielt.

»Er bringt ziemlich oft Mädchen nach Hause, nicht wahr?«, fragte sie, bevor sie sich bremsen konnte.

Jeffrey blickte sie einen Moment verdutzt an. Dann wiegte er nachdenklich den Kopf. »Wenn ich Kyle wäre, würde ich sicherlich mehr Mädchen mit nach Hause bringen«, sagte er. Natürlich, eine taktisch geschickte Antwort. »Aber eins kann ich mit Sicherheit sagen: Kyle ist ein toller Junge. Er hat's hier.« Jeffrey klopfte sich mit der Hand aufs Herz. »Er vergisst niemanden. Und wie schon gesagt, er ist ein guter Junge. Das ist er wirklich«, sagte er mit Nachdruck. »Aber es war nicht einfach für ihn. Ganz und gar nicht.«

Hannah war irgendwie beschämt, weil Jeffrey so loyal war zu jemandem, der es wohl kaum verdiente. Ihr fiel partout nichts ein, was sie erwidern konnte. Allerdings war ihr nicht entgangen, dass Jeffrey ihre Frage keineswegs beantwortet hatte. In diesem Moment kam auch schon Kyle mit einem Holzschlitten und einem Bob aus einer Tür im hinteren Teil des Eingangsbereichs. Über seinem Arm hing eine dicke Schneejacke und an seinem Handgelenk baumelten zwei Skibrillen.

»Bereit?«, fragte er grinsend.

»Du willst Schlittenfahren?«, fragte Hannah ehrlich überrascht. »Wo sollen wir denn hier Schlittenfahren?«

»Vertrau mir, Peaches.«

Das würde schwierig werden. Rodeln war das Letzte, was Hannah einfiel, wenn sie an New York dachte. Sie war so durcheinander. Vielleicht würde es sie ablenken und ihr helfen, ihre Gedanken zu sortieren. Für einen Moment wünschte sie sich fast, nicht mit Abby gesprochen zu haben. Im gleichen Moment ärgerte sie sich darüber. Sie sollte froh sein, dass Abby sie daran erinnert hatte, dass Kyle nicht zu Unrecht den Ruf hatte, den er hatte. Aber hatte sie etwas anderes erwartet? Sie hatte von Anfang an recht gehabt.

KYLE

»Ist es weit?«, fragte Hannah und nahm die Skibrille, die Kyle vor ihrer Nase baumeln ließ. Sie zog sie über ihre rote Mütze, die etwas von ihrem Kopf stand.

Kyle schüttelte den Kopf. »Peaches, wir werden Spaß haben.« Er konnte es kaum erwarten. Der Schnee, Weihnachten, die Aussicht, Schlitten zu fahren … Er spürte die kribbelnde Vorfreude, die er immer gehabt hatte, als sie Weihnachten noch in New York verbracht hatten. Aber das war lange her.

Ungeduldig ging er voran in Richtung Park und zog den Schlitten mit einem Ruck nach vorn, wenn er stecken blieb. Hannah stapfte mit dem Bob hinterher. Der Weg war noch nicht geräumt, nur an ein paar Stellen hatte man das Gefühl, dass ein Schneepflug den Schnee zumindest schon einmal platt gewalzt haben musste.

Die Stimmung im Park war in dem diffusen Licht irgendwie unwirklich. Aber sie waren nicht die einzigen, die auf die Idee gekommen waren, Schlitten zu fahren. In New York war man nie der einzige, der eine Idee hatte. Väter stiefelten neben ihren dick vermummten Kindern durch den Park, aber auch Jugendliche und Erwachsene waren unterwegs, die Gesichter kaum zu erkennen in ihrer Ausrüstung. Hannah lief neben ihm, den Kopf gesenkt, um dem stetig fallenden Schnee zu entgehen. Ihre rote Mütze leuchtete in der weißen Umgebung wie eine rote Boje. Einige Locken hatten sich ihren Weg unter der Mütze hervorgebahnt und kringelten sich in dichten, feuchten Ringen. Man konnte die Konturen ihres Körpers durch die dicke Schneejacke seines Bruders, die er ihr gegeben hatte, kaum erkennen. Sie wirkte wie ein Kind, das in zu großen Sachen steckte. Aber er wusste, wie sie unter der Jacke aussah. Heute Morgen waren ihre Haare auf dem Kissen ausgebreitet gewesen wie Sonnenstrahlen, ihr Gesicht entspannt, die Lippen ein wenig geschwollen vom Schlaf. Ihre weißen, weichen Arme mit den kleinen Muttermalen hatten über der Bettdecke gelegen. Sie hatte unglaublich schön ausgesehen.

Natürlich fand er viele Mädchen hübsch, daran bestand kein Zweifel. Er konnte auch den mit pinkem Lipgloss angemalten Lippen der Studentinnen aus Florida etwas abgewinnen oder den dünnen, langbeinigen Mädchen mit großen Sonnenbrillen in New Yorker Clubs, die zumindest so taten, als seien sie Models. Hannah sah ganz anders aus als diese Mädchen. Vielleicht gefiel ihm, dass bei ihr nicht alles darauf ausgerichtet war, Männern zu gefallen. Es war eine eigenartige und besonders starke Anziehung, die von ihr ausging. Am meisten überraschte ihn jedoch, dass gerade er sich zu einem Mädchen wie Hannah hingezogen fühlte. Sie war heute früh lockerer gewesen als gestern, fast zutraulich. Jetzt wirkte sie plötzlich wieder verschlossen und schien mit den Gedanken weit entfernt zu sein, als hätte sie Rollläden vor ihren Augen heruntergelassen. Vielleicht hatte sie sich daran erinnert, wie sehr sie ihre Eltern vermisste? Er würde sie schon ablenken.

Inzwischen waren sie an einen Hang gelangt, an dem sich zahlreiche Leute tummelten. Einige Schlitten rodelten mit johlenden Passagieren den Abhang hinunter. Wer mutig eine neue Spur ebnen wollte, versank erst mal in der weichen Schneedecke.

»Hör auf zu träumen. Wir sind hier nicht zum Spaß! Wer als Erster unten ist«, sagte er. »Willst du zuerst den Schlitten?« Er konnte ihren Gesichtsausdruck hinter der Schneebrille nicht erkennen, aber sie nahm den Schlitten, den er ihr gab. Er setzte sich breitbeinig auf den Bob. »Los, du verpasst sonst den Start.«

Hannah zögerte noch einen Moment. Doch dann schien sie irgendetwas beschlossen zu haben. Sie zuckte mit den Schultern und stellte ihren Schlitten senkrecht zum Berg, warf sich bäuchlings auf die Holzstreben und raste den Berg herunter, ohne sich noch einmal umzuschauen. Das heißt, sie versuchte es. Nachdem das steilste Stück vorbei war, blieb der Schlitten abrupt stehen und sie fiel kopfüber in den Schnee. Und das im wahrsten Sinne des Wortes: Nur ihre zappelnden Beine und ihr Oberkörper ragten aus dem Schneeberg. Kyle unterdrückte ein Lachen und fuhr hinterher. Plötzlich bewegte sie sich nicht mehr. Eine merkwürdige Panik überkam ihn, als er sie reglos dort liegen sah. Doch dann drang ein glucksendes

Lachen zu ihm herüber. Es schwoll an und mit einem Ruck warf sich Hannah auf den Rücken, zog sich die Schneebrille vom Kopf und lachte weiter. Ihre Augen glänzten, ihre Wangen glühten und ihr Lachen erreichte jeden Winkel ihres Gesichts. Kyle musste mitlachen. Wenn sie so lachte, war sie absolut bezaubernd.

»Hannah, du fährst wie ein durchgeknallter Adrenalinjunkie. Hast du das auf den Autobahnen in Deutschland gelernt, wo man so schnell fahren kann, wie man will?!«

Ihr Gesicht verdunkelte sich wieder. »Ich habe gewonnen«, stellte sie trocken fest.

Neben Hannah kam ein Schlitten mit einem Kindermädchen und einem vielleicht vierjährigen kleinen Jungen zum Stehen. Der Junge steckte in einem dunkelblauen Schneeanzug, in dem er sich kaum bewegen konnte, und auf seinem Kopf saß schräg eine große Pudelmütze.

»Ah, ich verstehe«, sagte Kyle. »Du wolltest es der Nanny und deinem vierjährigen Gegner zeigen, deshalb der kamikazemäßige Einsatz.«

»Nein, du warst einfach zu langsam beim Start.«

»So läuft das also! Du versuchst mit billigsten Tricks, den Sieg zu erreichen. Jetzt machen wir das Ganze noch mal mit einem echten Start.«

»Okay. Wenn du glaubst, es lag nur am Start. Verlierer-Persönlichkeiten machen andere für ihre Niederlagen verantwortlich, Gewinner hingegen übernehmen Verantwortung. Das sind die Grundprinzipien der Psychologie. Wir werden sehen, zu welcher Kategorie du gehörst.« Ihre Stimme klang irgendwie bitter.

Doch schon kurz darauf rannten sie nebeneinander den Berg nach oben, Hannah überholte ihn mit verbissenem Gesichtsausdruck und sicherte sich die steilste Stelle.

»Ich mache uns eine Spur«, rief Kyle und rollte sich mit angewinkelten Armen den Berg hinunter, um den Schnee etwas zu plätten. Der Schnee blieb ihm im Gesicht kleben, einige Klumpen krochen ihm sogar in den Nacken. Als er hochschaute, hatte Hannah sich neben seiner Bahn heruntergerollt.

»Du glaubst wohl, dass du dir mit einer präparierten Piste einen Vorteil herausfahren kannst! Das kann ich auch«, sagte sie kämpferisch.

Sie rannten den Berg wieder hoch und fuhren noch ein paarmal ihre präparierten Pisten hinunter. Sie tauschten sogar die Schlitten. Am Schluss fuhren sie gemeinsam, um auszuprobieren, ob die ziemlich gut ausgefahrene Bahn mit ihrem doppelten Gewicht noch viel schneller sein würde. Kyle saß hinten und umfasste Hannah mit beiden Armen. Sein Gesicht drückte er in ihre feuchten Locken, die merkwürdig vertraut nach Vanille dufteten. Doch dann fiel ihm ein, dass sie wahrscheinlich irgendein Shampoo benutzt hatte, das bei ihm zu Hause stand. Gleichzeitig wurde ihm bewusst, dass er etwas zu lange darüber nachdachte, wie sie roch. Und dass er immer wieder daran denken musste, dass unter den Schichten von Daunen und Pullovern ihr warmer weißer Körper lag. Er musste an ihren weißen Hals denken und ihre rosafarbenen Lippen, die geröteten Wangen und die langen dunklen Wimpern ihrer geschlossenen Augenlider auf dem Kissen am Morgen. Er wollte keine Komplikationen, aber ihm war klar, dass es kompliziert werden würde, wenn er so weitermachte. Gleichzeitig hatte er keinerlei Lust, sich diese Gedanken zu verbieten. Stattdessen lehnte er sich nach vorn, zog Hannah noch fester gegen seine Brust und rief: »Los, zeigen wir es ihnen! Wir werden alle Vierjährigen und alle Nannys auf diesem Berg in ihre Schranken weisen.«

Hannah gluckste und lehnte sich nach hinten, was er dazu nutzte, ihren Bauch und ihre Hüften noch enger an sich zu drücken. Mit Schwung sausten sie den Berg ein weiteres Mal herunter. Unten angekommen, verlagerte Kyle abrupt sein Gewicht und zog Hannah mit sich in den Schnee.

Hannah kreischte und im nächsten Moment rollten sie lachend und prustend durch den tiefen Schnee. Einen Moment lang blieben sie ausgestreckt liegen und ließen die Kälte langsam durch ihre Kleidung ziehen.

»Du hast gewonnen, Hannah«, sagte Kyle, um das Schweigen, das sich zwischen ihnen ausgebreitet hatte, zu brechen. »Zumindest gegen die Kleinkinder der Upper East Side.«

Hannah versuchte im Liegen einen Schneeball zu formen und warf ihn in seine Richtung. »Du arroganter Upper-East-Side-Jock«, rief sie und klang fast so, als wäre sie wirklich sauer.

Kyle drehte sich zur Seite und stand dann auf. Er hielt Hannah die Hand hin, um sie hochzuziehen. Sie blickte nur kurz auf seine Hand, stützte sich ab und stand allein auf. Ihre gute Laune war so schnell verschwunden, als hätte der Wind sie davongeweht.

»Alles okay?«, fragte Kyle.

Sie schüttelte den Kopf, eine Mischung aus ›Nein‹ und ›Lass mich in Ruhe‹.

Gerade hatte er gedacht, sie endlich aus ihrer traurigen Stimmung herausgerissen zu haben. Aber sie war offenbar ernsthaft geknickt, das Weihnachtsfest mit ihrer Familie zu verpassen. Früher wäre er das auch gewesen. Damals, als er noch nicht wusste, dass ein Glas Sekt ein Weihnachtsessen im Chaos versinken lassen konnte. Dass ein Glas Sekt nur der Anfang sein konnte ... und mit einer nächtlichen Suche im Schnee, Streit, Tränen und einem Krankenwagen endete, weil seine Mutter betrunken in ein Auto getorkelt war. Doch wenn er jetzt daran dachte, wie Hannahs Augen geleuchtet hatten, als sie ihm vom Weihnachtsfest mit ihrer Familie erzählt hatte, fiel ihm wieder ein, dass Weihnachten im Schnee auch etwas ganz anderes bedeuten konnte. Wie schön es früher an Weihnachten gewesen war. Seit Jahren verdrängte er jegliche Gedanken daran, weil es ihn viel zu traurig machte. Aber jetzt wurde ihm wieder bewusst, dass es nicht nur schlechte, sondern auch schöne Erinnerungen waren.

Plötzlich kam ihm eine Idee. Sie war die ganze Zeit in seinem Kopf gewesen, unklar, nur eine vage Ahnung, aber jetzt wusste er genau, was er tun wollte. Er musste über diesen Einfall lächeln und am liebsten wäre er sofort aufgesprungen und losgerannt. Aber bevor er weiter nachdenken konnte, fühlte er einen Stoß im Nacken und ein kaltes Gefühl breitete sich sternförmig auf seinem Rücken aus.

»Hey!«, rief er.

»Und jetzt«, sagte Hannah und klopfte sich den Schnee von den Händen, mit denen sie gerade den Ball geworfen hatte, »möchte ich noch zur Bibliothek und zum Buchladen. Aber weil das deiner Meinung nach ohnehin unerträgliche Nerd-Ziele sind, gehe ich lieber allein«, sagte sie in einem Ton, der keinen Widerspruch duldete.

»Der Strand-Buchladen ist zu weit, das schaffst du nicht zu Fuß. Da musst du die Subway nehmen, wenn sie fährt. Ich nehme deinen Schlitten mit zurück«, sagte Kyle, dem Hannahs Vorschlag mehr als gelegen kam. »Ich habe sowieso noch was zu tun.«

Hannah nickte nur. Sie schien auf irgendetwas zu warten. Wollte sie etwa, dass er widersprach und sie doch begleitete?

Doch bevor er noch etwas sagen konnte, drehte sie sich abrupt um und marschierte los.

»Hey, warte mal, komm nicht zu spät zurück, okay?« Nicht dass sie auf die Idee käme, sich völlig unabhängig zu machen.

»Okay«, sagte sie knapp.

»Ja«, stotterte Kyle, »also, wegen dem Schlüssel. Könntest du um sechs zurück sein? Klappt das?«

Ohne sich umzudrehen, hob sie einen Arm und machte in den dicken Handschuhen ein Daumen-hoch-Zeichen.

»Du bist pünktlich, ja?«, rief er ihr nach.

HANNAH

Hannah stapfte weiter in die Richtung der New York Public Library, von der sie bisher nur Fotos gesehen hatte. Nun wollte sie endlich selbst einmal die berühmten Löwen am Eingang einer der größten Bibliotheken der Erde sehen, egal wie viel Schnee sie auf ihren Köpfen trugen. Sie blickte auf ihr Handy. Keine weiteren Nachrichten von Abby. Dafür hatte ihre Schwester ihr ein kleines Video geschickt, in dem sie ein Weihnachtslied sang und ihr versprach, Weihnachten mit ihr nachzufeiern. Sie hatte sogar angedroht, die Predigt komplett aufzunehmen.

Als Hannah jedoch bei der New York Public Library ankam, musste sie enttäuscht feststellen, dass die Bibliothek geschlossen hatte. Sie schoss schnell ein Erinnerungsfoto von den Löwen, die unter der Schneedecke kaum zu erkennen waren, bevor sie sich wieder auf den Rückweg machte.

Bis zum berühmten Strand-Buchladen würde sie es wohl kaum schaffen, dazu kam sie zu langsam voran. Leider fuhr die Subway nur eingeschränkt. Aber wenn sie sich beeilte, schaffte sie es vielleicht noch vor Kyle in die Wohnung zurück. Dann würde sie schnell ihre Sachen holen und direkt zum Flughafen fahren. Im College würden sie sich eh kaum wiedersehen. Eine Wette, wer die meisten Mädchen ins Bett kriegt? Und dann auch noch ein schwangeres Mädchen sitzen lassen, das völlig am Ende war? Das war einfach widerlich. Sie hätte nie mit Kyle mitfahren sollen. Es war ja nicht so, als würde er sich irgendwie verstellen.

Plötzlich bog ein Auto in schnellem Tempo um die Ecke. Es zog ein Snowboard hinter sich her, auf dem Brett stand eine Frau in einem rosa Overall und winkte den Passanten, die stehen geblieben waren und klatschten, lächelnd zu. Hannah stapfte weiter, zu beschäftigt mit ihren eigenen Gedanken. Jeffrey würde sie hineinlassen. Vorhin hätte sie nichts dagegen gehabt, gemeinsam mit Kyle durch New York zu streifen. Aber leider, nein, zum Glück hatte sie mit Abby gesprochen. Und ihr Kopf war keine Festplatte, auf der man einzelne Dateien einfach so löschen konnte, noch nicht einmal, wenn sie sich das gewünscht hätte.

KYLE

Die Küche war ein einziges Schlachtfeld. Eierschalen, Töpfe und Pfannen, die er auf der Suche nach einer Schüssel aus den Regalen geholt hatte, Butter und Kakaopulver waren auf allen Oberflächen verteilt. Der Dunstabzug über dem Herd surrte viel zu laut, aber Kyle konnte die Fernbedienung nicht mehr finden, um sie leiser zu stellen. Er hatte den modernen Kronleuchter angestellt, der in der Küche von der Decke hing, weil die dicken Schneewolken am Himmel die Wohnung schon früh in eine abendliche Dämmerung gehüllt hatten. Für seine Zwecke war das perfekt, denn viel anders sah es in Deutschland wahrscheinlich auch nicht aus an diesem Heiligabend, der Hannah so wichtig war. Dann suchte er eine Playlist mit deutschen Weihnachtsliedern. Ein todernster, behäbiger Choral erklang, gesungen von den Mönchen eines Klosters. Die Deutschen hatten tatsächlich nicht umsonst den Ruf, humorlos und ernst zu sein. Was war mit *Jingle Bells? Winter Wonderland? Driving home for Christmas?*

Er musste sich beeilen, wenn er den Weihnachtsbaum fertig dekorieren wollte, bevor Hannah zurückkam. Er rannte ins Wohnzimmer und fiel dabei fast hin. Seine dicken Socken rutschten auf dem glänzenden Parkett. Wahrscheinlich war der Boden gerade erst neu poliert worden. Ihm blieb also nichts anderes übrig, als vorsichtig mit gekrümmten Zehen zu laufen oder zu schlittern. Er entschied sich fürs Schlittern.

Die bunten Lichterketten, silbernen Girlanden und lila Weihnachtsmänner hatte er bereits vom Baum entfernt. Stattdessen hatte er echte Kerzen und Kerzenhalter an den Baum geklemmt. Jeffrey – er war einfach ein Genie – hatte die in irgendeinem German Store auf der West Side besorgt. Keine Ahnung, wie er die so schnell gefunden hatte. Seine Stiefmutter würde wahrscheinlich einen Herzinfarkt bekommen, wenn sie das sähe. Sie konnte die Wohnung erst vor Kurzem renoviert haben – sie zum gefühlt dreiundneunzigsten Mal mit neuen Tapeten, neuen Möbeln und neuen Vorhängen ausgestattet haben. Dabei war dann vermutlich auch diese scheußliche lila-silberne Hölle entstanden, in der sein Vater jetzt schlafen musste. Aber so perfektionistisch sein Vater sonst auch war, bei Möbeln und Kunst verließ er sich auf das Urteil von anderen. Neben dem Weihnachtsbaum hing ein Bild mit einem neonfarbenen Strichmuster – das Ergebnis eines Malversuchs seiner Stiefmutter, die gelegentlich Künstler-Workshops besuchte. Dieses Ungetüm konnte seinem Vater unmöglich gefallen, aber vielleicht nahm er es auch gar nicht wahr.

Kyle hängte noch weitere Holzäpfel neben die rot-weißen Nikolausstiefel, die es bei Bergdorf gegeben hatte. Die waren zwar eigentlich aus Norwegen, aber das war schließlich auch in Europa. Und so viel anders als eine deutsche Dekoration konnte das ja auch nicht sein. Für heute musste es genügen. Kyle musste grinsen, als er sich vorstellte, wie entrüstet Hannah darüber sein würde, dass er Norwegen und Deutschland in einen Topf warf. Schnell räumte er noch die letzten Deko-Geschenke weg – leere Kartons, die in lila Metallpapier eingeschlagen waren – und stapelte sie im Schlafzimmer seines Vaters. Unter den neu dekorierten Baum legte Kyle das Geschenk, das er vorhin besorgt hatte. In dem roten Papier mit dicken goldenen Punkten und dem goldenen Geschenkband passte es perfekt zu der roten Schleife, die er an der Baumspitze befestigte. Sie war zwar nicht perfekt, aber er hatte sie selbst gebunden. Schließlich hatte Hannah vorhin gesagt, als sie von ihrer Familie gesprochen hatte, dass es darum ging, etwas selbst zu machen. Wobei eine Schleife binden möglicherweise noch nicht unter *etwas selbst machen* fiel. Als er fertig war, trat er einen Schritt zurück und betrachtete zufrieden den Baum. Später würde er dann nur noch die Kerzen auf dem Baum anzünden müssen – auch wenn ihm bei dem Gedanken daran etwas mulmig war. Solche Verwegenheit hätte er den korrekten Deutschen gar nicht zugetraut.

Zufrieden schloss er die Tür zum Wohnzimmer, damit Hannah nicht aus Versehen hineinging, und kehrte in die Küche zurück. Seine Hose kniff bei jedem Schritt. Er sah darin ziemlich albern aus. Schwer vorzustellen, dass Männer freiwillig so etwas anzogen. Hannah würde es hoffentlich zu schätzen wissen, dass er sich ihretwegen in unbequeme Kleidung zwängte. Bei dem Gedanken daran, dass er das alles nur tat, um Hannah (I-like-to-party-and-by-party-I-mean-read-books-Hannah!) zu beeindrucken, musste er grinsen. Aber er wollte, dass sie strahlte. Und irgendwie wollte er auch, dass sie mehr in ihm sah als jemanden, der sich die hübschen Mädchen von den Partys pflückte wie bunte Blumensträuße, nur um dann ein paar unverbindliche Stunden mit ihnen zu verbringen. Darüber, *warum* er das wollte, dachte er lieber nicht zu viel nach. Er war niemand, der sich stundenlang über sich selbst und seine Motive den Kopf zerbrach, unangenehme Dinge schob er lieber weg.

Er wischte die Finger an einem Handtuch sauber und tippte eine Nachricht an Hannah: »Wann kommst du zurück? Ich sage Jeffrey, dass er dich reinlassen soll. Bin noch unterwegs.« Der letzte Satz war natürlich eine Lüge, aber er wollte Hannah schließlich überraschen. Er hatte sogar das Essen selbst vorbereitet. Jedenfalls so halb. Er hatte deutsches Essen von Citardella besorgt, das laut dem Koch dort so einfach zuzubereiten war, dass sogar er es schaffen sollte.

Kyle konnte nicht kochen, aber früher hatte er Liliana zumindest gelegentlich dabei geholfen. Liliana war eine rundliche Mexikanerin, die er ausschließlich mit bunten Küchenschürzen in Erinnerung hatte. Sie hatte immer nach Essen gerochen, wenn sie ihn umarmte. Und sie hatte oft laut gelacht und ihm, wenn niemand aufpasste, eine extra Portion Eis gegeben. Gemeinsam hatten sie Burritos gerollt oder Salsa und würzige Fleischgerichte zubereitet. Aber natürlich hatten sie auch Muffins und Kekse gebacken, wobei Kyle sich, wenn sie sich extralange umdrehte, so lange Teig in den Mund geschoben hatte, bis er Bauchschmerzen bekommen hatte. Aber von ihr hatte er das einzige Gericht zu kochen gelernt, das er selbst machen konnte: Mousse au Chocolat, seinen Lieblingsnachtisch. Es war eine überraschende Erkenntnis, dass man es mit Eiern, Zucker und Schokolade und ein paar anderen Zutaten ziemlich einfach selbst kochen konnte und es sogar besser schmeckte als die gekaufte Mousse von Citardella. Liliana hatte ihm auch ganz wunderbare Geburtstagstorten gebacken: Bob-der-Baumeister-Torten, Dinosaurier-Torten, Legotorten und Rittertorten. Sie waren schöner als die kostspieligsten Torten von Payard oder Ladurée in New York gewesen. Liliana hatte auch für die Kinder sämtlicher Freunde Torten gebacken, wollte aber nie Geld dafür.

Tief im Bauch spürte Kyle ein körperliches Ziehen, am liebsten würde er sie sofort anrufen. Damals war sie von einem Tag auf den anderen einfach gegangen. Er hatte nie gefragt, warum, aber vermutlich hatten seine Eltern wieder irgendein Problem mit dem Essen gehabt. Nachdem er sie viele Jahre lang täglich gesehen hatte, war sie plötzlich verschwunden. Anfangs hatte er sie manchmal heimlich von seinem Zimmer aus angerufen. Es war ja nicht so, dass sie weit weg wohnte, und er bekam auch immer noch jedes Jahr eine Weihnachtskarte von ihr. Aber inzwischen hatte sie ein neues Kind, mit dem sie Torten buk und über das sie bei ihrem letzten Telefonat, das schon mehrere Jahre zurücklag, gesprochen hatte. Kyle musste zugeben, dass es wenig gab, was ihn schneller langweilte als Geschichten über Kinder, süße Momente und niedliche Erfolgsstorys. Und vielleicht wurmte es ihn auch, wie liebevoll Liliana über andere Kinder sprach. Aber auch darüber wollte er jetzt nicht länger nachdenken.

Entschlossen kippte er das Kraut in eine Schüssel und legte die Bierflaschen ins Gefrierfach. Die Mousse au Chocolat war inzwischen auch fertig. Genüsslich wischte er mit dem Zeigefinger die Reste der geschmolzenen Schokolade aus dem Topf und leckte ihn ab. Köstlich. Er stellte die Mousse neben die Schwarzwälder Kirschtorte in den Kühlschrank. Die Torte war einfach so deutsch gewesen, da hatte er nicht widerstehen können, obwohl er jetzt viel zu viel Nachtisch hatte. Wahnsinn, wie sich Deutsche ernährten, ein Wunder, dass Hannah keine klobige Wuchtbrumme war.

Plötzlich ertönte eine laute, mehrstimmige Melodie. Das musste Jeffrey sein. Er drückte auf die Sprechanlage. »Hello, Mr van Claas«, sagte Jeffrey. Er hatte irgendwann, als Kyle zwölf war, damit angefangen, ihn mit Mr van Claas anzusprechen. Er sagte es immer mit einem Augenzwinkern. Ob er Kyle oder Mr van Claas sagte, machte nicht wirklich einen Unterschied. Aber Jeffrey wahrte die Form. »Die Dame kommt jetzt hoch.«

»Und sie weiß nicht, dass ich hier bin, nicht wahr?«

»Nein, passen Sie auf, dass die Überraschung sie nicht zu sehr erschreckt«, sagte Jeffrey.

Kyle rannte noch schnell ins Wohnzimmer und zündete die Kerzen an. Die Tür ließ er offen. Dann ging er zum Fahrstuhl, der von unten direkt in seine Wohnung führte, und wartete vor der Tür. Eine kribbelnde Vorfreude stieg in ihm hoch.

Die Fahrstuhltür öffnete sich und Hannah, die den Kopf gesenkt hatte, um etwas in ihr Handy zu tippen, schrie auf, als sie ihn sah, und sprang mit einem Satz ans andere Ende des Fahrstuhls.

»Shhhhhhhhhh.« Kyle hob beschwichtigend die Hände. »Ich bin's, Kyle, kein Zombie.« Er grinste.

Sie blickte ihn mit weit aufgerissenen Augen an. Ihre Wangen waren von der Kälte gerötet und ihre Augen glänzten. Sie hatte sich die Mütze vom Kopf gezogen und ihre Haare kringelten sich in alle Richtungen. »Ich dachte, du wärst weg!«, rief sie und klang dabei ziemlich vorwurfsvoll. Ihr Blick glitt nach unten, einmal über seinen Körper und wieder nach oben. »Was soll das ...?«

Er machte ein Zeichen, dass sie aus dem Fahrstuhl in die Wohnung kommen sollte. Zögernd trat sie nach vorn und die Fahrstuhltür schloss sich wieder hinter ihr.

»Frooe Weihnakten«, sagte er so, wie er es bei Google-Übersetzer gelernt hatte.

»Wie bitte?«

»Frooe Weihnakten. Spreche ich das nicht richtig aus?

Ich dachte, mit meinem typisch deutschen Weihnachts-Outfit klinge ich auch gleich viel besser.«

»Lederhosen?«

»Die sind deutsch, oder?«

Sie nickte. »Schon, also … also die sind bayrisch.« Sie blickte auf seine Hose, seine nackten Waden und das karierte Hemd, das er unter den Hosenträgern trug. Aber sie lächelte nicht. »Was … was soll das?«

»Bergdorf! Ich habe dir doch gesagt, dass das der großartigste Laden in New York ist. Dort gibt es alles. Man braucht New York überhaupt nicht verlassen, um das Beste aus der ganzen Welt zu bekommen. Ich habe es zu Ehren meines deutschen Gastes besorgt.«

»Du hast dir deswegen einfach so ein neues Outfit besorgt?« Ihre Stimme klang immer noch vorwurfsvoll. Aus irgendeinem Grund, den er sich nicht erklären konnte, war sie verärgert. Zwischen ihren Augen stand eine bedrohliche Falte.

»Ich kann das nachher noch zur Oktoberfest-Party im German House in Forest Lake anziehen. Die sollen super Partys haben.« Die Partys im German House waren berühmt für ihre vielfältigen Abstürze. Und natürlich kursierten danach immer unzählige Rummach-Storys. Aber eigentlich wollte er sich jetzt nicht rechtfertigen müssen. Fast ärgerte er sich über sich selbst.

»Bayrische Weihnachten in New York?«, fragte sie zweifelnd. »Das ist in der Tat eine Überraschung.« Ihre Reaktion war absolut enttäuschend. Er hatte gedacht, sie würde sich mehr freuen, schon jetzt, bevor sie alles gesehen hatte. Aber sie war sauer und genervt. Irgendwie erinnerte sie ihn an die zickigen Mädchen in seiner Highschool, wenn sie um die Hauptrolle im Weihnachts-Musical stritten. Aber vielleicht war sie auch einfach nur traurig, weil sie nicht bei ihrer Familie sein konnte.

»Und es kommt noch viel besser, Peaches«, rief er und breitete feierlich die Hände aus. »Wir beide feiern zusammen Weihnachten, German Weihnachten, das volle Programm. Was sagst du?«

Hannah sah ihn einen Moment mit großen Augen an. Dann holte sie tief Luft, als wollte sie etwas sagen. In diesem Moment erklang der Klingelton, der ankündigte, dass der Fahrstuhl sich erneut öffnen würde. Kyle war fast erleichtert über die Unterbrechung. Der Start seiner Überraschung war mehr als in die Hose gegangen.

»Noch ein Weihnachtsgeschenk, wenn auch eher mein eigenes.«

Die Fahrstuhltüren glitten erneut zur Seite und ein Schwall kühle Winterluft kam ihnen entgegen. Im Aufzug stand eine ältere Frau mit streng nach hinten gebundenen schwarzen Haaren mit grauem Ansatz, neben ihr ein zappelnder Golden Retriever. Kaum hatte sich die Tür geöffnet, begann der Hund freudig zu bellen, stürzte auf Kyle zu und sprang an seinen Beinen hoch. Sein Schwanz wedelte in Höchstgeschwindigkeit, während er abwechselnd winselte und bellte.

Kyle ging in die Hocke und kraulte ihn liebevoll unter der Schnauze. »Mein Junge«, sagte er. »Wie geht es dir? Du hast mich vermisst, nicht wahr? Aber Barbados wäre so gar kein Spaß für dich, da bist du bei Maria besser versorgt.« Kyle klopfte seine muskulösen Flanken ab und fuhr mit den Fingern über das weiche Fell an seinem Bauch.

Wie sehr er diesen Hund liebte. Er vermisste ihn mehr als seine eigene Familie. Tiere enttäuschten einen nie – sie taten es einfach nicht. Gab es je einen Hund, der seinen Herrn verraten oder vergessen hatte? Ein Hund würde einen niemals zurücklassen und einfach weiterziehen. Er würde treu bleiben, er würde ihm auf ein Segelboot folgen, ins schönste Hotel der Karibik, aber genauso würde er neben ihm liegen, wenn er als Penner auf der Straße säße.

»Danke, Maria, du bist ein Schatz.«

Maria, die Haushälterin der letzten Jahre – sie hatte länger durchgehalten als die meisten anderen Angestellten seines Vaters –, war im Fahrstuhl stehen geblieben und beobachtete ihn mit schief gelegtem Kopf. »Ich weiß doch, wie sehr du ihn magst. Ruf mich einfach an, wenn ich ihn wieder abholen soll.« Maria schenkte Kyle ein warmes Lächeln. »Ich muss direkt los. Zu Hause wartet eine hungrige Meute und der Weg hier hoch war ein bisschen verrückt. Das Wetter …«, murmelte sie und schüttelte den Kopf.

»Du hättest wirklich Nein sagen können.«

»Wie könnte ich dir denn etwas abschlagen, Kyle?«, fragte sie. »Ihr habt jetzt eine schöne Zeit. Cookie vermisst dich genauso wie du ihn. Ich hole ihn ab, wenn du abfliegst. Euch einen schönen Abend.« Bevor Kyle noch etwas sagen konnte, hatte sie schon die Fahrstuhltüren geschlossen.

»Dein Hund?«, fragte Hannah.

»Mein Hund.« Kyle nickte. Cookie war schon in den letzten vierundzwanzig Stunden ein wenig dicker geworden, hatte er den Eindruck. Maria meinte es zu gut mit ihm. Cookie lehnte sich gegen seine Hand und ließ sich an seiner Lieblingsstelle am Hals von ihm kraulen. Sein Schwanz schlug immer noch aufs Parkett, langsamer, aber ununterbrochen.

»Ich glaube, niemand auf der ganzen Welt freut sich so mich zu sehen wie du«, sagte Kyle, aber aus irgendeinem Grund blieb ihm fast die Luft weg. Er blinzelte, als würden sich Tränen in seinen Augen sammeln, aber das konnte nicht sein. »Barbados ist eigentlich der einzige Ort, wo ich ihn nicht mitnehmen kann«, sagte er und seine Stimme klang brüchig.

Er blickte zu Hannah hoch und erschrak. Ihre Augen funkelten fast schwarz, sie war verärgert, nein, wütend. Ihre Lippen waren zusammengepresst, das Kinn hart. Fast so, als wäre sie sauer auf Cookie, aber das war natürlich absurd.

»Du bist so ein … Vollidiot«, sagte Hannah verbittert.

Kyle hörte auf, Cookie zu streicheln, und richtete sich auf. »Du spinnst doch echt total«. Er hatte langsam genug. »Ich wollte dir eine Freude bereiten. Offenbar habe ich deinen Geschmack nicht getroffen. Es tut mir wirklich leid, dass ich deinen hohen Anforderungen nicht genüge.« Seine Stimme war beißend. Seine maßlose Enttäuschung mischte sich mit Wut. Was bildete sich dieses Mädchen eigentlich ein?

Hannah sah ihn stumm an und schüttelte den Kopf. In ihren Augen glänzten Tränen. »Kyle. Was ist damals mit Katherine passiert?«

HANNAH

Kyle erstarrte. Sein Mund öffnete und schloss sich wieder. Sein Gesichtsausdruck war hart und abweisend geworden. »Katherine?«, wiederholte er, als könnte er nicht glauben, was sie gerade gesagt hatte. Seine Stimme war dunkel, jeder Humor daraus war verschwunden. »Das geht dich nichts an.« Er schloss kurz die Augen. Öffnete sie wieder.

»Das kann ich verstehen«, brachte Hannah zwischen zusammengepressten Zähnen hervor.

Cookie stand zwischen ihnen. Er hatte aufgehört, mit dem Schwanz zu wedeln, und sah von Kyle zu Hannah wie ein Schiedsrichter bei einem Tennismatch. Hannah wusste nicht, warum Cookie sie so wütend machte oder vielmehr die Art, wie Kyle Cookie behandelte. Die liebevolle Art, die so gar nicht zu den Dingen passte, die sie von Kyle wusste.

»Du verstehst gar nichts«, erwiderte Kyle langsam. »Bilde dir nicht ein, dass du irgendetwas verstehst, okay?« Sein Blick blieb hart wie Beton.

Hannah wich einen Schritt zurück.

»Du glaubst, du bist so eine Intellektuelle, die sich immer

kritisch ein eigenes Urteil bildet«, fuhr Kyle fort. »Und was ist jetzt mit kritischem Denken? Ich finde es einfach nur jämmerlich, dass du jeden Müll glaubst, den andere erzählen. Unterstes Klatschniveau.«

Kyle drehte sich um und verschwand in die Küche. Beim Laufen ließ er die Hosenträger von den Schultern gleiten, sodass sie an der Seite hinunterhingen. Cookie folgte ihm. Aufgewühlt blickte sie ihm nach. Mit so einer heftigen Reaktion hatte Hannah nicht gerechnet. Plötzlich kam sie sich total albern vor. Kyle hatte es geschafft, dass sie sich schuldig fühlte. Aber es war schließlich kein Müll oder Klatsch aus dritter Hand. Und es war ja nicht nur das. Sie hatte doch mitbekommen, wie er mit anderen Frauen telefonierte. Nein, sie durfte sich nicht von Kyle einlullen und manipulieren lassen. Und wenn es nicht wahr wäre, warum hatte er dann so heftig reagiert? Sie schwitzte in der dicken Jacke, die Kyle ihr gegeben hatte. Leise zog sie die Jacke aus und legte sie auf einen Stuhl. Vielleicht fuhr die Subway ja inzwischen wieder, dann konnte sie jetzt wie geplant zum Flughafen fahren. Die würden sie ja nicht auf der Straße erfrieren lassen. Sie streifte die Winterstiefel ab und tapste so schnell sie konnte auf dem glänzenden Parkett zu ihrem Zimmer. In der Wohnung war es unglaublich warm, ihr Körper fing nach der Kälte draußen an zu brodeln. Es roch nach Schokolade, fast so, als hätte jemand etwas gebacken.

Kyle war immer noch in der Küche. Vielleicht konnte sie ihre Sachen holen, ohne ihm noch einmal zu begegnen. Sie kämpfte gegen die Tränen an; die konnte sie jetzt überhaupt nicht gebrauchen. Es war so schön gewesen, bevor sie die bescheuerte Nachricht von Abby bekommen hatte. Manchmal war es wirklich besser, nicht zu viel zu wissen. Nein, wie konnte sie so etwas überhaupt denken? Das war krank! Das wäre ja genauso wie bei den Frauen, die beide Augen zudrückten, obwohl sie wussten, dass ihr Mann sie betrog. Nur um ihren langweiligen, verlogenen Traum von ewiger Liebe weiterleben zu können.

Bevor sie in den Flur kam, der zu ihrem Zimmer führte, fiel ihr Blick ins Wohnzimmer und auf den Weihnachtsbaum. Abrupt blieb sie stehen. Der Baum hatte sich völlig verändert. Der ganze lilafarbene Quatsch, der in den Tannenzweigen gehangen hatte, war verschwunden. Und auch die lila Pakete und die hektisch in allen Farben blinkenden Lichterketten, die eher an eine Warnblinkanlage erinnert hatten als an Weihnachten, gab es nicht mehr. Jetzt war der Baum mit roten Äpfeln dekoriert. An den Zweigen steckten Kerzenhalter mit brennenden Kerzen. Hübsche Weihnachtsbaumanhänger hingen in den Zweigen, metallene Nussknacker, Schaukelpferde aus Holz und Strohsterne. Sogar gestrickte Miniatur-Norwegerpullover und Söckchen waren darunter. Der Baum war wunderschön und das sanfte Kerzenlicht produzierte fast eine Art Heiligenschein um den Baum. Von der Spitze des Baumes baumelte eine knittrige Schleife, die ein wenig traurig aussah. Vor dem Kamin lag Feuerholz bereit, als wäre Kyle noch nicht dazu gekommen, ihn anzumachen.

Er hatte den Baum neu geschmückt! Das hatte er also mit German Weihnachten gemeint. Die Erkenntnis traf sie wie ein Faustschlag in den Magen. Das war so rührend und gleichzeitig …

Ein merkwürdiger Geruch stieg ihr in die Nase. Ein beißender, aber trotzdem angenehmer Geruch, der entstand, wenn man Tannennadeln über einer Kerze anröstete, wie sie es mit ihrer Schwester gemacht hatte. Dabei hatte sie ihr auch beigebracht, den Finger in haarsträubend langsamer Geschwindigkeit durch die Kerze zu ziehen, ohne sich zu verbrennen – sehr zum Horror ihrer Mutter.

Dann fiel ihr Blick auf die Flammen. Einer der Zweige, die zum Fenster zeigten, hatte Feuer gefangen. Die gelbe, kräftige Flamme flackerte wild und züngelte bereits nach weiteren Zweigen. Der Baum musste völlig ausgetrocknet sein, denn das Feuer breitete sich in Windeseile aus. Keine Ahnung, wie lang der schon hier stand.

»Feuer!«, schrie sie. »Es brennt im Wohnzimmer!« Ihre Stimme überschlug sich.

Hektisch schaute sie sich um und ihr Blick fiel auf die Decke, die über einem Hocker lag. Die war sicher teuer. Hannah zögerte kurz. Sie konnte die teure Decke doch nicht einfach über den Baum werfen. Aber irgendwas musste sie tun. Die Flammen breiteten sich unglaublich schnell aus, sprangen auf benachbarte Zweige über wie Dominosteine, die – einmal angeschubst – einander in Windeseile mit sich rissen. Es ging nicht anders. Sie nahm die Decke vom Sofa und warf sie über die brennenden Äste, von denen schon schwärzlicher Qualm aufstieg. Zum Glück war die Decke nicht aus einem leicht entflammbaren Material. Sie umklammerte die Äste, um dem Feuer die Luft abzudrücken, ohne dabei den ganzen Baum umzureißen und alles nur noch schlimmer zu machen. Hinter sich hörte sie Kyles Schritte, gefolgt vom Klacken von Cookies Pfoten, der auf dem Parkett schlitterte und bellte.

Mit einem Zischen ergoss sich ein Schwall weißer Schaum vor ihr auf der Decke und auf ihren Armen. Ein kräftiger Griff schloss sich um ihren Arm und riss sie zurück. Cookie kläffte aufgeregt und sprang um ihre und Kyles Beine herum. Kyles Finger drückten sich tief in ihr Fleisch, dass es wehtat.

»Geh zurück, Hannah!«, rief er, ließ sie los und sprühte erneut wild auf den Baum ein, als würde er gegen ein übermächtiges Feuer ankämpfen, obwohl die Flamme unter der Decke bereits erloschen war.

»Hör auf«, schrie Hannah zurück und versuchte, ihn zurückzuhalten. »Hier brennt doch gar nichts mehr.«

Kyle hörte tatsächlich auf. Der Weihnachtsbaum senkte sich unter der mit weißen Schaumflocken besprenkelten Decke in Richtung Fenster. Ein paar wenige Kerzen brannten noch auf der anderen Seite des Tannenbaums. Hannah schob Kyle zur Seite und begann, die restlichen Kerzen auszublasen. Kyle tat es ihr nach. Als die letzte Flamme erloschen war, blickten sie schweigend auf den Baum, der jetzt verbrannt, nass, weiß eingesprüht und um einige Nadeln leichter vor dem Fenster stand. Draußen fielen immer noch die Schneeflocken und verliehen dem Baum dadurch einen noch traurigeren Anblick. Cookie schnüffelte neugierig an den verkohlten Zweigen und leckte ein paar Schaumflocken vom Parkett, bis Kyle ihn am Halsband zurückzog. Unter dem abgefackelten Baum lag ein überraschenderweise unversehrtes einzelnes Geschenk.

»Klar, Kerzen am Weihnachtsbaum sind ja auch völlig ungefährlich«, sagte Kyle sarkastisch.

»Das ist kein Weihnachtsbaum, sondern ein trockenes Stück Holz kurz davor, sich in Holzkohle zu verwandeln.«

Kyle blickte sie irritiert an.

Sie seufzte. »Wie lang stand der Baum denn schon hier?«

»Na ja, seit Halloween?«

Hannah stutzte. »Halloween? Du hast einen Baum angezündet, der schon seit fast zwei Monaten in der Wohnung steht?«

»Ja, weil mir von einer deutschen Besucherin dazu geraten wurde«, sagte Kyle und imitierte ihren fassungslosen Tonfall.

»Wir holen unseren Baum erst am Tag vor Weihnachten ins Haus. Der ist doch schon bis Silvester trocken. Ein sieben Wochen alter Baum …« Sie brach ab und starrte Kyle kopfschüttelnd an.

»Ach, jetzt bin ich schuld?«, fragte Kyle.

Hannah atmete tief durch. »Der Baum ist, also, war sehr schön geschmückt«, sagte sie leise und schluckte.

Kyle, der gerade noch unruhig ihr Gesicht abgesucht hatte, beruhigte sich. »Was auch immer du gehört hast, Hannah, es stimmt nicht«, sagte Kyle nach einer Weile.

»Warum bist du dir da so sicher?« Er hatte sie Hannah genannt. Sie hatte sich schon so an Peaches gewöhnt, dass es sich beinahe merkwürdig anfühlte, ihn ihren echten Namen sagen zu hören. Die Art, wie er ihn aussprach, weich und sehr amerikanisch, gefiel ihr. Und diese Erkenntnis machte sie schon wieder wütend. »Es ist einfach zu viel«, flüsterte Hannah. »Diese ganzen Anrufe, Katherine, dann Taylor und …«

»Warte mal, wieso Taylor?«, unterbrach Kyle sie.

»Ich habe dich gestern in der Küche gehört«, gab Hannah zu.

»Du hast mich in der Küche gehört?«

»Du behauptest, du hast keine Freundin, aber mit jedem Mädchen redest du, als wäre es nur zu deiner persönlichen Belustigung da. Und dann sagst du auch noch solche Sachen wie ›Du machst mich scharf‹. Das ist abstoßend.« Das war ihr jetzt einfach so rausgerutscht.

Kyle blickte sie völlig verdutzt an, als wüsste er überhaupt nicht, wovon sie redete. Dann brach ein Lachen aus ihm heraus. Es klang eher wie ein Bellen, denn er versuchte offenbar, es zu unterdrücken. Aber es war hoffnungslos. Er konnte nicht aufhören zu lachen. Er hielt sich sogar die Hand vor den Mund, aber das machte es nur noch schlimmer.

»Keine Ahnung, warum du mich jetzt auslachst. Du findest es vielleicht albern, Beziehungen ernst zu nehmen, aber … Erst das Mädchen in St. Barthes, dann Taylor …« Sie hatte die Nase voll. Kyles Verhalten trieb ihr die Tränen in die Augen, Tränen der Wut.

Abrupt drehte sie sich um und lief los, ohne genau zu wissen wohin. Sie wollte einfach nur noch weg. Dieser Typ widersprach allem, was ihr etwas bedeutete. Und dann lachte er sie auch noch aus. Plötzlich stand sie in der Küche. Am liebsten hätte sie vor Wut auf irgendwas eingeschlagen. Aber am meisten ärgerte sie sich darüber, dass Kyle sie so wütend machte. Schließlich hatte sie das alles schon vorher gewusst.

Als sie Kyles Schritte hinter sich hörte, wirbelte sie herum. »Lass mich in Ruhe!«, schrie Hannah. Sie wollte sich umdrehen und weglaufen, doch Kyle war schneller. Er griff nach ihrem Handgelenk, zog sie zu sich und fasste gleichzeitig nach ihrer anderen Hand.

»Hör mir doch einfach mal zu«, sagte er. Sein Gesicht war so angespannt, dass sie instinktiv zurückwich. Ihr Rücken stieß gegen das kalte Fenster. Kyle folgte ihr. Er ließ ihre Hände nicht los, sein Griff war sanft, aber bestimmt. »Nur eine Minute, bitte.«

Nur wenige Zentimeter trennten sie voneinander. Sie spürte seinen warmen Atem in ihrem Gesicht, während die Kälte der Scheibe durch ihre Kleidung kroch.

»Taylor ist meine Schwester«, sagte Kyle ruhig, bevor sie ihn wegstoßen konnte. »Ich würde dich niemals auslachen, Peaches. Sei mir bitte nicht böse.« Kyles Stimme war wieder weich geworden und in seinen Augen lag ein flehender Ausdruck. »Das ist einfach die Art, wie wir miteinander reden. Taylor ist die Tochter der ersten Frau meines Vaters. Der Frau vor meiner Mutter.«

»Deine Schwester? Ich dachte, du hast nur einen Bruder? Wie viele Frauen und Kinder gibt es denn noch? Und … so redest du mit deiner Schwester?«

»Es ist ein Witz zwischen uns«, sagte Kyle leise.

Der Druck von Kyles Hand auf ihren Handgelenken war verschwunden. Hannah hätte ihre Hände leicht wegziehen können, aber sie rührte sich nicht. Kyle stand inzwischen so nah, dass ihre Brust fast gegen seine stieß.

»Keine Sorge, meine Familienverhältnisse sind auch für mich verwirrend.«

Sie schwiegen. Zwischen ihnen lag die zweite Frage fast fühlbar in der Luft. »Woher glaubst du zu wissen, was ich sonst noch gehört habe?«

Kyle erwiderte nichts.

»Ich darf es dir nämlich nicht sagen und ich darf dich auch nicht direkt fragen. Das musste ich versprechen.«

Kyle seufzte. »Natürlich musstest du das.«

»Wie meinst du das?«

Kyle schloss die Augen, atmete tief durch und öffnete sie langsam wieder. »Weil man immer versprechen muss, etwas nicht weiterzuerzählen, wenn jemand einem etwas erzählt, das er oder sie selbst versprochen hat, nicht weiterzuerzählen. Daran hält sich nämlich niemand. Echte Geheimnisse gibt es nicht.«

»Warum bist du da so sicher?«, fragte Hannah. Sie spürte, wie sie errötete, weil sie sich durchschaut fühlte. Denn genau so war es ja gewesen.

»Weil es zum Beispiel ein Geheimnis ist, dass meine Mutter ein Alkoholproblem hat. Dass alle gern so taten, als wüssten sie nichts davon. Niemand wollte sich einmischen und ein Spielverderber sein. Schließlich ist es doch lustig, zum Mittagessen einen kleinen Schwips zu haben, oder? Man macht es ja nur einmal. Aber meine Mutter hat es jeden Tag gemacht. Es gab immer jemanden, der in Stimmung war. Keiner ihrer tollen Freunde, noch nicht einmal meine Tante Bernadette, ihre beste Shopping-Freundin, wollte riskieren, nicht mehr auf ihre Partys eingeladen zu werden oder sich irgendwelche Geschäfte mit meinem Dad zu versauen. Angenehm, dass es ein Geheimnis war, denn dann brauchte man auch nicht zu helfen. Meine Mutter war auch die allerallerletzte, die von den Affären meines Vaters erfahren hat. Sogar ich wusste es vorher. Lauter Geheimnisse.«

Hannah starrte Kyle stumm an. Sein Gesicht war so nah, sie konnte die bläuliche Haut unter seinen Augen sehen, die etwas durchscheinender war. Wenn sie sich noch ein wenig vorlehnen würde …

»Du siehst ängstlich aus«, sagte er. Sein Gesichtsausdruck wurde weich und auch sein Kinn und seine Lippen entspannten sich. »Hast du Angst, dass ich irgendetwas mache, was du nicht willst? Ist es das?« Sie sahen sich an und ihre Blicke verloren sich ineinander, sie hatten keinen Fokus mehr, nah und fern gleichzeitig. Dann begannen Kyles Lider zu flattern.

»Komm mit«, sagte er plötzlich und machte einen Schritt

zurück. »Ich erzähl es dir. Aber lass uns das beim Essen klären, ich habe extra ein deutsches Menü für dich zubereitet.«

Hannah war immer noch wie erstarrt. Aber sie wollte nicht mehr nach Hause. Sie wollte bleiben. Und sie wollte, dass Kyle ihr einen Grund gab, zu bleiben. Sie hatte noch nie gehen wollen. Langsam löste sie sich aus ihrer Position, in der sie verharrt hatten, wie Eiskunstläufer am Ende ihrer Vorführung.

»Katherine und ich sind im ersten Semester ausgegangen«, erklärte Kyle und ging zum Küchentresen.

Hannah nickte, während sie Kyle langsam folgte. Das wusste sie schon oder zumindest, dass Katherine gedacht hatte, sie sei Kyles Freundin und nicht Teil einer Wette. Sie setzte sich auf einen der Hocker, die vor dem weißen Küchentresen standen. Erst jetzt nahm sie wahr, wie verwüstet die Küche war. Vor ihr lagen benutzte Töpfe und Pfannen, Eierschalen, Butter und Schokolade … Es sah aus, als hätte jemand versucht, einen Kuchen zu backen.

»Es war mehr als Dating. Ich dachte jedenfalls, das wäre was Ernstes. Ich fand Katherine ziemlich cool, ich war sogar in sie verliebt.«

Die Worte sanken in Hannahs Bewusstsein. Ihr Herz begann schneller zu schlagen. Das klang irgendwie ganz anders, als sie es gehört hatte. Es wurmte sie auch, wie nett er von diesem Mädchen sprach.

»Dann hat sie leider mit einem sehr guten Freund von mir geschlafen. Und mit noch einem. Sie wollte sich … etwas beweisen? Dass sie jeden haben konnte? Ist ja auch egal, ist sinnlos, nach Erklärungen zu suchen.« Kyle machte eine wegwerfende Handbewegung. »Dann habe ich endlich geschnallt, dass sie mich nur verarscht. Und glaub mir, Peaches, es hat lange gedauert, bis ich das kapiert habe.« Er lächelte, aber es war ein trauriges Lächeln. »Jedenfalls gab es ... Komplikationen. Sie hat alles Mögliche versucht, um danach wieder mit mir zusammen zu kommen. Ich war dann auch noch mal kurz mit ihr zusammen, weil sie gedroht hat, das ganze Team in den Dreck zu ziehen ...«

»Sie war schwanger.«

Kyles Kopf schnellte nach oben. »Das weißt du? Ja, sie war schwanger. Aber nicht von mir.«

»Und die *Virgin Challenge*?«, platzte Hannah heraus.

Kyle seufzte. »Ich kann nicht behaupten, dass alle unschuldig waren. Aber nein, die *Virgin Challenge* gab es in der Form nicht.«

Hannah atmete erleichtert auf. Jetzt war sie auch nicht besser als die anderen, die ihre Geheimnisse nicht für sich behalten konnten. Sie wischte den Gedanken beiseite. Kyle wusste sowieso, was sie gehört hatte.

»Wie gesagt. Es waren nicht alle unschuldig. Aber die Jungs waren nicht schuldiger als die Mädchen, zu viele Wetten, zu viele Spielchen. Ich will da wirklich nicht ins Detail gehen. Sie hat meinem Freund gegenüber gedroht, sich umzubringen, wenn darüber geredet wird. Scheinbar hat sie es dann selbst weitererzählt. Nur eben so, dass sie etwas besser dabei wegkommt und ich etwas schlechter. Aber normalerweise stört mich das auch nicht.«

»Sie hat gedroht, sich umzubringen?«, fragte sie.

»Wunderbares Mittel, um alle Kritiker mundtot zu machen. Niemand will schuld sein an ihrem Tod.«

»Du bist zu hart. Sie muss wirklich verzweifelt gewesen sein, wenn sie schwanger war …«, widersprach Hannah.

»Ja, aber sie hat dabei noch versucht, so vielen Menschen wie möglich etwas zu versauen. Klar war das Ruderteam nicht ganz unschuldig, aber sie wollte alle fertigmachen. Sie hat sogar versucht, die Zukunft von angeblichen Freunden zu zerstören. Das ist genauso hart.«

HANNAH

Hannah wusste nicht, was sie dazu sagen sollte. Scheinbar gedankenverloren nahm Kyle eine Orange aus der Schale neben ihr. Er warf sie einmal hoch und fing sie wieder auf. Plötzlich drehte er sich zu ihr um und legte seine andere Hand auf ihre Schulter, sodass seine Finger den Ansatz ihres nackten Halses streiften. Seine Hand war warm. Sie spürte die Berührung bis in die Fußspitzen.

»Lass Katherine das nicht ruinieren, okay? Sie hat genug ruiniert«, sagte Kyle leise und strich mit dem Zeigefinger einige Male ihren Nacken entlang. Dabei starrte er konzentriert über ihre Schultern, als wäre irgendetwas hinter ihr, das seine volle Aufmerksamkeit bräuchte. Wie konnte eine so kleine Berührung eine solche Reaktion in ihr verursachen? Und was genau meinte er mit *das*? Meinte er sie beide?

Kyle schluckte. Sein Blick sprang zurück zu ihrem Gesicht, senkte sich auf ihre Lippen, nach ein paar Sekunden wanderte er wieder hoch zu ihren Augen. Mit einem Seufzen nahm er die Hand von ihrer Schulter.

»Ich will das auch nicht ruinieren«, sagte er leise, zu sich selbst oder zu Hannah, und meinte dabei entweder das Abendessen … oder Hannah.

»Komm, lass uns essen«, sagte Kyle, wieder gefasster.

Hannah nickte stumm. Sie war bereit. Irgendwie bereit für alles. Während Kyle die Würstchen aus dem Kühlschrank holte, warf Hannah einen Blick aus dem Fenster. Draußen fielen die Flocken jetzt viel leichter, weniger dicht, spielerischer. Als wollten sie noch ein wenig ihren Spaß mit New York haben und sich nicht einfach so verdrücken. Als wollten sie noch ein wenig Weihnachtsstimmung zaubern. Alles Bedrohliche war aus dem Schneesturm verschwunden. Sie glaubte Kyle. Wie zur Bestätigung pochte ihr Herz schneller.

KYLE

Wenig später zischten die Würstchen in der Pfanne. Kyle hatte eine wilde Mischung deutscher Spezialitäten gekauft, weil er keine Ente hatte auftreiben können. Hannah behauptete allerdings, die Käsewürstchen hätte sie noch nie in Deutschland gesehen, und vermutete, dass sie eher polnisch als deutsch seien. Auf dem Herd kochte eine Flasche Rotwein, die er aus dem neu eingebauten modernen Weinschrank genommen hatte, der jede Weinsorte auf die perfekte Temperatur kühlte. Das Aroma von Nelken, Zimt und Orangen, die er dort hineingeschnitten hatte, vermischte sich mit dem Schokoladenduft.

»Darfst du das?«, fragte Hannah und betrachtete die Rotweinflasche mit gekrauster Stirn. »Ist der Wein nicht etwas zu gut dafür, ihn für Glühwein zu verwenden?«

Kyle zuckte mit den Schultern. »Du bist mein Gast. Und es ist Weihnachten, oder nicht?«

»Für den Glühwein nehmen wir immer den billigsten Wein, weil man ohnehin nur die Gewürze schmeckt.«

»Das ist eben ein Festtags-Glühwein.«

Kyle erspähte eine Flasche Rum im Kochregal und nahm sie hoch, aber er hatte sich nicht getäuscht.

»Du betrachtest die Flasche, als wäre sie ein seltener Edelstein.«

»Weinschrank, Rum zum Kochen, ist alles neu«, murmelte er. »Sie müssen sich sicher sein, dass meine Mutter nicht herkommt.«

Hannah hatte fragend die Augenbrauen hochgezogen, doch er schüttelte nur den Kopf. Er wollte jetzt nicht darüber reden. Stattdessen konzentrierte er sich auf Hannahs Brauen. Sie waren unglaublich schmal, wie mit einem Pinselstrich gezeichnet. Sie hatte ihren Pullover ausgezogen, sodass sie nur noch ein weißes T-Shirt mit V-Ausschnitt trug, das die schneeweiße Haut an ihrem Hals und ihrem Schlüsselbein entblößte. Zwei kleine braune Muttermale verzierten ihre sonst ebenmäßige Haut, als hätten sie sich dorthin verirrt. Wenn sie sich nach vorn beugte, fiel es ihm schwer, nicht zu genau hinzuschauen, da das T-Shirt am Hals ausgeleiert war. Okay, er musste sich zusammenreißen, er starrte wahrscheinlich auf ihren Hals wie ein ausgehungerter Vampir. Erst jetzt fiel ihm auf, dass sie ihre Kontaktlinsen trug. Vielleicht hatte sie gemerkt, dass er ihre Brille nicht mochte? Nein, da bildete er sich zu viel ein. Hannah war nicht der Typ, der sich veränderte, um anderen zu gefallen. Er hätte nie gedacht, dass ihm genau das wiederum so gefallen könnte und er so etwas nicht schlicht anstrengend fand.

Jetzt hatte sie ein Foto in einem Silberrahmen hochgenommen, auf dem ihre Mutter klein im Hintergrund zu sehen war, davor, größer, Ross und er mit irgendeiner Medaille. Golf, wenn er sich recht erinnerte. Serena hatte es zwischen den anderen alten Bildern von Kyle und Ross stehen gelassen. Großzügig brauchte sie die Spuren ihrer Vorgängerin nicht zu beseitigen. Sie war stolz darauf und stets darauf bedacht, keinerlei Groll gegen die verflossenen Liebhaberinnen von seinem Vater und insbesondere gegen Kyles Mutter zu hegen. Sie war sich ihres Sieges natürlich auch sicher.

»Sie sieht glücklich aus«, sagte Hannah, die das Bild gedankenversunken betrachtete.

»Sicher. Nur sieht sie jetzt ziemlich anders aus.«

Kyle verteilte die Würstchen auf den Tellern. Daneben häufte er etwas Sauerkraut, das mit seinem Geruch eine saure Note in die süßliche Weihnachtsstimmung zauberte. Er nahm Hannah das Bild weg, stellte es zurück und drückte ihr die Teller mit den Würstchen in die Hand, nahm zwei leere Kaffeebecher und die Karaffe, in die er den dampfenden Glühwein gefüllt hatte, und ging voran ins Esszimmer. Ein weiterer Raum, den sie nur selten nutzten. An einer Wand war eine Tapete mit einem bunten Karomuster angebracht, das an die Rauten eines Harlekins erinnerte, die einen schon nach kurzer Betrachtung schwindelig machte. In der Mitte des Raums stand ein extrabreiter Tisch aus Glas, den Kyle bereits gedeckt hatte. Der Tisch war sogar an den Längsseiten so breit, dass man weit auseinander saß. Bisher war ihm gar nicht aufgefallen, wie scheußlich die Tapete war, und wie ungemütlich der ganze Raum nach der letzten Renovierung geworden war.

»Wo ist deine Mutter jetzt? Wie feiert sie Weihnachten?«, fragte Hannah.

»Sie ist bei ihrem Freund«, erwiderte Kyle knapp.

»Feiert ihr abwechselnd mal mit ihr und deinem Vater?«, fragte Hannah beharrlich.

Kyle schüttelte den Kopf. »Nein. Ihr lag noch nie so viel an Weihnachten. Sind nicht so tolle Erinnerungen für sie.«

»Ich kann mir nicht vorstellen, dass deine Mutter gern ohne dich Weihnachten feiert.«

»Komm, wir picknicken lieber«, sagte Kyle, ohne darauf einzugehen. »Serena hat manchmal einen merkwürdigen Geschmack. Wir essen einfach vor dem Kamin.«

KYLE

Kurz darauf saßen sie auf einem weichen Teppich vor dem Kamin. Hannah hatte ihre Beine im Schneidersitz verknotet, wirkte dabei allerdings so, als wäre es die natürlichste Position der Welt. Sie balancierte ihren Teller auf den Oberschenkeln und aß die Würstchen mit zusammengepressten Lippen. Immer wieder spülte sie sie mit viel Glühwein hinunter.

Die Würstchen schmeckten scheußlich. Trotzdem stopfte Kyle sich entschlossen ein weiteres Würstchen in den Mund und bemühte sich, sich nichts anmerken zu lassen. »Mmhh«, sagte er.

Hannah aß langsam, den Blick starr auf den Teller gerichtet. Dann wandte sie sich dem Sauerkraut zu. Aber auch das spülte sie immer wieder mit Glühwein hinunter.

Kyle grinste, als er ihre vorsichtigen Blicke bemerkte. »Köstlich, oder?«, sagte er.

Hannah lächelte zaghaft und nickte.

Beim nächsten Bissen konnte Kyle nicht mehr an sich halten und prustete los. »Booah, *das* esst ihr zu Weihnachten? Das ist einfach nur widerlich.«

Überraschung und dann Erleichterung spiegelten sich in Hannahs Gesicht. Sie legte ihr Besteck auf den Teller und schob ihn von sich. »Das essen wir ganz gewiss nicht zu Weihnachten, mein lieber Kyle«, sagte sie und ihre Augen blitzten. »Das kann nur ein naiver Amerikaner glauben. Das hat nichts mit der deutschen Realität zu tun.«

Cookie hatte sich neben sie gelegt und blickte sehnsüchtig auf die Wurst. Langsam begann er mit seinem buschigen Schwanz zu schlagen, als würde er genau verstehen, dass die Situation sich in eine für ihn günstige Richtung entwickeln könnte. Hannah legte den Kopf schief. Dabei fielen ihre Haare zur Seite und gaben ein weiteres Stück Hals frei. Sie hatte inzwischen alle Haarklammern und Bleistifte herausgezogen, sodass sich ihre Haare großzügig um ihre Schultern wellten. Sie blickte zu Cookie und sah dann fragend zu Kyle.

Er nickte. Mit Daumen und Zeigefinger fischte sie die Wurst von ihrem Teller und hielt sie Cookie hin. Der konnte sein Glück gar nicht fassen, schnappte fröhlich nach dem Zipfel und schlang die Wurst hinunter, ohne sich mit Kauen aufzuhalten. Dann setzte er sich neben Kyle und wedelte mit dem Schwanz. Für Cookie war das Weihnachtsmenü perfekt.

»Ich würde dir gern meine geben, Buddy, aber ich will keine Magenverstimmung riskieren«, sagte Kyle und tätschelte Cookies weichen Rücken. Hannah hatte die gleiche Idee gehabt und kurz trafen sich ihre Hände.

»Das Würstchen ist nicht deutsch, Käsewürstchen sind eine polnische Spezialität. Schweden, Deutschland, Polen –

von den USA aus betrachtet ist das wahrscheinlich kein großer Unterschied«, sagte Hannah ironisch. Ihr Gesicht leuchtete im auflodernden Feuer des Kamins, ihre Augen glänzten. Das Holz war besonders trocken und brannte wunderbar. Zwischendurch knallte es, als würde eine Peitsche schnalzen, und einige Funken prallten gegen das Kamingitter.

»Meine Mutter ist polnisch«, sagte Kyle, aber er schob den Gedanken an seine Mutter schnell wieder beiseite. Stattdessen nahm er einen Schluck Glühwein. Der Wein zog eine warme Spur durch seinen Körper und hinterließ einen würzigen Geschmack im Mund. Er füllte die Becher wieder mit Glühwein, ging in die Küche und holte den Kuchen und die Mousse au Chocolat.

»Ich wusste ja, dass ich bei dir nicht auf Kalorien achten muss. Ich habe die Torte mit extra Butter bestellt.« Kyle grinste. »Und die Mousse ist meine persönliche Spezialität. Du unterschätzt meine Kochkünste.«

Hannah, immer noch im Schneidersitz – sie konnte ihre Beine scheinbar stundenlang so verbiegen –, blickte ihn intensiv mit ihren Ponyaugen an. Ein Lächeln stahl sich auf ihre Lippen, erst hoben sich nur ihre Mundwinkel, dann breitete sich ihr Lächeln bis in jeden Winkel ihres Gesichts aus. Aber plötzlich wurde sie wieder ernst. »Wieso warst du vorhin eigentlich so überrascht über den Weinschrank und die Flasche Rum? Und was hat das damit zu tun, dass dein Vater und deine Stiefmutter davon ausgehen, dass deine Mutter nicht herkommt? Weil sie sonst trinken würde?«

Kyle nickte. »Eine Weile gab es hier gar keinen Alkohol. Keinen Kochwein, keinen Sherry, nichts. Alles was sie hätte in Versuchung führen können, wurde konfisziert. Aber das klappte natürlich nicht. Sie hat immer Wege gefunden. In Parfüm ist Alkohol, in Haushaltsmitteln … Ein Wunder, dass sie das Putzmittel nicht getrunken hat. Aber sie hat Medizin getrunken. Hustenmedizin zum Beispiel, da ist ja auch Alkohol drin. Es gibt Produkte, in denen Alkohol enthalten ist, auf die würdest du niemals kommen.« Er tat wie immer so, als würde es ihm nichts ausmachen. Genauso hatte er es auch seinen Freunden am College erzählt, halb im Scherz hatte er aufgezählt, womit man sich besaufen konnte, sogar mit Rasierwasser.

Cookie legte seinen Kopf tröstend auf Kyles Schoß, er konnte offenbar Gedanken lesen. Kyle kraulte die weichen Locken unter seinem Maul.

»Das tut mir leid, das muss schlimm sein … Du bist wirklich total anders, als ich dachte, Kyle. Das klingt jetzt vielleicht abgedroschen, aber es stimmt«, sagte Hannah leise.

Kyle machte eine abwehrende Geste mit der Hand. Dann nickte er ihr aufmunternd zu, damit sie endlich anfing zu essen. »Ich weiß, ich bin ein ziemlicher Held, nicht wahr? Erzählst du es mir, wenn du nächste Nacht von mir träumst?«

»Für diesen Kommentar muss ich dir eigentlich eine runterhauen. Du willst nie ernst bleiben.« Hannah schüttelte den Kopf, um ihre Locken in einen Sicherheitsabstand zu ihrem Mund zu bringen, und nahm sich einen großen Löffel Mousse au Chocolat. Es schien ihr zu schmecken, denn sie schob sofort einen weiteren Löffel hinterher und leckte sich über die Lippen.

»Ich mag mich nicht mit traurigen Dingen beschäftigen. Das Leben ist zu kurz. Dafür freue ich mich umso mehr, dass du mich endlich schlagen willst. Dann zeige ich dir doch gleich noch mein geheimes Spielzimmer …«

»Aber allem auszuweichen ist auch nicht gut.« Auf seinen letzten Satz ging Hannah nicht ein. Sie konnte störrisch sein, das hatte er schon gemerkt.

Kyle goss noch mal die Becher aus der mitgebrachten Karaffe mit Glühwein voll. »Auf ex?«

»Auf ex?«, fragte Hannah und tippte sich an die Stirn. »Du bist letztlich doch ein Studentenverbindungs-Idiot.«

»Scheeeerz.« Mit einem uneleganten Klonck stießen ihre Becher zusammen, bevor sie beide einen Schluck tranken.

»Glühwein, Schokolade, Torte – willst du mir nicht etwas sagen?«, fragte Kyle.

»Es schmeckt köstlich«, nickte Hannah. »Das bestreite ich gar nicht. Das Rezept für den Glühwein muss ein deutsches Original sein.« Sie kicherte etwas aufgedreht, auch wenn sie nicht übermäßig viel getrunken hatte.

Kyle stand auf. Ihm war etwas schwindelig, vielleicht war es auch die Wärme im Raum, die vom Kaminfeuer ausging, der das Zimmer in ein warmes Licht tauchte. Er holte das Geschenk unter dem angekokelten Baum hervor und legte es ihr in den Schoß.

»Frohe Weihnachten, Peaches«, sagte er und kniete sich neben sie. »Wir gehen zwar nicht in die Kirche und der Baum ist auch leicht ramponiert, aber ich fühle mich ansonsten ziemlich weihnachtlich. Mir gefällt dieser Brauch, Geschenke einen Tag vor Weihnachten zu öffnen.«

»Jetzt ernsthaft? Für mich?«, fragte sie und riss die Augen noch weiter auf. Sie betrachtete ungläubig das Geschenk auf ihren Knien.

Er nickte und lächelte. Sein Herz klopfte schneller. Es war etwas verrückt, aber er war so aufgeregt, als würde er selbst nicht wissen, was im Paket war. Es machte Spaß, Hannah zuzusehen, wie sie ohne sich weiter zu zieren an den Enden der breiten goldenen Schleife zog. Auf ihrem Gesicht spiegelte sich Überraschung, Neugier und … Freude. Sie freute sich, und das bevor sie es das Geschenk überhaupt geöffnet hatte.

Vorsichtig hob sie den Deckel der Schachtel hoch und spähte mit zusammengekniffenen Augen hinein. Sie zuckte erschrocken zurück und schloss den Deckel wieder. Dann hob sie die Schachtel hoch und drückte sie Kyle in den Schoß.

»Das kann ich nicht annehmen. Wirklich nicht.«

»Natürlich kannst du. Es ist ein Geschenk. In Japan müsste ich mich jetzt wahrscheinlich aus Erniedrigung umbringen, weil mein Geschenk abgelehnt wurde. Harakiri begehen. Oder wie heißt das noch mal?«

»Ja, Harakiri«, sagte Hannah mit tonloser Stimme, »oder ursprünglich Seppuku. Das ist ein superteures Geschenk.

Das kann ich nicht annehmen.« Entschlossen drückte sie die Schachtel noch mal fest in seinen Schoß. Cookie hatte sich flach auf den Boden gelegt, die Schnauze ausgestreckt. Sein Blick ging von einem zum anderen.

»Hannah, bitte nimm es an. Es ist … Ich glaube, die Farbe gefällt dir. Ich … Wenn du es nicht magst, dann kann ich es morgen zurückbringen. Aber probiere es wenigstens an.«

»Kyle, das ist wirklich total lieb von dir. Und ja, die Farbe, dieses Blau, es ist wunderschön«, sagte Hannah. »Aber noch nicht einmal meine Eltern würden mir so ein teures Geschenk machen. Wir schenken uns Bücher zu Weihnachten oder ja, vielleicht auch etwas zum Anziehen. Aber kein Kleid von Bergdorf Goodman. Ich habe doch die Preisschilder an den Kleidern gesehen. Wirklich nicht. Wir kennen uns doch kaum.«

»Wie bitte? Du quatschst mich schon seit mindestens vierundzwanzig Stunden voll. Ich habe, glaube ich, noch nie so viel mit einem Mädchen geredet wie mit dir.«

Hannah musste lachen. Es brach aus ihr heraus und ihre weißen Zähne leuchteten im warmen Licht des Kamins.

Kyle seufzte. Er würde sie so gern darin sehen. Das Kleid war eng anliegend und ziemlich kurz … und Hannah würde ihm das garantiert vorwerfen, aber er konnte nicht abstreiten, dass er sie unglaublich gern in diesem Kleid sehen würde. Irgendwie rührte ihn die Ablehnung. »Du würdest es also annehmen, wenn wir uns besser kennen würden? Dann müssen wir uns jetzt superschnell noch besser kennenlernen.« So leicht würde er nicht aufgeben. »Jeder darf dem anderen eine

Frage stellen und der andere muss ganz ehrlich antworten, okay?«

Er nahm einen weiteren Löffel Mousse au Chocolat. Die Creme zerschmolz auf der Zunge, sie war perfekt.

Hannah blickte ihn zweifelnd an. »Ich würde sagen, ich lasse offen, ob ich danach das Geschenk annehme, aber wir können es ja trotzdem versuchen.« Dann lud sie so viel Mousse au Chocolat wie möglich auf einen Löffel und schob ihn sich ebenfalls in den Mund.

»Okay«, sagte Kyle. Es gefiel ihm, wie Hannah den Löffel abschleckte. Es schien ihr wirklich zu schmecken. »Ich weiß schon, was du nicht an mir magst. Aber sag mir jetzt ganz ehrlich, was dir an mir gefällt und was du normalerweise einer Person, die du gerade erst kennengelernt hast, nicht sagen würdest.«

Hannah verdrehte die Augen. »Das ist doch nur ein billiger Trick, um Komplimente einzuheimsen.«

»Wenn du ehrlich antwortest, antworte ich auch ehrlich. Wobei es, glaube ich, keine Frage gibt, die mich nervös machen würde. Ich habe keine Probleme damit, die Dinge aufzuzählen, die ich an dir mag. Ich liebe zum Beispiel deinen Gesichtsausdruck, wenn du versuchst, emanzipiert zu sein und politisch korrekte Dinge zu sagen. Und ich mag deine Haut.«

»Meine Haut?«, fragte Hannah verblüfft.

»Sie sieht appetitlich aus. Wie Vanilleeis.«

»Ähm, muss ich Angst davor haben, dass du als wohlstandsverwahrloster Jugendlicher zu viel *Schweigen der Läm-*

mer geschaut hast, wenn deine Eltern nicht da waren, und mich jetzt gleich aufessen möchtest?«

Kyle lachte.

»Okay«, sagte Hannah. »Ich mag an dir besonders die – zugegebenermaßen seltenen – Momente, wenn du etwas nicht ins Lächerliche ziehst, sondern ernst bist. Vielleicht sogar ein bisschen traurig. Dann bist du irgendwie echter. Du wirkst sonst so, als hätte man dich mit einer zuckrigen Glasur überzogen, um dich verdaulicher zu machen. Ein lustiger Sunnyboy.«

»Und ich dachte, du magst meine Bauchmuskeln. Die waren so harte Arbeit.«

»Siehst du, genau das ist es. Das ist lustig. Aber du machst das einfach bei jedem Thema.«

»Vielleicht verstehst du mich auch einfach falsch und es ist eher dein Problem?«

Hannah verdrehte die Augen. Langsam streckte sie ihren Arm aus und fing an, Cookie über das Fell zu streichen. Cookie schien es zu gefallen, denn er hob nicht einmal seinen Kopf, sondern starrte weiterhin in den Kamin. Der Anblick der Flammen übte auf ihn offenbar eine ähnlich fesselnde Anziehung aus wie auf Menschen.

»Was ist in dem Jahr passiert, wo es keine Pokale mehr gab?«, fragte Hannah und wechselte ihre Haltung. Sie zog die Beine an, umschlang sie mit ihren Armen und stützte ihr Kinn auf dem Knie ab. Sie blickte ihn mit ihren großen Augen an.

Hannah war alles andere als dämlich. Natürlich fand sie genau die eine Frage, die Kyle nicht hören wollte. Gleichzeitig fragte er sich, ob er es nicht insgeheim darauf angelegt hatte. Sie würde bestimmt nicht einfach so aufgeben.

»Peaches«, sagte er. »Wenn ich die Frage beantworte, ziehst du dann das Kleid an?« Seine Stimme klang fremd in seinen Ohren, belegt, fast so, als wäre er im Stimmbruch.

Hannah nickte ganz leicht in ihre Knie hinein.

Er legte sich auf den Rücken und verschränkte die Arme hinter dem Kopf. Das harte Parkett war angenehm kühl. Cookie hatte sich auf dem Fell neben ihnen ausgebreitet und schien ebenfalls gespannt zuzuhören. Er kannte die Geschichte noch nicht. Cookie wusste nicht, dass es ihn nur deswegen gab, weil Kyles Therapeut seinem Vater erzählt hatte, was für eine ausgleichende Wirkung ein Hund auf die Seele hätte. Deshalb hatte Kyle am Anfang auch gar nichts mit Cookie zu tun haben wollen, er brauchte schließlich keinen Psychoklempner in Hundeform. Erst als sein Vater Cookie daraufhin einschläfern wollte, hatte er ihn angenommen.

»Eigentlich ist nichts passiert«, sagte er, was auch stimmte. »Aber das war genau das Problem. Ich ... hatte keine Lust mehr auf Tennis, Golf, Science Club ... Ich wollte nicht mehr. Ich wollte lieber ... in meinem Zimmer sein und Musik hören. Oder gar keine Musik hören. Nur dort liegen. Alle haben natürlich Panik bekommen. Die Schulen, die Uni ... Ich sollte mir nicht die Karriere versauen. Wenn du in New York in der Middle School versagst, kommst du nicht auf die richtige Highschool, und dann klappt's auch nicht mit dem College und so weiter.«

»Ist das nicht normal, dass man mal keine Lust hat? Da warst du … dreizehn? Du hattest ja einen ziemlich krassen Stundenplan.«

»In meiner Familie ist das aber nicht normal. Und, na ja, es war schon extremer. Also, ich wollte einmal wochenlang nicht aufstehen und nicht zur Schule, hatte immer Kopfschmerzen.«

»Oh«, hauchte Hannah. »Ach so. Und dann?«

»Ich habe Antidepressiva bekommen.«

»Antidepressiva? Mit dreizehn? Das ist ja verrückt.«

»War nicht schön. Zudem wurden auch alle Nanny-Cams wieder angeworfen. Totalüberwachung.«

»Und dann ist das … einfach wieder weggegangen?«

»Ja. Ich bekam Cookie und hatte irgendwann so die Nase voll, dass ich mich wieder in den Sport gestürzt habe. Seitdem halte ich mich von Gedanken und von Dingen fern, die mich traurig oder unglücklich machen. Es funktioniert.«

»Rufst du deshalb deine Mutter nicht an?«

»Auch wenn man nicht depressiv ist, ist es ziemlich deprimierend, meine Mutter zu sehen.«

»Sie würde sich bestimmt freuen. Und du würdest dich danach bestimmt besser fühlen, auch wenn es dich traurig macht.«

»Meine Mutter ist nach dem Vorfall damals an Weihnachten direkt in die Klinik gekommen. Vor ein paar Jahren hat sie dann Ted bei den Anonymen Alkoholikern kennengelernt und wohnt jetzt mit ihm in Long Island. Nicht im schönen Teil. Und natürlich hat sie zugestimmt, dass wir bei meinem Vater bleiben. Eine Alkoholikerin bekommt ohnehin nie das Sorgerecht.«

»Sie wollte wahrscheinlich nur, dass es dir besser geht. Sie liebt dich bestimmt.«

»Ich will wirklich nie wieder solche Medikamente bekommen.«

»... und deshalb gehst du nicht zu deiner Mutter? Deine Mutter tut mir leid. Ich verstehe nicht, wie sie dir direkt Medikamente verabreichen konnten, nur damit du wieder Tennis spielst, anstatt einen dreizehnjährigen Jungen trauern zu lassen. Immerhin hast du deine Mutter verloren. Deine Reaktion war doch völlig normal. Es wäre seltsam gewesen, wenn du das alles einfach so weggesteckt hättest.« Hannah klang wirklich sauer.

»Ja. Aber es ist schwer, sich mit meinem Vater anzulegen. Du kennst ihn nicht.«

Einen Moment lang schwiegen beide. Plötzlich stand Hannah auf, nahm die Schachtel und verließ das Zimmer.

Kyle richtete sich auf, legte Kaminholz nach und streckte sich wieder auf dem Boden aus. So wie Hannah das sagte, klang alles völlig logisch. Er hatte das Gefühl, ihr alles erzählen zu können. Nach einer Weile hörte er leise Schritte. Weil eine Lampe sie von hinten beleuchtete, war nur ihre Silhouette zu erkennen. Sie war barfuß, aber sie trug das Kleid.

Das Kleid schmiegte sich eng um ihren Körper. Sie hatte

eine sehr schmale Taille, die man in ihren weiten Shirts gar nicht hatte sehen können, einen runden Po. Sie war nicht mager, nicht stählern durchtrainiert, alles an ihr erschien ihm unglaublich einladend. Das Kleid war tief ausgeschnitten, sodass sich ihre Brust am Ausschnitt wölbte. Sie zupfte daran. Das Blau und das wenige Licht ließen ihre Haut noch heller erscheinen, als würde sie von innen heraus leuchten. Kyle schloss die Augen und stellte sich schlafend. Nur mühsam gelang es ihm, ein Lächeln zu unterdrücken.

HANNAH

Cookie hatte sich seitlich ausgestreckt und drückte seinen Kopf in das weiche Fell, das vor dem Kamin lag. Kyle hatte die Augen geschlossen.

»Ich weiß, dass du nicht schläfst«, sagte sie, aber er rührte sich nicht.

Unschlüssig kniete sie sich neben Kyle und starrte in die Flammen. Das Feuer loderte hell auf und knackte. Vor den Fenstern fiel immer noch Schnee, unermüdlich, aber sanfter als in den Stunden zuvor. Der Glühwein und das Feuer hatten sie gewärmt und auch ein wenig orientierungslos gemacht. Es war der Heilige Abend. Sie war nicht in der Kirche gewesen, aber das würde sie nachholen, wenn sie nach Hause kam. Ihrer Mutter war das sehr wichtig. Seit ihr Vater krank war, war es ihr sogar noch wichtiger geworden, sie konnte sich daran festhalten.

Hannah blickte auf Kyle, der friedlich aussah, völlig entspannt. Das Licht des Feuers spielte auf seinem Gesicht und warf Schatten, bildete eine Insel aus warmem gelbem Licht vor dem Kamin. Sie blickte zum Fenster. Hatte der Schneefall weiter nachgelassen? Zum ersten Mal wünschte sie sich, dass es weiterschneien würde. Dass sie einfach hierbleiben könnten. Kyles Hand lag auf seinem Bauch, die andere neben ihm auf dem Fußboden. Er sah so unschuldig aus, gar nicht so, als könnte er unendlich viele freche Kommentare von sich geben. Seine Wangen wirkten in dem gedämpften Licht glatt und weich. Sie konnte sich gut vorstellen, wie er als kleiner Junge ausgesehen haben musste. Doch es war schwer nachzuvollziehen, wie es für ihn gewesen sein musste, in dieser Wohnung aufzuwachsen. Wie er versucht hatte, seine Mutter vom Trinken abzuhalten. Für sie war es schon schwer zu ertragen, mit ansehen zu müssen, wie ihr Vater immer hilfloser wurde. Aber sich vorzustellen, wie die eigene Mutter sich selbst zugrunde richtete, musste noch viel schlimmer sein. Sie betrachtete immer noch Kyles Gesicht, als sie bemerkte, wie sich seine Lippen in Zeitlupe zu einem Lächeln verzogen.

»Peaches, ich habe dir jetzt genug Zeit gelassen, mich zu bewundern. Aber ich kann nicht glauben, dass du mich immer noch anstarrst. Ich weiß zwar nicht, was in diesem German Zaubertrank war, aber ich bin völlig am Ende. Du kannst dich also ruhig hinlegen und ich biete dir meinen Bauch als Kissen an.«

Bei seinen Worten begann ihr Herz schneller zu klopfen. Sie fühlte sich ertappt. »Warum glaubst du, dass ich dich anstarre? Vielleicht habe ich nur ins Leere geschaut und überlegt, meine Fußnägel sauber zu machen?«

»Ahhhh, Peaches, nein! Du kannst aber auch wirklich jeden romantischen Moment verderben. Ich weiß sehr genau, dass du gerade nicht an deine Füße denkst, sondern mich anstarrst. Und du siehst dabei ziemlich verliebt aus.«

Hannah holte aus und boxte ihn in den Bauch. Aber sie milderte ihren Schlag ab, denn so wehrlos und entspannt, wie Kyle dort lag, würde sie ihm sonst bestimmt wehtun. Und das wollte sie schließlich nicht.

»Du bist so unglaublich unschuldig, Peaches. Selbstverständlich habe ich dich die ganze Zeit durch nur scheinbar geschlossene Lider beobachtet. Das ist eine Fähigkeit, die ich schon in der Mittelstufe perfektioniert habe, um die Mädchen beim Küssen anzuschauen, ohne dass sie es merken und aufhören.«

Bevor Hannah einwerfen konnte, dass er wirklich jede Sekunde nutzte, um zu zeigen, was für ein Frauenaufreißer er war, fuhr er fort: »Außerdem sehe ich dich so gern an, jetzt wo du doch endlich mein Kleid trägst. Du solltest immer die Sachen tragen, die ich für dich aussuche. Du siehst wunderschön aus, wie du dasitzt und mich anschaust. Aber du kannst dich jetzt wirklich gern auf meinen Bauch legen. Ich spanne die Muskeln auch nicht an, dann ist es weich. Und wenn es dir peinlich ist, weil du trotz deiner Emanzipation mit einem Alpha-Macho wie mir abhängst: Ich werde es niemandem erzählen. Du glaubst, du hast schon so viele Geschichten von mir gehört. In Wahrheit kennst du nur das, was andere über mich erzählen. Ich kann Dinge sehr gut für mich behalten. Das habe ich schließlich von klein an gelernt.« Kyle sprach flüssig und schnell, die Worte purzelten nur so aus ihm heraus. Seine Stimme klang dabei weich. »Ich war perfekt darin zu vertuschen, dass meine Mutter Alkoholikerin war. Ich habe sogar ihre Freundinnen am Telefon abgewimmelt oder ihnen einen Kaffee angeboten, bis meine Mutter sich in einen vorzeigbaren Zustand gebracht hat.« Er sprach schneller. Als wollte er nicht zu lange über dieses Thema reden. Als wollte er vertuschen, dass er ihr gerade Dinge anvertraute, die wahnsinnig persönlich waren.

»Oder ich habe gesagt, dass sie einen Migräne-Anfall hat. Ihre Freundinnen dachten, dass sie ziemlich oft Kopfschmerzen hatte.« Er schnaubte abfällig. »Anfangs wäre nie jemand draufgekommen, was die Wahrheit war. Lange Rede, kurzer Sinn: Du kannst dich entspannen. Ich hab doch gestern schon gesagt: Was während eines Schneesturms in New York passiert, bleibt in New York.«

Er klopfte mit der einen Hand, die neben ihm auf dem Boden lag, auf das Parkett. »Komm. Nur ein wenig liegen.«

Es sah in der Tat unglaublich einladend aus. »Erzählst du eigentlich allen so leichtfertig, was mit deiner Mutter war?«

»Wenn man es erzählt, klingt es harmloser«, erwiderte Kyle schlicht.

»Bist du sicher, dass keine Nanny-Cams mehr übrig sind?«

»Ganz sicher«, murmelte Kyle.

Hannah drehte sich etwas, sodass sie mit dem Rücken zu Kyle saß, und ließ sich zurücksinken, bis ihr Kopf auf seinem Bauch lag. »Du findest es vielleicht toll, wenn man am nächsten Tag so tun kann, als wäre nichts gewesen. Aber das ist doch nur die klassische Ausrede, damit man nicht für sein Handeln verantwortlich ist. Dann heißt es: ›Aber ich war ja betrunken. Wir haben nur deshalb rumgeknutscht‹. Und damit ist nie etwas passiert.«

»Jetzt wird's interessant. Wie kommst du jetzt darauf?«, fragte Kyle und seiner Stimme war anzuhören, dass er lächelte. Hannah wurde bewusst, was sie da gesagt hatte. Sie schloss kurz die Augen.

»Lass dich von mir nicht durcheinanderbringen. Aber wenn du mich gerade etwas gefragt hast, ohne mich etwas zu fragen, dann gebe ich dir jetzt eine Antwort auf die nicht gestellte Frage: So viel Gluuhween«, Kyle stolperte über das deutsche Wort und sprach es so verunstaltet aus, dass Hannah grinsen musste, »gibt es gar nicht, als dass ich nicht genau wissen würde, was ich tue. Du kannst dir gar nicht vorstellen, wie froh ich bin, nicht in Barbados zu sein.«

Hannah spürte plötzlich, wie Kyles Hand leicht über ihren Arm strich. Die Berührung war so sanft, dass sie kurz dachte, sie würde sie sich nur einbilden.

»Und ich bin heilfroh, dass ich gerade mache, was ich mache. Beziehungsweise: Ich tue ja gar nichts … oder viel zu wenig. Was auch immer, ich bin froh, dass wir hier sind«, sagte Kyle und seine Stimme klang ein wenig wackelig.

Hannah drehte den Kopf zur Seite, sodass sie Kyles Gesicht sehen konnte. Sein Blick war auf sie gerichtet, warm und offen. Er war so intensiv, dass sie sich darin verlieren könnte.

Sie schluckte. Sie hatte Angst davor, ihre Gedanken auszusprechen. War sie albern, schon an die Zukunft zu denken? Aber wenn das hier etwas Echtes war, wenn es etwas bedeutete, dann musste sie so etwas sagen können. Und wenn Kyle sie dafür auslachte, dann … dann war es vielleicht auch egal. Mit einem Ruck setzte sie sich auf.

»Aber stell dir vor, wir sehen uns nach den Ferien wieder. Zurück in Forest Lake. Dann wird es so sein, als würden wir aus einem Traum aufwachen. Du bist wieder mit deinen Freunden unterwegs, ich mit meinen. Die letzten Stunden lagen irgendwie außerhalb der Zeit. Aber wenn ich morgen früh in das Flugzeug steige, dann ist es wie bei eurer komischen Version von Aschenbrödel – eurer Cinderella –, die übrigens nichts mit dem deutschen Aschenbrödel zu tun hat.«

Kyle setzte sich ebenfalls aufrecht hin. Er sah konzentriert aus, nicht so, als würde er jede Sekunde loslachen. Er lehnte sich etwas nach hinten, sodass sein Gesicht im Schatten lag. Langsam streckte er die Hand aus und legte seine warme Handfläche an ihre Wange. Dann fasste er eine einzelne Haarsträhne zwischen Daumen und Zeigefinger und strich sie nach hinten. Sie durfte nicht daran denken, wie wild ihre Haare von ihrem Kopf abstehen mussten, weil sie sich nach dem Ausflug nach draußen nie gekämmt hatte.

Ihr Herz schlug immer schneller. Atemlos redete sie weiter: »In dem echten Märchen gibt es keine Kürbisse mit Mäusen, die davorgespannt sind. Ich meine: Kürbisse? Ist das Halloween oder was? Was hat Halloween überhaupt mit Aschenbrödel zu tun? Nichts. Das hat sich irgendjemand bei Disney ausgedacht. Halloween ist sowieso …«

In diesem Moment wurden ihre Worte von Kyles Lippen gedämpft. Er hatte sich vorgelehnt und seine Lippen auf ihre gesenkt, ohne sie weiter zu bewegen. So verharrte er, seine Lippen auf ihren, kein Kuss, nur eine Berührung, dabei legte er seine Hand an ihre Schläfe, die fast zu explodieren schien, obwohl seine Hand dort leicht wie ein Schmetterling lag. Er hielt still und sie hielt still. Sie schloss die Augen und plötzlich konnte sie in Kyles Kopf hineinschauen. Es war, als wäre sie mitten in einem blauen, glitzernden Meer mit Wellen, die sich sanft auf und ab bewegten. In diesem Meer gab es nichts Bedrohliches. Viel zu schnell löste Kyle seine Lippen von ihren. Er war immer noch so nahe, dass sein Atem ihre Wange kitzelte. Er lehnte seine Stirn nach vorn, sodass ihre Stirn und seine Stirn aneinanderlagen und seine geschlossenen Augen direkt vor ihren.

»Es gab keinen anderen Weg, dich zum Schweigen zu bringen. Ich wollte wirklich noch nie so wenig nach Barbados wie heute«, sagte Kyle leise.

Hannah schaute einen Moment von seinen geschlossenen Lidern zur Wölbung seiner Lippen, dann schloss sie ebenfalls die Augen.

»Zum ersten Mal habe ich Sehnsucht nach Deutschland. Und das, obwohl – das habe ich dir noch nicht erzählt – unser Urlaub in Deutschland damals schrecklich war.« Kyle klang, als würde er lächeln. Sein warmer Atem streifte ihre Wange.

»Es hat durchgehend geregnet und wir hatten nur elf Grad. Im Juli.« Er seufzte. Langsam löste er sich von ihr und sie öffneten beinahe gleichzeitig die Augen.

Kyle war immer noch so nahe, dass sie seine Wimpern problemlos hätte zählen können. In ihrem Rücken spürte sie die Wärme des Kaminfeuers, das inzwischen viel weniger hell brannte als noch vor wenigen Minuten.

»Und ich war noch nie so froh, nicht in Vegas zu sein. Ich will, dass morgen jede Sekunde von heute genauso wirklich ist wie jetzt, auch wenn dieser Glühwein ... Also, so harmlos wie er schmeckt, ist er nicht. Und ich weiß nicht, was ich tun soll, damit du mir glaubst. Ich bin zwar arrogant und verwöhnt, aber ich lüge nicht.«

»Und du bist betrunken.«

»Ich bin ein wenig betrunken, das stimmt.«

»›What-happens-in-Vegas-stays-in-Vegas‹-betrunken?«, sagte Hannah und näherte sich beinahe unbewusst Kyles Lippen.

Und auch Kyle hatte sich wieder ein wenig in ihre Richtung gelehnt. »Ganz bestimmt nicht.«

»Es klingt so schön, was du gesagt hast«, sagte Hannah.

Sie merkte, wie sich Kyles Schultern entspannten. Seine Lippen waren nur noch Millimeter von ihren entfernt. Langsam ließ er seine Hand in ihren Nacken gleiten.

»Und auch irgendwie unheimlich ...«, flüsterte Hannah. »Ich möchte für dich nicht nur ein schöner Moment sein oder eine Schneeflocke, die schnell wieder geschmolzen ist.«

Und bevor er etwas erwidern konnte, schlang sie ihre Arme um Kyles Nacken und zog ihn zu sich heran. Sie wollte gar keine Antwort hören und sie wollte nicht mehr sprechen. Sie wollte auch keine warnenden Stimmen in ihrem Kopf hören, sie wollte einfach zurück und drückte ihre Lippen auf seine. Sie gaben sofort nach. Und da war es wieder, das Meer. Und diesmal ließ sie sich hineinsinken, tiefer in die lautlos kreisende Strömung, bis sie nur noch seine Lippen wahrnahm, seinen warmen Körper, das Schimmern hinter ihren Augenlidern und das Pochen ihrer Herzen.

Als Hannah aufwachte, wusste sie ein paar Sekunden lang nicht, wo sie war. Sie fühlte sich fast wie die Menschen in Science-Fiction-Filmen, die von Außerirdischen entführt wurden. Dann fiel es ihr wieder ein: Kyle, die Weihnachtsfeier. Und ganz nebelhaft erinnerte sie sich sogar daran, dass Kyle sie ins Bett gebracht hatte. Sie blickte an sich herunter. Sie trug immer noch das blaue Kleid. Obwohl sie darin geschlafen hatte, war es kaum verknittert. Ihre Augen brannten, sie hatte mit ihren Kontaktlinsen geschlafen.

Hannah warf einen Blick auf die Digitalanzeige des Weckers: 6:03 Uhr. Da sie sowieso nicht mehr schlafen konnte, sprang sie aus dem Bett und schob die Vorhänge zur Seite. Es hatte aufgehört zu schneien. Der Himmel war klar und sie konnte sogar die Sterne sehen. Abgesehen von der Straßenbeleuchtung war es noch dunkel. Sie hatte immer noch Glühweingeschmack im Mund und lief ins Bad, um sich die Zähne zu putzen. Die Bilder der letzten Nacht rauschten wie undeutliche Fotos durch ihren Kopf. Sie war zwar ein wenig betrunken gewesen, aber viel weniger, als Kyle gedacht hatte. Sie hatte einigermaßen früh gemerkt, wie stark der Glühwein war. Sonst wäre ihr mit Sicherheit schlecht geworden.

Wie konnte ein Jock nur so süß sein? Das Kleid, das er ihr geschenkt hatte … Nicht, dass sie ein teures Kleid bräuchte, aber dass er gemerkt hatte, wie schön sie die Farbe fand. Und dass er ein ganzes Weihnachtsfest für sie vorbereitet hatte … Das war einfach wahnsinnig lieb gewesen. Sie musste ihm klarmachen, dass sie ab jetzt keine teuren Geschenke mehr annehmen würde, das wollte sie einfach nicht. Egal wie oft er sagte, dass sie nicht in der Lage war, einfach Danke zu sagen. Sie konnte es drehen wie sie wollte: Sie hatte ihn völlig falsch eingeschätzt. Und sie war verliebt. Sie hatte viel mehr Vorurteile gegen ihn gehabt als er gegen sie!

Bei dem Gedanken daran, wie sie gestern vor dem Kamin gelegen hatten, wie Kyle sie angeschaut und angefasst hatte, wurde ihr sofort wieder heiß. Die Wirkung, die er auf sie hatte, war einfach zu intensiv. Abby würde in Ohnmacht fallen, wenn sie hörte, dass sie etwas mit Kyle gehabt hatte. Sie überlegte sich schon jetzt, was sie sagen würde. Aber selbst in ihren eigenen Ohren klang es ziemlich schwach, was sie vorzutragen hatte: *Er ist ganz anders. Du kennst ihn gar nicht. Du schätzt ihn falsch ein.* Das alles klang, als wäre sie ihm auf den

Leim gegangen. Genau wie die Mädchen, über die sie sich normalerweise lustig machte. Aber vielleicht war ihr ausnahmsweise egal, was die anderen dachten. Die Leichtigkeit, die sie erfasste, als sie begriff, dass es ihr wirklich egal war, machte sie schwindelig. Es fühlte sich so richtig an. Natürlich war er ein Macho und seine Sprüche brachten sie auf die Palme. Aber er war auch so viel mehr.

Sie ging zurück in ihr Zimmer, um Abby eine Nachricht zu schicken, doch ihr Handy war nicht da. Sie hatte es wohl auf dem Küchentisch vergessen. Schnell zog sie das Kleid aus und schlüpfte in frische Klamotten. Danach tapste sie in die Küche. Die Tür zu Kyles Zimmer war geschlossen. Allein der Gedanke, dass er hinter dieser Tür lag, ließ ihr Herz schneller schlagen. Sie war fast enttäuscht, dass sie nicht gemeinsam vor dem Kamin weitergeschlafen hatten. Gleichzeitig war sie auch dankbar, dass er sie ins Bett getragen hatte. Hannah fand ihr Handy direkt neben dem von Kyle. Auf beiden Bildschirmen wurden die neusten Nachrichten angezeigt. Sie hatte eine Nachricht von Ethan.

KYLE

Kyle wachte abrupt auf. So plötzlich, als wäre er mit dem Auto durch eine Nebelwand gefahren und würde jetzt unvorbereitet in die Sonne blinzeln. Er wachte auf mit dem Gedanken an die Nachricht, die er Ethan geschickt hatte. Diese idiotische Nachricht, die er eigentlich schon vergessen hatte. Doch jetzt hatte er sie wieder direkt vor Augen, als würde er in dieser Sekunde auf sein Handy schauen. Hannah würde das nicht witzig finden. Wieso hatte er das nur gemacht? Um eine Wette zu gewinnen? Manchmal war er echt bescheuert. Okay, er musste das ganz schnell klären, bevor Hannah etwas merkte. Nicht dass Ethan das ausnutzte, um Stimmung gegen ihn zu machen. Er griff zum Nachttisch, fasste aber ins Leere. Sein Handy lag offenbar immer noch in der Küche.

Mit einem Seufzen ließ er sich zurück in die Kissen fallen, die sich wolkig neben ihm aufbauschten. Er musste Maria unbedingt sagen, dass sie ihm Bettdecke und Kissen nach Forest Lake schicken sollte. Sie waren unschlagbar weich und hatten immer die perfekte Temperatur. Er streckte sich und faltete die Hände hinter dem Kopf, während er an gestern Abend dachte.

Hannah. Sie machte ihn verrückt. Sie war so unglaublich reizvoll, und das trotz ihrer scheußlichen Brille und dem strengen Blick, der immer ein wenig so wirkte, als wäre sie von etwas vollkommen überzeugt. Manchmal vielleicht ein bisschen zu sehr. Aber dann war sie wieder offen und nachdenklich. Es war lustig mit ihr. Das letzte Mal, als ihn ein Mädchen so fasziniert hatte, war das Katherine gewesen. Aber damals war er einfach nur blind gewesen, komplett hormongesteuert. Katherine war schlicht verrückt gewesen. Sie hatte niemanden im Kopf gehabt außer sich selbst. Das hatte er damals völlig übersehen. So was würde ihm nie wieder passieren. Möglicherweise war er auch bei Hannah blind. Aber nein, er *konnte* dieses Mal nicht ausschließlich hormongesteuert sein. Nicht bei einem Mädchen, das unförmige Sweatshirts mit der Aufschrift *I like to party and by party I mean read books* trug. So viele Hormone konnte niemand produzieren. Dieses Mal war es etwas anderes.

Am liebsten würde er sofort wieder mit ihr reden, ein wenig streiten und ihr alles Mögliche erzählen. Das war ja das Seltsame. Trotzdem konnte er nicht verhindern, dass seine Gedanken abschweiften … wie sie nebenan im Zimmer lag, vielleicht schon wieder ohne Shirt, weil ihr heiß war … Da half nur noch eine kalte Dusche oder eben zu ihr hinübergehen, was die Sache natürlich noch verschlimmern würde, weil er bald Bauchschmerzen bekam vor Sehnsucht nach mehr. Und er wusste nicht, was so der Zeitplan bei intellektuellen, emanzipierten Mädchen wie Hannah war, aber ihm war klar, dass sie heute früh genauso wenig miteinander schlafen würden wie gestern Abend. Vielleicht wollte er das sogar selbst noch nicht. Moment, hatte er das gerade wirklich gedacht? Natürlich wollte er mit ihr schlafen. Aber er versuchte, sich die Situation schönzureden, weil er wusste, dass es nicht passieren würde. Zumindest noch nicht.

Wie konnte man eigentlich solche Sehnsucht nach jemandem haben, der im Zimmer nebenan schlief? Wieso überhaupt schlief sie im Zimmer nebenan und nicht in seinem Bett? Richtig. Weil er sie gestern beziehungsweise heute früh fast in sein Bett getragen hätte, als sie eingeschlafen war, aber dann in letzter Sekunde gedacht hatte, dass er für nichts garantieren konnte, wenn sie neben ihm lag.

Er stöhnte und hielt sich die Hände vors Gesicht. Kalte Dusche, definitiv kalte Dusche. Oder eine lange warme. Funktionierte beides. Davor würde er nur ganz kurz bei ihr ins Zimmer schauen, ob sie noch schlief. Sein Blick glitt zum Wecker. 6:59 Uhr. Sie musste ohnehin gleich zum Flughafen fahren, denn heute konnten die Flugzeuge wieder starten. Da war es besser, früh genug da zu sein und sich einen Platz zu sichern. Wahrscheinlich würde es völliges Chaos geben. Gerade Barbados-Urlauber waren bereit, eine Lady beim Check-in zu bestechen, damit sie so schnell wie möglich ins Flugzeug konnten und andere von der Passagierliste geworfen wurden. Da kannten die kein Pardon. In dem Moment war jeder sich selbst am wichtigsten. Und er hatte schon selbst miterlebt … Na ja, wenn er ehrlich war, hatte er das sogar schon selbst ausgenutzt. Er wusste, dass es ein Kinderspiel war, wenn man den Blick für die richtige Dame am Check-in hatte und das Ganze nicht wie eine Bestechung, sondern wie ein Geschenk aussehen ließ. Das war schließlich Teil der freien Marktwirtschaft: Mit Geld sollte man Dinge kaufen können. Aber er würde dieses Mal nicht nach Barbados fahren. Entschlossen nahm er das Festnetztelefon vom Nachttisch. Obwohl er fast nie anrief, kannte er die Nummer trotzdem auswendig.

»Hi, Mom. Ich bin's.«

»Kyle! Oh, schön, dass du an mich denkst. Du bist in Barbados, nicht wahr?« Ihre Stimme klang überrascht. Aber er hörte deutlich, wie sehr sie sich freute.

»Ehrlich gesagt: Nein, ich saß wegen dem Sturm in New York fest. Heute geht's wieder. Aber ...«

»Ach, dann fährst du heute?«

»Also, ich hatte gedacht ... da ich jetzt ohnehin so spät komme, könnte ich auch nach Long Island rüberkommen.«

Seine Mutter schwieg.

»Also nur, wenn du keine anderen Pläne hast.«

»Nein, nein. Das wäre wirklich absolut wunderbar, Kyle. Es ist schon so lange her. Und das letzte Mal ...« Ihre Stimme glitt in eine schiefe Tonlage.

»Ich weiß, Mom«, unterbrach er sie. Das letzte Weihnachten, das sie gemeinsam gefeiert hatten, hatte für seine Mom im Krankenhaus geendet. Er wollte nicht, dass sie es aussprach.

»Also, Ted ist auch hier. Ich wusste ja nicht, dass du kommst.« Sie wusste sehr genau, wie wenig er Ted mochte.

Aber ihm fiel auch auf, wie unsicher sie war. Sie hatte offenbar immer noch ein schlechtes Gewissen und das Gefühl, als Mutter versagt zu haben.

»Kein Problem, ich komme gern.«

»Und das ist für deinen Vater in Ordnung?«

»Schneesturm, dagegen kann man nichts machen. Ich … ich muss noch was erledigen. Danach fahre ich los. Ich kann auch den Zug nehmen, wenn du mich abholst.«

»Kyle, das ist … ganz wunderbar. Ich werde uns etwas kochen und … Ich freue mich sehr.« Ihre Stimme klang gepresst, als würde sie gleich vor Freude zu heulen anfangen.

Nachdem er aufgelegt hatte, fühlte er sich so frei und leicht wie schon lange nicht mehr. Er freute sich auf seine Mutter. Hannah hatte recht gehabt, er musste nicht immer nur an die schlechten Dinge denken. Sie konnten auch neue Erinnerungen zusammen schaffen, bessere. Und sie würden gleich heute damit anfangen.

Plötzlich konnte er es nicht mehr abwarten, zu Hannah zu gehen und ihr davon zu erzählen. Er fühlte sich auf einmal hellwach. Überhaupt nicht verkatert, sondern im Gegenteil, besonders klar im Kopf. Schnell sprang er auf und lief ins Badezimmer, um sich die Zähne zu putzen. Er hatte gerötete Wangen und leichte Bartstoppeln am Kinn. Hoffentlich hatte er Hannah damit nicht wund gescheuert. Ihm wurde schwindelig, wenn er daran dachte, wie sie letzte Nacht auf ihm gelegen hatte. Sie musste dasselbe wie er gespürt haben. Er hätte am liebsten das blaue Kleid, das ihre Haut zum Leuchten brachte, in Stücke gerissen, egal wie schön es war und wie gut es an ihr aussah. Aber im Grunde hatte er genau wie sie Angst, dass danach alles anders sein würde. Dabei lag es an ihm, ob sie – wenn sie aus Deutschland zurück war – da weitermachen würden, wo sie aufgehört hatten. Am liebsten würde er schon jetzt da weitermachen, wo sie aufgehört hatten. Sie hätten gar nicht erst aufhören sollen. Nein, sie hatten aufhören müssen.

Auf nackten Füßen schlich er über das Parkett, das so gewienert war, dass es sich fast weich anfühlte. Dabei versuchte er, so leise wie möglich zu sein. Er wollte Hannah überraschen, wenn sie noch schlief. Davor ging er noch schnell in die Küche und trank ein Glas Wasser. Nach diesem höllenartigen deutschen Wundergetränk hatte er ziemlichen Durst. Dann lief er den Gang hinunter zu Hannahs Zimmer, vorbei an unzähligen Bildern und Fotos von bekannten Fotografen oder solchen, die laut seiner Stiefmutter angeblich einmal berühmt werden würden. Ihre Tür war nur angelehnt. Vorsichtig drückte er sie auf. Das Bett war leer. Und es war gemacht. Fast so ordentlich, wie wenn Maria es gemacht hätte. Noch bevor er das Bad kontrolliert und den Rest der Wohnung durchsucht hatte, wusste er, dass Hannah nicht mehr in der Wohnung war.

Er lief zurück in die Küche und schaute auf sein Handy. Vielleicht hatte Hannah ihm geschrieben. Aber er hatte keine ungelesenen Nachrichten. Schnell tippte er eine Whatsapp an seinen Freund Jake und bat ihn um Ethans Kontaktdaten. Beinahe sofort kam eine Antwort: »Du stehst also doch auf Männer?«, gefolgt von einem Emoji mit herausgestreckter Zunge.

Darunter war eine Nachricht von David, die er noch nicht gesehen hatte: »Hey Stud. Hast du den deutschen Panzer schon geknackt? Hattest du Erfolg mit den Fragen, die ich dir von dem Dating-Spiel geschickt habe? Rein wissenschaftlich gesehen sollen sie sogar das Herz deines eisernen Fräuleins brechen und die Bahn in ihr Höschen ebnen. Hey, falls nicht: Die nächste Flasche Champagner geht auf mich. Wann kommst du endlich? Ich habe dir schon ein paar Frauen gesichert. Mach dich warm!«

Kyle starrte verwirrt auf das Display. Sein Handy hatte doch gar nicht geblinkt. Hatte Hannah etwa die Nachricht gelesen? Aber sie würde doch nicht in seinem Handy spionieren, oder? Außer … Ethan. Mit einem unguten Gefühl schloss er die Nachricht und schaute nach, welche App zuletzt geöffnet worden war. Wie befürchtet war es die Dating-App. Und sie zeigte die letzte Frage, die er Hannah gestellt hatte:

28. Sage deinem Gegenüber, was du an ihm oder ihr magst; sei dabei ehrlich und sage Dinge, die du normalerweise einer Person, die du gerade erst kennengelernt hast, nicht sagen würdest.

Die Fragen … Und die Mail von David.

»Fuck«, sagte Kyle. Fuck. Fuck. Was war er nur für ein Vollidiot.

HANNAH

Hannahs Herz schlug immer noch ziemlich heftig. Nachdem sie die Nachricht gelesen hatte, hatte sie keine Zeit verloren und sofort die Wohnung verlassen. Sie hatte sich nicht mal richtig umgezogen, nur schnell einen Pulli und den Mantel übergeworfen. Dann war sie mit der Subway auf direktem Weg zum Flughafen gefahren, ihr Gepäck hatte sie nur mit viel Mühe überhaupt durch die Absperrungen für die Ticket-Entwertung bekommen. Sie war dabei so schnell gelaufen, dass sie jetzt viel zu früh und total verschwitzt die Sicherheitskontrolle erreichte.

Hannah hob ihren Rucksack auf das Gepäckband und holte ihren Laptop und ihr zerschrammtes Telefon heraus und legte es in eine extra Wanne.

»Schlüssel, Geld, elektronische Geräte, Flüssigkeiten«, sagte der Sicherheitsbeamte in einem merkwürdigen Singsang, bei dem er die Bedeutung der Worte vermutlich gar nicht mehr wahrnahm, sondern den Satz nur noch wie ein Mantra sprach. Die Luft war drückend. Hannah löste ihren Schal, zog den Mantel aus und legte beides in eine weitere Wanne. Sie fühlte sich immer noch so, als würde sie ersticken. Aber sie wusste nicht, ob das wegen ihrer überstürzten Flucht war. Oder wegen Kyle. Wie hatte sie so unfassbar dumm sein können? Warum hatte sie ihm geglaubt? *Alle* hatten sie gewarnt. Er war ein unverbesserlicher Frauenheld.

Sage deinem Gegenüber, was du an ihm oder ihr magst; sei dabei ehrlich und sage Dinge, die du normalerweise einer Person, die du gerade erst kennengelernt hast, nicht sagen würdest.

Wenn du unter allen Menschen auf der Welt wählen könntest, wen würdest du gerne zum Essen einladen?

Was wäre ein perfekter Tag für dich?

Hast du irgendeine Vorahnung, wie du sterben wirst?

Und so war es weitergegangen. Das waren keine originellen Fragen gewesen. Das waren *36 Fragen, um sich zu verlieben*, eine App! Ein Spiel! Um in ihr *Höschen* zu gelangen. Allein schon dieses Wort, es war einfach widerlich. Und Ethan … Sie konnte sich noch nicht mal selbst bemitleiden, weil Ethan ihr noch viel mehr leidtat. Er hatte sich von seiner Freundin getrennt! Wegen ihr! Natürlich behauptete er, dass er sie ohnehin verlassen hätte. *Er war so froh, dass sie das Gleiche für ihn empfand*, hatte er geschrieben. Sie hatte sich auf dem Weg fieberhaft alles Mögliche überlegt, um ihm die Scham zu ersparen und ihre Freundschaft zu retten. Vielleicht konnte sie so tun, als hätte sie die Nachricht nicht bekommen? Oder ihre Schwester hatte ihr Handy ins Klo fallen lassen und alles war gelöscht? Ein Virus hatte alles lahmgelegt? Aber wie sollte sie nach so einer Liebeserklärung überhaupt noch eine normale Freundschaft mit ihm führen? Sie konnte sein Geständnis schließlich nicht einfach so vergessen.

Die Nachricht, die Kyle von ihrem Handy aus geschrieben hatte, war sogar noch gespeichert gewesen. Sie hatte wirklich gut geklungen. Es waren nur ein paar Sätze, wie sehr sie ihn vermisste und warum Gefühle doch manchmal unverständlich waren. Aber nicht zu direkt. Kyle hatte noch nicht einmal gelogen und doch hatte sie in der Mail verliebt geklungen – und Ethan dazu gebracht, seine Freundin zu verlassen! Kyle war der perfekte Schauspieler, ein Manipulator mit erstaunlichem Feingefühl. Aber das hatte sie ja schon vorher gemerkt. Sie hatte es nur verdrängt. Weil sie ihm so gern alles glauben wollte. Aber jetzt? Das konnte man alles nicht mehr zurücknehmen. Ethan konnte ja schlecht zu seiner Freundin gehen und sagen: Das mit Hannah war ein Missverständnis! Ich bin doch in dich verliebt. Lass uns zusammenbleiben!

Schon wieder liefen ihr Tränen über die Wangen. Sie wollte Kyle niemals wiedersehen. Dabei hatte sie es doch gewusst! So ein Typ wie Kyle – das war einfach nicht ihr … Terrain. Er war anders als alle Jungs, die sie kannte. Nein, sie wollte ihn wiedersehen. Sobald sie sich gesammelt hatte, würde sie ihm sagen, was für ein Über-Arschloch er war.

Sie stellte ihre Sachen auf einem Sitz ab, warf den Mantel und den Schal darüber, zog den Pullover über ihren Kopf und ließ ihn ebenfalls auf den Stuhl fallen. Rastlos umkreiste sie ihr Gepäck in einigem Abstand. Nicht zu weit weg, damit ihr nichts geklaut werden konnte. Immer wieder lief sie um ihr Gepäck herum, aber das Gefühl zu ersticken wollte einfach nicht verschwinden.

»Hannah!«

Die Stimme rammte sich wie ein Pfeil in ihren Magen. Es tat weh.

Sie fuhr herum. »Warum folgst du mir noch, du …«

»Hannah!«, sagte Kyle beschwichtigend. Er machte einen Schritt auf sie zu und versuchte, mit beiden Händen ihre Oberarme zu umfassen. Tiefe Schatten lagen unter seinen Augen, sie waren gerötet. Er trug eine ausgeblichene Jogginghose.

Sie riss ihre Arme mit Wucht nach oben, um ihn abzuschütteln.

»Du darfst hier überhaupt nicht rein!«, rief sie laut, damit ein Sicherheitsbeamter sie hörte.

»Ich habe ein Flugticket nach Barbados. Du musst mir zuhören!« Seine Stimme klang dabei überhaupt nicht wie ein Befehl, sondern leise, fast unterwürfig.

»Ich habe dir schon viel zu lange zugehört. Eine App, Kyle? Was ist das nur für ein krankes Spiel? Gibt es wieder eine Rangliste? Und was bekommt denn der Gewinner? Wäre es ein Problem, wenn ich keine Jungfrau mehr wäre?«, stieß sie hervor. Sie war kurz davor, ihm eine runterzuhauen.

Kyle zuckte zusammen. Er sah aus, als hätte sie ihn tatsächlich geschlagen.

»Hannah. Es gab noch nie eine Rangliste und es gibt auch jetzt keine. Ich weiß, wie das wirken muss, aber David hat mir diese App geschickt, mit der man sich angeblich verliebt. Das ist gerade der Renner bei ihm. Ich habe David nur erzählt, dass ich mit dir in New York bin. Sonst nichts. Ich wollte dir nur diese Fragen stellen …«

»Und die Nachricht an Ethan? Das waren dann wahrscheinlich auch die anderen. Ethan hat sich deswegen von seiner Freundin getrennt!«

»Oh Gott, Hannah. Es tut mir leid. Ja, das mit der Nachricht, das war ich. Aber ich … ich kann es nicht rückgängig machen. Das war einfach saublöd und absolut bescheuert. Ich weiß auch nicht, was da in mich gefahren ist. Aber wenn ich das so sagen darf, das war nicht der Grund, warum Ethan sich von seiner Freundin getrennt hat. Offensichtlich war die Beziehung am …«

Kyle brach ab, weil Hannahs Hand mit einem Knall auf seiner Wange gelandet war. Erschrocken zog sie sie zurück.

Er nutzte den Moment ihrer Verwirrung, um schnell weiterzureden. »Ich habe Ethan im Taxi angerufen und ihm gesagt, dass ich die Nachricht geschrieben habe. Dass ich dir damit beweisen wollte, dass er in dich verliebt ist. Und weißt du was, Hannah? Nachdem er einen Moment geschockt war, hat er gelacht und gefragt: ›War es so offensichtlich?‹ Er wollte es dir eigentlich schon seit Wochen sagen. Die Nachricht hat er nur als Anlass genommen, dir zurückzuschreiben. Aber … er hatte das ohnehin vor und die Nachricht hat da keinen Unterschied gemacht. Ich will mich nicht verteidigen, aber …«

»Du verteidigst dich aber gerade.« Hannah schloss die Augen und atmete einmal tief ein und wieder aus.

»Ich glaube, am meisten hat er sich gefreut, als er gemerkt hat, dass du total sauer auf mich bist. Und du hast recht. Er ist wirklich ein netter Kerl.«

»Aber …« Ihr Gesicht verzog sich schmerzhaft. »Eine Nachricht von meinem Handy zu verschicken, das ist einfach so … vertrauensverletzend.«

»Ich weiß. Hannah, mir tut das so leid. Das war einfach so völlig bescheuert von mir. In dem Moment, als ich die Nachricht verschickt habe, fand ich es lustig. Ich wusste ja nicht, dass … ach, ich wusste nichts.«

»Für dich ist das alles ein Spiel. Das ist es aber nicht. Freundschaft ist kein Spiel. Und Gefühle erst recht nicht.«

In ihrem Kopf drehte sich alles. Kyle schaute sie schweigend an. Er hatte die Augen weit aufgerissen. Sein Blick war voller Reue und Verzweiflung. Er sah richtig elend aus – und erschreckenderweise attraktiv in seiner Verzweiflung.

»Weißt du, Hannah, alles, was du mir gerade an den Kopf wirfst, ist wahr. Und ich kann dir nicht mal widersprechen. Ich habe diese Nachricht an Ethan geschrieben. Und vielleicht denkst du auch, dass das alles nur ein wissenschaftliches Spiel war. Bei mir hat diese bescheuerte App funktioniert, obwohl wir nur einen Bruchteil der Fragen durchhaben. Keine Ahnung, was passiert wäre, hätten wir 36 davon beantwortet. Für mich war das kein Spiel. Ich weiß, wie das alles wirken muss, nach allem, was du über mich gehört hast. Aber was die anderen über mich erzählen, das stimmt einfach nicht. Das meiste davon hat Katherine verbreitet, die versucht, mich fertigzumachen. Und dieses Bild von mir hat sich jetzt in deinem Kopf festgesetzt. Du kannst auch versuchen, alle Gefühle weg zu analysieren, dich darauf herausreden, das alles sei bloß Chemie, weil wir beide protestantisch sind, aber weißt du was? Das ändert nichts an den Gefühlen selbst. Du kannst sie erklären, so viel du willst. Ich weiß auch, dass es Hormone sind, die dich depressiv machen, aber glaube mir, in dem Moment, wo du nicht aufstehen kannst, hilft dir das nicht weiter. Und ich weiß, ich kann dir nicht versprechen, was in einem Jahr sein wird. Ich kann dir noch nicht mal versprechen, wie es sein wird, wenn wir zurück nach Forest Lake kommen. Aber eins weiß ich: Du bist das allercoolste Mädchen, das ich je kennengelernt habe. Du bist zudem das schönste und klügste und sexieste Mädchen auf der Welt. Auch wenn es das letzte Wort gar nicht gibt. Und eins bin ich nicht: ein Lügner. Und ich kann dir auch nicht versprechen, ob mein Vater es versteht, wenn ich mit jemandem zusammen bin, der kein großes Erbe bekommt, und deshalb sein Testament ändert. Das macht er nämlich ständig. Testament umschreiben ist ein großer Sport von ihm. Aber ... du machst mich zu einem besseren Menschen. Du sagst Dinge, die kein anderer sagt. Du versuchst, Dinge zu erklären und du bist stolz darauf. Ich bewundere dich dafür, was du alles total alleine geschafft hast. Und ich bewundere dich dafür, dass du deine Familie so lieben kannst, so hemmungslos und ohne Rückhalte ... und vielleicht kann ich da noch was von dir lernen. Natürlich ist es verrückt, nach 36 Stunden zu sagen, dass ich unsterblich in dich verliebt bin, aber ...«

Sie schluckte, aber sie musste das sagen. »Du kannst so überzeugend sein und das macht mir Angst. Du hast vielleicht zum Teil sogar recht. Aber ich weiß überhaupt nicht mehr, was ich denken soll. Deine Welt ist nicht meine Welt. Ich kann nicht einfach so wie du in die teuersten Restaurants hineinmarschieren, als würden sie mir gehören. Oder die Frauen, die mich kritisch mustern ... Und was wird erst deine Familie zu mir sagen? Ich möchte gar nicht daran denken. Auch wenn du mir teure Geschenke machst, deine Wohnung, diese ganzen Angestellten: Ich werde mich dort immer komisch fühlen. Ich will keine Geschenke von dir. Ich bin nicht käuflich.«

»Hannah, du hast so viele Vorurteile über mich, merkst du das denn nicht? Du glaubst, was andere dir erzählt haben. Und ich leugne gar nicht, dass einiges davon sogar stimmt, aber ich will dich nicht kaufen. Ich will dich ... gewinnen. Warum kannst du nicht einfach mal vergessen, woher ich komme. Warte ...«, sagte Kyle und suchte etwas in der Tasche, die er dabeihatte. Eine rosafarbene Einkaufstüte aus Stoff.

Hannahs Kopf dröhnte. Aber als sie die Tüte sah, konnte sie sich den Kommentar nicht verkneifen. »Ich hätte nicht gedacht, dass du pink magst?«

»Ich musste mich beeilen.« Er wühlte weiter durch die Tasche. Irgendwie hatte es etwas Rührendes, wie Kyle, der die Testosteron-Ausstrahlung eines italienischen Mafiosos hatte, diese rosa Tasche mit einem Selbstverständnis trug, als wäre das völlig okay. Als würde seine Männlichkeit das problemlos wegstecken, was sie ja auch tat.

»Ich muss dir nur erst etwas zeigen«, sagte er, nachdem er ein kleines Gerät hervorgeholt hatte. Es sah aus wie ein kleines Telefon mit einem merkwürdigen Aufsatz darauf. Er tippte in das Gerät, nahm es in den Mund und blies hinein. Dann blickte er auf das Display.

»Was machst du da?«, fragte Hannah verwirrt und auch genervt, weil er seine Aufmerksamkeit jetzt diesem Gerät zuwandte.

Kyle schien mit dem Ergebnis auf seinem merkwürdigen Handy zufrieden zu sein, denn er drehte es um und zeigte auf das Display.

Hannah warf ihm einen verständnislosen Blick zu.

»Ich bin nüchtern.« Kyles Stimme hatte einen leicht verzweifelten Tonfall.

»Du bist nüchtern?« Sie verzog das Gesicht. Das Gerät war ein Promille-Messgerät.

»Das war keine besoffene, bedeutungslose Nacht. Das war die schönste Nacht meines Lebens und jetzt bin ich nüchtern. Und es war immer noch die schönste Nacht meines Lebens. Es war magisch. Aber es war nicht außerhalb der Realität. Es war echt.«

Seine Worte weichten den Boden unter Hannahs Füßen auf, auch wenn das eigentlich nicht möglich war. »Es war aber nicht real. Was während eines Schneesturms in New York passiert, liegt außerhalb der Realität. Das hast du selbst gesagt«, flüsterte Hannah. Sie dachte an Ethan.

Kyles blaue Augen waren groß und bittend. »Du hast recht, Hannah. Ich kann das nicht zurücknehmen. Aber du musst mir verzeihen, bitte.«

Er war völlig hilflos. Vielleicht war es auch nur der Gegensatz zu Kyles sonstigem Verhalten, seinem großkotzigen Auftreten, der diesen Moment so besonders machte. Er hielt immer noch den zerknitterten rosa Beutel in der Hand. Den Blick auf sie gerichtet, wühlte er mit einer Hand wieder in der Tasche herum und zog noch etwas heraus.

»Aber es liegt an uns, wie es weitergeht. Ich will, dass das mit uns funktioniert. Du hast doch gesagt, dass wir uns unsere eigene Welt erschaffen. Dass es an uns liegt. Dann lass uns *uns* erschaffen. Ich wollte dir gestern eigentlich noch etwas geben. Aber als der Weihnachtsbaum in Flammen aufging, habe ich es vergessen.«

Sie schüttelte den Kopf und presste die Lippen zusammen. »Musst du nicht langsam zu deinem Gate? Wann fliegst du?«

Er drückte ihr das flache Ding in die Hand, das er aus dem Beutel gezogen hatte. »Ich fliege gar nicht. Ich gehe gleich wieder. Ich feiere bei meiner Mutter.«

»Du feierst bei deiner Mutter?«, fragte Hannah und riss die Augen auf.

Er nickte.

Hannah setzte zu einer Antwort an, aber dann fiel ihr Blick auf das Geschenk in ihrer Hand. Es war ein Lebkuchenherz, das mit weißem und rotem Zuckerguss dekoriert war. »Frohe Weinachten, Peaches«, stand darauf, Weihnachten war ohne h geschrieben. Plötzlich sah sie das Herz nur noch verschwommen, als wäre ihre Brille beschlagen.

»Und ja, auch wenn du mich jetzt für einen reichen Schnösel hältst, ich habe es gestern per Express bei Payard machen lassen. Meine Stiefmutter bestellt dort immer das Catering für ihre Partys. Die machen alles für uns.«

Hannah verzog das Gesicht.

»Hannah«, er machte wieder einen Schritt auf sie zu und legte seine Hände auf ihre Oberarme. Diesmal stieß sie ihn nicht weg.

»Ich kann zwar viel kaufen, aber bei Weitem nicht alles. Merkst du denn nicht, dass du alles, was ich tue, nur vor meiner Herkunft, meinem Hintergrund oder anhand von Gerüchten beurteilst? Du siehst mich als Sohn reicher Eltern. Aber ich bin nur ein Junge, der sich verliebt hat. Es ist das Letzte, was ich erwartet habe, als du in deinem Nerd-Shirt auf dem Flughafen standest, glaub mir. Ich hatte nicht vor, mich in dich zu verlieben.«

HANNAH UND KYLE

Hannah hatte eine Gänsehaut. Dafür, dass sie so eine Frostbeule war, war sie viel zu kalt angezogen. Kyle strich über ihre Arme, aber die Gänsehaut blieb.

»Egal was ich tue, du siehst alles als Verschwörung der Oberschicht gegen den kleinen Mann beziehungsweise gegen die arme Hannah. Was soll ich denn tun, damit du mir endlich glaubst, dass ich in dich verliebt bin?«

Sein Blick streifte über die wartenden Menschen in ihren dicken Mänteln und Pullovern und blieb an einem Pärchen mit scheußlichen, aber identischen Weihnachtspullovern hängen, auf denen noch dazu kleine Lichter blinkten. Abrupt richtete er seine Aufmerksamkeit wieder auf Hannah. »Etwas, das man nicht kaufen kann. Ich werde dir ein Weihnachtslied singen, ganz, ganz laut«, sagte er. Er überlegte einen Moment und begann das erste Lied zu singen, das ihm einfiel. Eines, das sie auf dem Weg zum Flughafen im Radio gespielt hatten …

I heard the bells on Christmas Day
Their old, familiar carols play,
And wild and sweet
The words repeat
Of peace on earth, good-will to men!
And thought how, as the day had come,
The belfries of all Christendom
Had rolled along
The unbroken song
Of peace on earth, good-will to men!
Till ringing, singing on its way,
The world revolved from night to day

Er sang aus voller Kehle und nach den ersten schrägen Tönen stimmte die Tonlage. Er hatte immer wahnsinnig gern gesungen, gemeinsam mit seiner Mutter, und später sogar im A-cappella-Chor, aber wegen dem Training war irgendwann keine Zeit mehr dafür gewesen. Und dann hatte er sich entscheiden müssen, was bei den College-Bewerbungen besser ankommen würde. Der Chor war durchgefallen.

Die Umstehenden zuckten zusammen oder sprangen erschrocken zur Seite. Aber als sie merkten, dass es kein Verrückter und auch kein Bombenalarm war, entspannten sie sich schnell wieder.

Kyle sang einfach weiter. Es war ein perfektes Weihnachtslied. Nachdem er mehrere Strophen gesungen hatte, machte Hannah einen Schritt nach vorn und legte ihre Hand über seinen Mund. Abrupt hörte er auf zu singen. Ihre Augen waren weit aufgerissen und im Sonnenlicht, das durch die Scheiben fiel, glänzten sie hellbraun. Dann schlossen sich ihre Augenlider darüber wie ein Vorhang, der eine Vorstellung beendete. Ihre Hand lag immer noch auf seinen Lippen.

»Flug AB 357 nach Düsseldorf wird in Kürze boarden. Bitte machen Sie sich zum Einsteigen bereit. Wir werden gleich die ersten Passagiere aufrufen.«

Hannah öffnete die Augen und nahm die Hand von seinem Mund weg, aber sie sah ihm nicht in die Augen, sondern auf den Boden. Für einen Moment standen sie einfach voreinander. Dann hob Hannah den Kopf, machte einen Schritt nach vorn und legte ihren Arm in seinen Nacken. Langsam zog sie seinen Kopf zu sich herunter.

»Weihnachten schreibt man mit h«, flüsterte sie ganz nah an seinem Mund.

»Wie bitte?«, fragte Kyle.

»Du hast Weihnachten auf dem Lebkuchenherz falsch geschrieben.«

»Aber …« Er schmunzelte. »Das war ich gar nicht. Das waren die Idioten bei Payard. Soll ich sie fertigmachen?«

Sie schauten sich an. Und die letzten Stunden zogen in den Augen des anderen an ihnen vorbei. Der Schnee und dieses unwirkliche New York, das nichts mit dem normalen New York zu tun hatte, das Kyle so gut kannte und das Hannah sich bestimmt ganz anders vorgestellt hatte. Das Abendessen im Sheenagan's, der Abend im Appartement, das Rockefeller

Center … Das alles wirkte wie ein Traum, den man kurz vor dem Aufwachen träumte, wenn das Bewusstsein schon ein wenig erwacht ist und weiß, dass es sich um einen Traum handelt, und sich aber trotzdem daran festhält …

»Merry Christmas, Kyle«, sagte sie. »Das war das schönste Weihnachtsfest, das ich mir hätte wünschen können. Danke.« Dann zögerte sie nicht länger, sondern warf sich ihm mit Schwung entgegen, genau in dem Moment, als er sich vorlehnte, sodass ihre Lippen hart aufeinandertrafen und die Zähne aneinanderstießen.

»Autsch«, sagte Kyle, fuhr zurück und hielt sich die Hand vor den Mund.

»Entschuldigung«, murmelte Hannah verlegen.

»Peaches«, sagte Kyle und ließ die Hand wieder sinken. »Ich liebe German Weihnachten. Die Deutschen haben einfach die besten Geschenke.«

Er lächelte. Diesmal näherte er sich ganz vorsichtig, in Zeitlupe und es war nicht auszumachen, wann genau das Atmen in Küssen überging. Hannahs Herz klopfte schneller, es war ein wunderbares Gefühl. Ein Gefühl, das niemals aufhören sollte.

Der Nebel, die Wolken, das schlechte Wetter der letzten Tage waren wie weggeblasen. Die Sonne schien ihnen warm ins Gesicht, tauchte sie in strahlendes Licht und Hannah dachte, dass dieser Augenblick so echt war wie schon lange nichts mehr.